U0942627

Yilin Classics

MARK TWAIN

经/典/译/林

The Adventures of Tom Sawyer

汤姆·索亚历险记

[美国] 马克·吐温 著

朱建迅 郑康 译

译林出版社

图书在版编目(CIP)数据

汤姆·索亚历险记/(美)马克·吐温(Mark Twain)著;朱建迅,郑康译. —南京:译林出版社,2018.10(2024.12重印)
(经典译林)
ISBN 978-7-5447-7465-9

Ⅰ.①汤… Ⅱ.①马… ②朱… ③郑… Ⅲ.①儿童小说-长篇小说-美国-近代 Ⅳ.①I712.84

中国版本图书馆CIP数据核字(2018)第171444号

书　　名	**汤姆·索亚历险记**
作　　者	[美国]马克·吐温
译　　者	朱建迅　郑　康
责任编辑	鲍迎迎　李瑞华　彭　波
责任印制	颜　亮
原文出版	Bantam Books, 1966
出版发行	译林出版社
地　　址	南京市湖南路1号A楼
邮　　箱	yilin@yilin.com
网　　址	www.yilin.com
印　　刷	南京爱德印刷有限公司
开　　本	880×1230毫米　1/32
印　　张	8.625
插　　页	4
字　　数	172千
版　　次	2018年10月第1版
印　　次	2024年12月第23次印刷
书　　号	ISBN　978-7-5447-7465-9
定　　价	32.00元

译林版图书若有印装错误可向出版社调换
市场热线:025-86633278　　质量热线:025-83658316

译序

马克·吐温是十九世纪后期美国批判现实主义文学的卓越代表，杰出的幽默讽刺作家。马克·吐温原名塞缪尔·朗荷恩·克莱门斯，出生于密苏里州门罗县偏僻乡村的一个地方法官家庭。他十二岁丧父后，就踏上独立谋生的道路，从事过排字、印刷、引航等多种工作。一八六七年他以短篇小说《卡拉维拉县驰名的跳蛙》受到读者赞赏，不久又被一家报馆聘为旅欧记者，从此开始了文学生涯。一八七三至一八八八年为他创作的鼎盛时期，《镀金时代》(1873)、《汤姆·索亚历险记》(1876)、《哈克贝利·费恩历险记》(1884)等名著均出于此时。他一生游踪极广，遍及国内外许多地区，对社会各个阶层都很了解，因而其作品涉及题材的深度和广度是他以前的美国作家所不及的。

《汤姆·索亚历险记》取材于美国南北战争前的社会生活，是作家对自己童年生活的回顾。然而他创作这部小说的目的，并非仅仅为了回顾过去，更是为了引起人们对现实问题的关注。作品通过儿童的目光来看待周围的现实，揭示了十九世纪五六十年代美国南方社会闭塞、沉闷、死板的生活，对畸形的教育制度、宗教的虚伪可笑以及小市民的贪婪愚蠢等，都进行了无情的讽刺和鞭挞。作者借汤姆之口说出“宁愿在舍伍德森林做一年草莽英雄，也不愿当一世美国总统”，反映了他对平庸守旧的社会生活的极度厌恶，和对自由理想世界的向往。因此，尽管这本小说描写的是孩子们的历险生活，而且颇有浪漫传奇色彩，但它同时又是一部写得极其完整和谐的具有严肃内容的作品，往往需要一遍又一遍地阅读，才能体会蕴藏在字里行间的深邃内涵。

这部小说独特的艺术魅力，在于贯穿和渗透全书的那种马克·吐温式的诙谐和幽默。“了不起的粉刷工”，“主日学校里出风头”，“猫和止疼药”，我们读着这些生活情趣浓郁、笔调轻松幽默的故事，一定会忍俊不禁，为小主人公的聪明机智拍案叫绝。处于当今之世，人们工作生活节奏加快，物质富裕但精神生活贫乏，普遍感到身心疲惫，因此更需要这种幽默的熏陶和滋养。当然，马克·吐温的幽默有别于博人一粲的滑稽小品。他的幽默是具有深刻社会意义的幽默，因而极具价值，发人深思；他的幽默是建立在真实生活基础上的幽默，紧紧抓住了像鲁迅所说的那种“公然的，也是常见的，平时是谁都不以为奇的”，但“却已经是不合理的，可笑、可鄙，甚而是可悲的现象”，加以概括、提炼，使之典型化，所以是真实的，常常给读者以人生警悟和启迪的幽默。例如：

“那位中年人原来是一位挺有来历的大人物——居然是县法官——可算是孩子们迄今为止见过的最威严的角色——他们琢磨不透他是用什么材料制成的——他们一方面想听他大吼一声，一方面又害怕他吼出声。他是康士坦丁堡镇上的人，离此地十二英里——算是出过远门，见过世面——他那双眼睛曾经仰望过县法庭——据说县法庭的屋顶是铁皮做的。”

这一段看似是一个无知顽童的懵懵懂懂的推理，是一种稚拙、可笑的坦陈，但实际上是对司法制度的怀疑和挖苦，是对道貌岸然的“大人物”的冷峻的嘲讽。

二〇一〇年是马克·吐温逝世一百周年。世易时移，科学技术的飞速发展已把我们带入了信息社会，今天人类的生活条件和生存状况与马克·吐温所处的时代已有天壤之别，然而，作为一部文学史上的经典名著，《汤姆·索亚历险记》却依然魅力不减。一百多年来，汤姆这个美国乡村小顽童的形象已赢得世界各地不同肤色、不同年龄的读者的喜爱，并且还将活在一代代后来人的心中。用通常的眼光来看，汤姆绝不是一个“好孩子”。他调皮捣蛋，不爱学习，喜欢出风头又不切实际，而且小小年纪就谈恋爱，这一切，即便是今天的父母看来，也都是要严加管教的。那么，汤姆身上究竟有何可爱之处呢？我认为，这就在于他真实地体现了儿童淳朴的天性。毫无疑问，每一个儿童，不论他生在何地，都会有一些与汤姆相类似的经历，他都会视汤姆为自己的玩伴。而同样，对每一个成年人来说，汤姆身上都有他自己童年生活的影子，汤姆代表着他人生记忆中最美好的部分。

在一个生存竞争越来越激烈、对生存能力的培养越来越重视的社会中，我们的孩子们都会比汤姆“懂事”，他们都知道从小要好好学习，这样将来才不至于在社会上无立足之地。如今，孩子们的书包越来越重，学校越来越变得像监牢一般，在我们为今天的孩子们的智力发展水平而自豪，为涌现出来的各种各样的少年天才而欢呼时，我们是否想过，在他们身上，像汤姆所具有的那活活泼泼、趋近自然的生命力是否有所丧失呢？罗马尼亚雕塑家布朗库西曾说，一个人的童年结束之时，便是他的心灵死亡之日。也许对每一个人来说，他都必须长大，他的心灵都必须“死亡”，然而对今天的儿童们来说，他们是否成熟得太快，他们的童年是否都结束得过早了点呢？

或许《汤姆·索亚历险记》对于今天的成人读者的另一个重要作用，就在于促使他们将汤姆、哈克这些纯真无邪的儿童作为一面镜子，认真审视和检点一下自己的所作所为。汤姆厌恶枯燥的功课、骗人的教义和死板的生活环境，喜欢调皮捣蛋、招惹是非，动辄打架逃学，但是他富有正义感，有良知。他为不能揭发印江·乔杀害鲁宾逊医生的罪行感到羞愧，又为把家里的肉偷到杰克逊岛感到内疚。相形之下，书中的很多成年人，包括那些喜欢向汤姆灌输宗教教义的正人君子，却多少都染上了自私、懒散、保守、贪婪等陋习。重读此书，我们也许可以得出这样一个启示：儿童乃成人之父，成人应尽力保持儿童那份纯真的心灵。因为成人已被这纷繁复杂的大千世界打上了种种不可磨灭的烙印，尤其是在拜金主义风行、人文精神日渐式微的今天，他们已在很大程度上失去了儿童那份纯真而变得老于世故，这一份纯真也就更加弥足珍贵。

我与《汤姆·索亚历险记》的缘分始于七十年代末期。在那个乍暖还寒的早春时节，我和许多同龄人怀揣来之不易的入学通知书跨进大学校门。经过十年浩劫，当时的外语系英语图书资料极其匮乏，我们使用的英语教材也带有明显的“文革”痕迹。后来电台英语节目播出《汤姆·索亚历险记》，我们每天必听，坚持数月不辍，其痴迷执着的程度丝毫不亚于儿时读《水浒》《三国》。一时间，我们饭前课后，口口声声不离“汤姆”、“哈克”和“波莉姨妈”，至于“打仗恋爱忙不休”、“铁钳甲虫戏弄小狗”、“猫与止疼药”、“校长的金漆脑袋”这些脍炙人口的故事，更是我们津津乐道的话题。为加深印象，我还借来英文原著阅读了部分章节。虽然由于水平所限，只能是浮光掠影地浏览，但毕竟使我初步结识了马克·吐温这位文学巨匠，结识了这部在世界文坛上占有重要地位的作品。

在这部小说的中译本即将付梓之际，我和我的合作者郑康先生都同样怀着喜忧参半的心情。我们一方面为能向读者介绍这部引导自己步入外国文学殿堂的佳作而深感庆幸，一方面又唯恐由于自己学识浅陋而留下一些遗憾。译者所追求的目标在于紧扣原文，尽量再现原作的丰采姿致，不一味追求“汉化”，而力求“汉化”与“洋化”的和谐。然而，翻译工作，无论中外，都是一件吃力不讨好的事。虽然译者已经尽了很大的努力，但毕竟能力有限，实际效果与主观愿望会存在一定距离，谬误之处也在所难免，尚祈读者指正。

朱建迅

CONTENTS · 目录

前　言

本书记载的冒险故事大多实有其事，其中一两件是我的亲身经历，其余则是儿时与我同窗共读的男孩们的经历。哈克·费恩这个形象源于生活，汤姆·索亚也是如此，但并非源于一个人，而是集中了我所认识的三个男孩的特点，因此，这一形象类似建筑上的混合型结构。

书中提及的种种荒诞不经的迷信行为，在故事发生的时期——三四十年前——在西部的儿童和奴隶中间曾颇为盛行。

虽说此书是一本主要面向少男少女的娱乐读物，但我希望它不致因此受到成年男女的冷落。因为我写此书的目的之一，在于努力帮助成年人愉快地回忆起他们童年时代的生活情景，回忆他们当时的情感、思想和言谈，以及有时做出的荒唐事情。

作者

一八七六年于哈特福德

第一章

汤姆贪玩好斗、东躲西藏

“汤姆!”

无人应声。

“汤姆!”

无人应声。

“奇怪,这孩子在搞什么名堂? 叫你哪,汤姆!”

还是无人应声。

老太太将眼镜往下一拉,从镜框上边扫视整个房间,继而又将眼镜朝上一推,从镜框下边察看动静。她难得或者说从不透过镜片去看男孩这样小的目标。这副眼镜十分考究,颇令她引以为豪,戴上它是为了“体面”,而非实用——她就是眼前罩上一对火炉盖,也啥都能看得清清楚楚。她眼里流露出疑惑的神情,随即用一种虽不严厉,但足以令桌椅板凳听清的声音说道:

“好,我发誓,等我逮住你,非得——”

她话没有说完,因为她此刻只顾哈腰用笤帚在窗底下捣来捣去,每捣一下,就得喘口气。结果她只捣出家里的一只猫儿,别无他获。

“我还从没见过这么不上规矩的孩子!”

她走到敞开的大门口,站在那儿,朝满园的西红柿茎和曼陀罗草丛望去。还是不见汤姆。于是,她提高嗓门,向远处喊道:

“叫——你——哪,汤姆!”

身后传来轻微的声响,她连忙转身,揪住一个小男孩短外套的衣角,叫他无法逃脱。

“唉,我本该想到那个小房间的。你在里边干啥?”

“没干啥。”

“没干啥! 瞧瞧你这双手。瞧瞧你的嘴。怎么弄得那么脏?”

“我不知道,姨妈。”

“是吗,我可知道。那是果酱——准错不了。我已经跟你说过四十回了,你要是碰一碰果酱,我就剥了你的皮。把鞭子拿给我。”

鞭子高高举起——眼看大祸将临——

“哎呀,快往后瞧,姨妈!”

老太太猛地转过身,紧紧捏住裙子,唯恐遭遇不测。那孩子忙不迭地撒腿跑开,爬上高高的木板院墙,翻过去就不见影子了。

波莉姨妈站立片刻,心里颇觉惊诧,随即又微微一笑。

“这个该死的孩子,我怎么总是开不了窍呢? 他那些鬼把戏跟我耍到这个份儿上,我怎么还是一点也不当心呢? 老糊涂才是最大的糊涂虫呢! 俗话说,老狗学不了新招。可是天哪,他的鬼花样天天翻新,谁能料到下回又是啥名堂呢? 他好像知道我被捉弄多久才会冒火,还知道只要设法哄我一阵或逗我发笑,准保万事大吉,他也就不会再挨揍了。我对这孩子又没有尽到责任,一点不假,上帝可以作证。《圣经》上说,孩子不打不成器。我知道自己这样惯他,是在加重我俩的罪孽和痛苦。他是鬼迷心窍,可我呢!他是我已故姐姐的孩子,看他怪可怜的,我总有些不忍心揍他。每回饶了他,良心上总不安;打他吧,又总是感到心疼。罢,罢了。《圣经》上说:'人为妇人所生,时光短暂,多有患难。'此话言之有理。他今天下午准会逃学,我明天非得罚他干活不行。让他星期六干活可不容易哟,星期六所有孩子都放假,而他又顶讨厌干活。不过我得尽到管他的责任,不然就会毁了这孩子。"

汤姆果真逃了学,而且玩得很快活。他回家很迟,勉强赶上帮黑孩子吉姆干活——晚餐前锯下次日烧的柴火,劈些引火柴——至少没耽误跟吉姆讲自己干的那些开心的事儿,这样吉姆就干了四分之三的活儿。汤姆的弟弟西德尼(准确地说是他的同父异母弟弟)已经完成了自己分内的活(拾劈柴片),他是个规矩的孩子,不会惹事生非。

吃晚饭的时候,汤姆不断瞅准机会偷糖吃,波莉姨妈问了几个刁钻而又深奥的问题,为的是引诱汤姆落入圈套,说出一些自讨苦吃的实话。像许多心地淳朴的人一样,她出于虚荣心,相信自己天生具有暗中要手腕整人的本领,喜欢将那些极易被人识破的蹩脚伎俩视为聪明绝顶的妙计。她说:

"汤姆,学校里挺热的,是吧?"

"没错,姨妈。"

"热得够呛,是吧?"

"没错,姨妈。"

"你就没想过去呃——游水,汤姆?"

汤姆心里突然一阵发怵——生出几分不安和怀疑。他察看波莉姨妈的

脸,见她不动声色,便说:

“没有,姨妈——呃,不很想去。”

老太太伸出一只手,摸摸汤姆的衬衫说:

“可你的身子并不太热嘛。”想到自己已经发现汤姆的衬衫是干的,而别人谁也不知道她的用意,老太太心里暗暗得意。可是尽管她这么想,汤姆却猜透了她的心思,干脆来了个先发制人:

“我们几个在水泵下面淋了淋头——我的脑袋还湿着哪,你瞧见了?”

波莉姨妈想到自己居然忽视了这个间接证据,一条妙计没有成功,心里不免有些懊恼。稍顷,她又想出一个新主意:

“汤姆,你淋头时,用不着拆掉我给你缝的衬衫领子吧?解开上衣纽扣让我瞧瞧。”

汤姆脸上的苦相消失了。他解开上衣,只见衬衫领子缝得结结实实的。

“真是!嗯,算了吧。我本以为你准是逃学去游水了呢。好吧,我原谅你,汤姆。依我看,你就像一只皮毛烧焦的猫——正如俗语所说,外表糟糕,内里并不坏。虽说只有这一回。”

她一方面为自己的精心谋划完全落空而觉得惋惜,另一方面又因汤姆偶尔乖乖听话的表现而感到欣慰。

不料西德尼却说:

“咦,怪了,怎么我记得他的领子原先是用白线缝的,可现在是黑线。”

“可不,我的确是用白线缝的!汤姆!”

不过汤姆没等她说完就开溜了,临出门时还甩下一句:

“西德①,为了这我得结结实实揍你一顿!”

汤姆来到一个安全的地方,把插在上衣领子上的两根大针打量了一番。两根针上都绕着线,一截白线,一截黑线。他说:

“全怪西德尼使坏,不然她永远发现不了。真讨厌!有时她用白线缝衣领,有时又用黑线。但愿她永远只用一种线,黑的白的都可以——她这样换来换去,搞得我晕头转向。不过我敢打赌,为今天的事,我准得揍西德一顿。我一定要教训教训他!”

他不是村子里的模范儿童。他深知“模范儿童”的为人,因而鄙视他们。

不过一两分钟的光景,他便将所有的烦恼通通抛到脑后,这倒不是因为烦恼给他精神上造成的痛苦和负担不及成年人的深重,而是因为一种新的强烈兴趣压倒了烦恼,暂时将其从心里逐出的缘故——正如成年人初次接触新鲜事物,一时兴奋不已,也会忘记所有的不幸一样。使他刚刚产生兴趣的,是口哨的一种奇妙吹法,他才从一个黑人那里学来,正在不受打扰地拼命练习。这种口哨吹起来颇似一种特别的鸟鸣,音调和谐流畅,吹时舌头频频贴紧口腔上颚——但凡休验过儿时种种稚趣的读者,兴许都记得该怎么吹。汤姆用心苦练,很快掌握了个中诀窍。此时他大踏步走在街上,嘴里吹着动听的曲调,心中充满了喜悦。这种喜悦与刚刚发现了一颗新星的天文学家的愉快感觉极其相似——只是若以喜悦的热烈、深沉以及纯粹程度而论,天文学家无疑是不及孩子的。

---

① 西德是西德尼的简称。

夏天的傍晚很长，到现在天还没黑。汤姆蓦地止住口哨，只见一个陌生人站在他面前——一个块头略大于他的孩子。在圣彼得堡这个贫困潦倒的小村[①]里，任何初来乍到者，无论年龄大小，是男是女，都会引起人们的关注和好奇。这个男孩衣着讲究，明明不是周末，却如此精心打扮，实在过于出格，简直令人不可思议。他头上的帽子很别致，蓝布短上衣扣得严严实实，簇新、整洁而又漂亮，裤子也是如此。他脚上还穿着鞋子——今天才不过是星期五[②]。他甚至还打了一个领结，那是一根鲜艳的丝带。他那俨然一城里人的派头，深深刺痛了汤姆的自尊心。汤姆越是看这个不知从何而来的衣冠楚楚的家伙，越是对他的时髦装束嗤之以鼻，就越发觉得自己的这身打扮显得寒碜。两个孩子都没吭声，谁挪动一步，另一个也跟着挪动——但只是横着身子转圈儿，他们始终脸对脸、眼瞅眼地转着圈儿。汤姆终于开了腔：

“我能揍你一顿。”

“我倒乐意陪你试试。”

“好，试试就试试。”

“得了吧，谅你没那个胆。”

“谁说的，我敢。”

“你不行，你不敢。”

“我敢。”

---

① 原书中作者提到圣彼得堡时，有时用 village，有时用 town，译文根据作者不同用词分别译为“村”和“镇”，不作统一。

② 汤姆和一般男孩除了星期日以外，平时是不穿鞋的。

“你不敢。”

“敢!”

“不敢!”

双方很不自在地略顿片刻,之后汤姆问道:

“你叫什么名字?”

“恐怕这根本不关你的事。”

“哼,不是我说大话,这事我管定了。”

“好啊,那你怎么不管呢?”

“你再多嘴多舌的,我就管。”

“偏说——偏说——偏说,你管呀!”

“嗬,你以为你挺有能耐,是吧?我一只手捆在背后,也可以揍你一顿,只要我乐意。”

“噢,那你干吗不这么做呢?你不是说过你能吗?”

“你瞧好了,你要是还敢耍我,我就动手。”

“嘿,是吗?你这号人我见识的多了。”

“瞧你那德性!你以为自己了不起,是吗?嘻,这顶帽子不赖嘛!”

“你要是看着不顺眼,也只好拉倒。看你有种把它打下来——谁有这个胆,谁就得遭殃!”

“你吹牛!”

“你还不是一样!”

“你光嘴巴凶,就是没胆量动手。”

“呸——你滚开!”

“听着——你要再说这些屁话，我就拿石块砸开你的脑壳。”

“噢，你当然敢啰！”

“对，那是当然。”

“喂，那你为什么不砸呢？光说大话管什么用？你为什么不动手？是因为你心里害怕。”

“我不怕。”

“你怕。”

两人又沉默片刻，四目相对，侧身转着圈，肩膀很快碰到一起。汤姆说：

“快从这里滚开！”

“你自己滚开。”

“我不滚。”

“我也不滚。”

于是他俩都伸出一只脚站稳，互相用力撞挤对方，同时眼里射出仇恨的目光。但谁也没占上风。他们撞得浑身发热，满面通红，这才小心翼翼地松了点劲。汤姆说：

“你是胆小鬼，是小狗。我要跟我大哥说说你这个人。他用一个小指头就能收拾你，我会让他来收拾你的。”

“我会在乎你那个大哥？我有个大哥块头比他还大——不光块头大，还能把他扔过那道围墙哩。”（两个大哥都是信口胡诌的。）

“你撒谎。”

“你说我撒谎就是撒谎啰？”

汤姆用大脚趾在土里蹭出一道线，并且说：

"看你可敢踩过这条线！你要敢过线,我准把你打倒在地,爬不起来。谁敢,我就让谁尝尝拳头的滋味。"

话音刚落,新来的孩子抬脚跨过线,随后说:

"喂,你不是说要动拳头吗？现在就让我见识见识吧。"

"别把我惹急了,你最好留点神。"

"哎,不是你说要动拳头的吗——干吗不动呢?"

"急什么？你肯出两个铜子儿我就动拳头。"

新来的孩子从口袋里掏出两个铜板,伸手递过来,满脸不屑的神气。汤姆劈手把铜板打落在地。霎时间,两个孩子在土里滚来滚去,像猫儿似的扭成一团。他们打了足有一分钟,互相揪头发扯衣服,照准对方的鼻子又是拳击又是手挠,弄得浑身是土,也抖足了威风。这场难解难分的恶斗立时便见了分晓,汤姆从战斗的尘埃中露出身子,骑在那孩子身上,挥拳一顿猛揍。

"快求饶吧!"汤姆说。

那孩子只顾竭力挣扎着脱身。他哭出声来,多半是由于愤怒的缘故。

"快求饶吧!"——拳击依然持续不停。

撑到最后,那孩子从喉咙里勉强挤出一声:"饶了我吧。"汤姆这才让他站起来,一边说:

"现在你总算开了窍。下回最好多长个心眼,看看你想要弄的人是谁。"

新来的孩子拍拍身上的土,抽抽搭搭地走开了,偶尔还转身晃晃脑袋威胁汤姆,下回他俩再"狭路相逢"时会怎么收拾他。汤姆将他奚落了一番权作回敬,准备得胜回朝。谁知他刚转身,新来的孩子就拾起一块石头扔过来,击中他的后背,然后掉转头,像羚羊似的飞速逃窜。汤姆紧随其后,一直追到这个坏小子的家,这才知道他住在哪里。他在门口站了一会,用言语激他的对手出来较量,可是这个对手只是隔着窗户朝他扮鬼脸,硬是不肯挪窝。最后对手的母亲露面了,她骂汤姆是个粗俗野蛮的坏孩子,命令他走开。于是他走开了,一边还说哪天一定会“收拾”那个坏孩子的。

那天晚上汤姆回家很晚,他提心吊胆地爬进窗户,发现自己遭到姨妈的伏击。看到他的衣服搞得这样邋遢,她原先作出的利用周六放假把他关在家里做苦工的打算,立时便化做坚如磐石的决心了。

第二章

了不起的粉刷工

星期六早晨到了。整个夏季世界明媚清新,洋溢着生命的气息。人人心里都有一首歌,年轻人心里的歌还从唇间唱出来。张张脸上喜形于色,跨出的每一步都充满了活力。刺槐盛开着花儿,空气中弥漫着馨香。村外高高耸立的卡迪夫山上草木青翠,距离村子不远不近,恰似梦中缥缈的仙境,幽静而又令人神往。

汤姆出现在人行道上,一手提着桶石灰水,一手拿着把长柄刷。他两眼打量着围墙,原先的欢乐顿时全消,一阵深沉的忧郁占据了他的心灵。木板围墙长三十码,高九英尺。他觉得生命似乎变得很空虚,活着只是一种负担。他唉声叹气地把刷子蘸上石灰水,沿着最上面的木板刷过去,重复一遍,然后再来一次。他将刷过的毫不起眼的狭条与待刷的漫无际涯的墙面相比,感到十分沮丧,一下子跌坐在木箱上。吉姆从门口蹦蹦跳跳地跑了出来,手提一只铁桶,嘴里哼着《布法罗的姑娘》的小曲。以前在汤姆眼里,去公用机井打水是最惹人讨厌的活计,但他现在却不这么看了。他想起在井旁总有伴,白种的、混血的、黑种的男孩女孩在一起排队打水,一起休息,交换玩物,吵嘴,打架,嬉闹。他还想起虽说机井离家仅有一百五十码,吉姆却从未在一小时内提回一桶水——就这样往往还得有人去催才行。汤姆说：

“喂，吉姆，我去提水，你来帮我刷一会儿墙。”

吉姆摇摇头说：

“不成啊，汤姆少爷。老太太她让我赶快把水提回家，不管碰到谁都不许耽搁。她说她已料到汤姆少爷会让我替他刷墙，所以吩咐我只管干自己的活儿——还说要亲自来看你刷墙呢。”

“哎，甭听她瞎诈唬，吉姆。她说话总是这种腔调。把水桶给我——我去去就来，她不可能知道的。”

“哦，我可不敢，汤姆少爷。老太太她会把我的脑袋拧下来的，这种事她肯定做得出来。”

“就她？她什么时候打过人！——顶多拿顶针敲敲你的脑袋瓜。你说说看，谁还在乎这个。她嘴头厉害，可凶话并不伤人——反正只要她不流泪就没事。吉姆，我给你一个石头弹子。一个又大又白的石头弹子！”

吉姆开始动摇了。

“又白又大的弹子，吉姆！这玩意儿可好呐！”

“可不！说真格的，那个弹子是不赖！可是汤姆少爷，我真怕老太太——”

“还有，只要你愿意，我就让你看看我那只肿了的脚指头。”

吉姆毕竟是一个凡人，岂能抵御这么大的诱惑。他放下水桶，拿过白色的石头弹子，弯下腰聚精会神地看着汤姆解开裹住脚趾的绷带。可是没多久，他就感到屁股火辣辣一阵疼痛，赶紧抄起水桶飞也似的溜上大街。汤姆开始卖力地刷墙。波莉姨妈离开他干活的地方朝自家走去，手里攥着一只拖鞋,眼里射出大获全胜的光芒。

然而汤姆的工作热情没能持续多久。他开始重温自己原先作出的如何在那天尽情玩耍的计划,越想心里越窝囊。那些无拘无束的孩子很快就会活蹦乱跳地打这儿经过,跑到老远的地方去干各种兴味无穷的趣事。他们瞧见他那副被迫干活的狼狈相,准会把他大大嘲笑一番——想到这些,他心里火烧火燎般地难受。他取出自己的全部宝贝看了一阵——几件残缺不全的玩具,几颗弹子,外加若干不值钱的破烂儿。拿这些东西去跟别人换工作干,兴许还能凑合,可若要换来半小时真正的自由,恐怕连一半的可能都没有。于是他把这些寒酸的物件塞回兜里,放弃了想要收买那些孩子的打算。就在这倒霉无望的时刻,他忽有所悟,想出一个呱呱叫的好主意。

他拿起刷子,不动声色地重新开始干活。本·罗杰斯很快出现了——所有孩子当中汤姆最怕他那张刻薄的嘴。他走路的姿势很像持续的三级跳——一跳,一蹦,再纵身一跃——足见他心情愉快,准备快快活活地度过这美好的一天。他嘴里一边啃着苹果,一边断断续续地发出悠长悦耳的声音,继而是一阵沉闷的叮——咚——咚,叮——咚——咚,这是在模仿一艘汽船。挨近汤姆时,他放慢脚步,走在街道中央,加大右舷倾斜的角度,使足了劲掉转船头停住,举手投足一本正经——他这是在模仿"大密苏里号",把自己想象成一艘吃水九英尺深的大船。他一人同时扮演轮船、船长和轮机铃铛三种角色,因此只得想象自己站在顶层甲板上发布命令,同时还得执行命令:

"停船,伙计!丁——噢——零——零!"他缓缓地向人行道靠拢,表示轮船正在渐渐泊岸。

“掉头,丁——噢——零——零!”他向前伸出双臂,然后笔直地垂于身体两侧。

“右舷向后！丁——噢——零——零！哧！哧——哧——呜！哧!”他的右手同时划着大圈,权做一只四十英尺的大转轮。

“左舷向后！丁——噢——丁——丁！哧——哧——哧!”左手也开始划起圈来。

“右舷停！丁——噢——丁——丁！左舷停！右舷向前！停！外面慢慢向内转！丁——噢——零——零！哧——呜呜！放大绳！动作利索点！快,把船舷的绳子拿来——你磨蹭什么哪！把绳套在靠墩上绕一圈！好！就那么拉住——松手！关掉机器,伙计！丁——噢——丁——丁！唏—唏—唏!”(他在模仿气阀排气的声音。)

汤姆只顾刷墙——对这艘汽船视而不见。本瞪着眼瞅了一会,说道:

“哎呀！你在遭罪哪,对吧?”

没有回答。汤姆以艺术家的眼光欣赏自己刚刚涂抹的那一块,接着又用刷子来回轻轻一抹,像刚才一样审视涂抹后的效果。本走过来站在他身旁。汤姆见到苹果馋涎欲滴,但是手上的活儿依然不停。本对他说:

“咳,老弟。看来你是非得干活不可啰,对吧?”

汤姆倏地转过身说:

“哟,原来是你,本！怪我没留神。”

“我说——我可要去游泳啦。你难道不想去吗？不过你宁愿待在这里干活——是不是？你当然宁愿干活啰!”

汤姆盯了那孩子一会儿,问道:

“你说干活是什么意思?”

“怎么,这还不叫干活吗?”

汤姆继续刷他的墙,满不在乎地回答:

“好吧,这也许是干活,也许不是。我只晓得,这样做很对汤姆·索亚的心思。”

“哦,这么说,你是说你乐意干这活儿?”

刷子继续在墙上移动着。

“乐意? 唔,我不明白我为什么不应该乐意干。难道一个小孩子每天都能得到刷墙的机会吗?”

此事这样一说,倒是颇有几分新意。本停止咬他的苹果,汤姆姿势优雅地来回挥舞刷子——退后观察效果——这里、那里添上一刷子——再瞧瞧效果如何——本盯着他的一举一动,越看越有兴趣,越看越入迷。不一会儿他说道:

“喂,汤姆,让我刷一会儿吧。”

汤姆略一踌躇,刚想答应却又改了主意:

“不成——不成——恐怕我很难答应你,本。你瞧,波莉姨妈特别看重这面围墙——谁叫它正当街呢? ——当然,要是后面的围墙,我就不会在乎,她也不会这么介意了。是的,她对这面围墙讲究得要命,刷的时候一定不能马虎。依我看,一千个孩子,兴许两千个孩子里面,也找不出一个能把墙刷得让她满意的。”

“挑不出——这话当真? 哎,不碍事——让我试试——就一小会儿——换了我——我就让你试,汤姆。”

“本,我倒想让你试试,这话绝对当真;可是,波莉姨妈——喏,吉姆本来想干,可她硬是不让;西德也想干,她还是不准。你还看不出我有多犯难吗?如果把围墙交给你,万一有个闪失——”

“哎,哪儿的话,我肯定会跟你一样小心在意的。让我试试看吧,得了——我把苹果核儿给你。”

“那好,你来试试——不,本,不成。我怕——”

“我把苹果全给你!”

汤姆让出了刷子,脸上显得很不情愿,心里可是乐滋滋的。于是刚才那艘“大密苏里号”头顶骄阳汗流浃背地干起活来,而这位退了休的艺术家却坐在附近树荫下的一只木桶上,悠悠地晃荡着两条腿,津津有味地嚼着苹果,一边盘算怎样让更多的傻小子成为牺牲品。可以捉弄的傻小子还真不少。隔一会便有孩子走过,起初想来取笑他,结果却甘愿留下来刷墙。等到本累得撑不住时,汤姆已经和比利·费谢尔谈妥了交易,以一只完好无缺的风筝作交换,让他接着刷。等到比利筋疲力尽了,约翰尼·米勒又把下一个刷墙的机会买了下来,他付出的是一只用细绳拴着晃悠的死耗子——就这样依次不断,成交了一笔又一笔买卖,过了一个又一个钟头。等到下午过了一半的时候,汤姆已从早晨一个一贫如洗的苦孩子,变成了地地道道的阔佬。除了上述几件东西以外,他还拥有十二颗弹子,一把破口琴,一块能充当眼镜片的蓝瓶子玻璃片,一门苇管做的炮,一把什么锁也打不开的钥匙,一截粉笔,一只大酒瓶上的玻璃塞子,一个小锡兵,一对小蝌蚪,六个鞭炮,一只独眼小猫,一个铜门把手,一只狗脖圈——可是没有狗——一个刀柄,四片橘皮,还有一个破损不堪的窗格。

他过了一段舒心惬意的美好时光——不乏玩要的伙伴——而且围墙已经刷上了三层灰浆。倘若不是灰浆刷完,他说不定会让村子里的每个男孩破产。

汤姆这会儿觉得,这个世界原来并不那么空虚无聊。他无意中发现了人类行为的一个重要规律,那就是要让大人或小孩渴望做一件事,只需使做事的机会难以获得即可。如果他是一个聪明的哲人,如同本书作者一样,他此时就能悟出这个道理:“工作”是一个人被迫做的事情,而“玩要”则不是他非做不可的事情。这个道理有助于他明白何以做假花或者蹬踏车是工作,而玩滚木球或爬勃朗峰只能算消遣。英国一些阔绰的绅士夏季每天驾着四套马车沿大路跑上二三十英里,因为这样做可以花掉不少钱;可如果付钱雇他们驾车载客,消遣便成了工作,他们是不愿干的。

汤姆把他的小天地里发生的实质性变化细细琢磨了一阵,便返回“司令部”报告去了。

第三章

打仗恋爱忙不休

汤姆出现在波莉姨妈面前。她此刻正坐在后面房间一扇敞开的窗户旁边,这个舒适的房间兼做卧室、餐室和图书室。夏日清爽的空气,安静怡人的环境,花儿的缕缕幽香,以及蜜蜂催眠似的嗡嗡声,产生了使人欲入梦乡的效果,她手里拿着编织物在打盹——因为她只有猫儿做伴,况且猫儿又在她怀里睡着了。为保险起见,她把眼镜架在头发灰白的脑门顶上。她原先寻思汤姆肯定早就开小差溜走了,可乍一见他就在眼前,而且毫不惧怕自己的威严,不免感到诧异。只听他问:"我现在总可以出去玩了吧?"

"什么,已经在动玩的念头了?外面的围墙你刷了多少?"

"全刷完了,姨妈。"

"汤姆,别对我撒谎——我可受不了这一套。"

"我没撒谎,姨妈,真是全刷完了。"

波莉姨妈对这类信誓旦旦的保证是不大相信的,她要亲自出去察看一番,只要发现汤姆所言有二成属实,她也就知足了。当她发现整面围墙都已刷过,不仅刷过,而且还认真细致地刷了一层又一层,甚至连地上都留下了一道白线时,她简直惊讶到近乎难以名状的地步。她说:

“咦,真是怪事！简直叫人琢磨不透。汤姆,你只要存心干活,还真怪能干的哩。”接着她又加了几句,把夸奖的语气冲淡几分,“不过我得说,你存心干活的时候也实在太少了。好了,去玩吧;只是得留神,你就是玩上一星期也总该有回家的时候,不然我非揍你不可。”

她因为汤姆取得的出色成就乐得忘乎所以,于是把他领进小房间,挑出一只最好的苹果给他,同时还讲了一通做人的大道理,说是只有经过认真努力而不是投机取巧换来的款待,才会更有价值,更有味道。在她临了吟诵《圣经》上一句漂亮得体的话时,汤姆伺机“取走”了一只油炸面饼。

然后他蹦蹦跳跳地跑出去,恰好撞见西德尼爬上通往二楼后面房间的室外楼梯。转瞬间,俯拾皆是的泥块扔得满天飞,雹子似的纷纷落在西德尼周围。等到波莉姨妈惊魂稍定,冲出来解围时,已有六七个泥块命中目标,汤姆也早已翻过围墙溜走了。大门就在一边,但他通常情急之中是顾不得用它的。西德让姨妈注意他衣领上的黑线,让他吃了苦头,现在他终于算清了这笔账,心里舒坦多了。

汤姆绕过那排房子,走上波莉姨妈牛棚后面的一条泥泞小道。他刚刚来到逮不着、罚不了的安全地带,便匆匆奔向村里的公共广场。按事先的约定,已有两支由孩子组成的“武装部队”集结于此,准备交战。其中一队由汤姆指挥,另一队由汤姆的贴心朋友乔·哈泼指挥。两位统帅是不会屈尊亲自上阵的——冲锋陷阵本是小喽啰的分内事——而是一起坐到一个高地上,通过手下的参谋发号施令,指挥作战。经过一场长时间的激烈搏斗,汤姆的部队大获全胜。接下来是清点阵亡人数,交换战俘,商定下次作战的条件和日期。然后两支人马列队撤离战场,汤姆也就独自回家了。

汤姆经过杰夫·撒切尔的家时,瞅见园子里有一个新来的女孩——一个妩媚动人的蓝眼睛小姑娘,头发梳成两条长辫,身穿白色夏服和绣花宽松长裤。这位刚刚戴上胜利桂冠的英雄一枪未发便被对方征服了。此刻,一位名叫艾米·劳伦斯的姑娘从他心目中完全消失,不留半点痕迹;他原先自以为爱她爱得发狂,将自己的爱视为满腔痴情,至此方才明白,那充其量只不过是一种渺小可怜、转瞬即逝的偏爱。他花了几个月的时间才赢得她的青睐,她对他袒露心迹仅仅一个星期,他成为世界上最幸福、最骄傲的男孩也仅有短短七天,然而她却像一个结束访问的匆匆过客一样,从他心中骤然消失了。

他暗暗打量着这位新来的天使,爱慕之情油然而生,直到觉察出自己已经被她发现才挪开视线。然后他佯作不知她就在近旁,开始"露一手",玩起男孩子当中流行的种种荒唐可笑的把戏,企图博得她的赞赏。这种愚蠢怪诞的举动持续了一阵,稍后,他在表演几个高难度技巧的当儿,眼睛往旁边一溜,瞥见那个小姑娘正在向自己家中走去。汤姆跑到围墙那儿,靠着墙黯然神伤,巴望她再待一会儿。她在台阶上驻足片刻,随后朝家门走去。汤姆眼睁睁地瞧着她的脚踩到门槛上,长长地叹了一口气。可他很快又面露喜色,因为就在她进门之前的一刹那,她隔着围墙扔出一朵三色堇花①。

那孩子转身跑去,在距花一两英尺处停住脚步,一只手掩着眼睛向街的另一头望去,似乎发现那里正在发生什么有趣的事情。他随即又拾起一根干草,脑袋尽量往后仰,同时把草放到鼻子上,竭力保持它的平衡。他费劲

---

① 三色堇花为西方人表示相思的花。

地扭动身子,脚步缓缓地向三色堇花挪移。最后他的光脚踏在花上,用灵巧的脚趾牢牢夹住,就这样带着他的宝贝一只脚一蹦一跳地离开,拐过弯就不见了人影。但只是消失了一会儿——只是为了将花别到上衣里面邻近心脏的部位——或许是邻近肚子,他没有多少解剖学的知识,并不在乎两者之间的区别。

他又回到原处,在围墙附近游来荡去,像先前那样"露一手",直到夜幕降临。可是那女孩再也没有露面,汤姆只好从自己的一厢情愿中寻求安慰,盼望她此刻就待在一扇窗户旁,已经明白了他这番心意。最后他很不情愿地跑回家,可怜的脑瓜里塞满了种种幻想。

吃晚饭时,他始终兴致很高,波莉姨妈暗自生疑:"不知这孩子又有什么心思。"因为拿泥块砸西德,他被狠狠训斥了一顿,却似乎毫不在意。他冒险在姨妈眼皮底下偷糖吃,结果指节骨给敲了一下。他说:

"姨妈,西德拿糖吃你可不打他呀。"

"不错,可是西德不像你这样缠人。只要我稍不留神,你就趁机偷糖吃。"

随后她走进厨房,西德由于受到袒护,心里自然得意,伸手去够糖缸——这样故意炫耀自己如何了得,可真让汤姆受不了。谁知西德手没拿稳,糖缸落在地上摔碎了。汤姆心里痛快极了,一时连话也说不出来。他跟自己说,即使姨妈进来,他还得默不作声,就这么悄悄坐着,直到她开口询问是谁干的好事,才如实说出真情。看着那个备受恩宠的宝贝"自作自受",天底下再没有比这更加痛快的事儿了。汤姆满心欢喜,因此当老太太回来,两眼盯着地上的破缸子,从眼镜上面喷射出愤怒的火花时,他一时乐得竟几乎无法自持。他暗暗说:“这下可有好瞧的了!”可是紧跟着却是他自个儿趴到了地上!就在那只沉重的巴掌高高抡起准备再打之际,汤姆大声嚷道:

“住手呀,你干吗打我?——缸子是西德摔碎的。”

波莉姨妈停住手,有点不知所措。汤姆指望她道个歉,安慰他两句。可是等到她的舌头能够转动自如时,说出的只是这两句:

“唔,我说,你挨这一下也不冤枉。没准我不在的时候,你放肆干了其他什么淘气事哪。”

但是她受到良心的谴责,很想说些和蔼可亲的话,可又断定此举会被孩子理解为她承认自己有错,这是家规所不容的。结果她沉默不语,手上干着活儿,心里却是乱糟糟的。汤姆缩在角落里生闷气,越想越委屈。他知道姨妈内心里在给他下跪,因为意识到这一点,尽管他面色阴郁,心里却深感快慰。他不会放出和解的信号,也不会理睬对方作出的暗示。他明知有一种渴盼的目光,不时透过泪水落在他身上,可他硬是视而不见。他想象着自己卧病不起,奄奄一息,姨妈俯身哀求他说出一句宽慰的话,可是他扭过脸朝着墙,至死也未吐露一字。哦,那时她又会做何感想呢?他又想象自己淹死在河里,被人抬回家中,满头鬈发湿漉漉的,一颗受伤的心停止了跳动;她如何扑到他身上,泪如雨下,嘴里连连祈求上帝把孩子还给她,说她永远永远不会再打他骂他了!然而他身子冰凉,面色惨白,躺在那里毫无反应——一个遭罪受难的苦孩子,所有的烦恼就此终结。这些想象中的痛苦使他心潮起伏,不得不时时将泪水咽进肚里,喉头也常常哽塞。他泪眼迷离,一眨眼泪水便夺眶而出,顺着鼻尖流下来。这样抚慰自己心头的哀戚,对他不啻一种享受,因此他无法容忍任何世俗的喜悦或令人不快的乐趣搅扰这种境界。这种超凡脱俗的境界不容冒犯。后来他的表姐玛丽手舞足蹈地跑进来,她在乡下只待了一星期,却仿佛过了好多年似的,现在终于又见到了家,一副欢天喜地的样子。就在她将歌声和阳光带进一扇门的同时,汤姆却起身从阴云暗影中溜出另一扇门。

他独自游来荡去,远远离开孩子们经常出没的地方,专去那些契合自己心境的僻静之处。河里一只木筏吸引了他,于是他坐到木筏的帮上,凝望阴沉凄凉的茫茫流水,盼望自己能突然不知不觉地淹死,而无需经受老天安排的那一段吃苦受难的人生历程。接着他想到那朵花。他把花拿出来,尽管它已经揉皱发蔫,却给郁闷不乐的他带来些许慰藉。他想如果她知道这些,会同情他吗?她是否会流泪,是否希望得到搂着他的脖子好言劝慰的权利?还是像这个冷漠的世界一样,对他冷冰冰地掉头不理?这幅图画使他产生了一种苦乐参半的情绪,开始苦苦思索这一问题,并且从各种新的不同角度加以考虑,直到弄得意绪全无方才作罢。最后他叹息着站起身来,在黑暗中离去。

大约九点半或十点钟光景,他沿着阒无人迹的街道来到那位"不知姓名的意中人"住的地方。他稍停片刻,侧耳细听,四周寂静无声,只有一圈暗淡的烛光,映在二楼一扇窗户的窗帘上。那位圣洁的姑娘是否就在那儿呢?他翻过围墙,蹑手蹑脚地走过花草丛,来到窗下站住。他朝窗帘仰视良久,心里充满了柔情,然后又仰卧在窗下,双手合在胸前,捧着那朵枯萎而又惹人怜爱的花儿。他恨不得就这样死去——在这冰冷的世上,孤身一人,头顶毫无遮盖,当巨大的痛苦来临时,没有一只温柔的手揩去他临终前额上渗出的汗水,也没有一张慈爱的面庞贴近他表示哀悼。

窗户打开了,一个女佣聒耳的声音打破了圣洁的静谧,旋即一盆水哗啦哗啦地泼下来,把这位有心殉情者的躯干淋得透湿!

这位被水浇得透不过气来的好汉猛地跳将起来,呼哧呼哧喷着鼻子,以减轻难受的滋味。接着一个石块之类的东西"嗖"的一声向空中飞去,夹杂着一声轻轻的咒骂;随即是玻璃打碎的声音,一个模模糊糊的小孩身影翻过围墙,在黑暗夜色中飞也似的逃窜。不久之后,汤姆脱光了衣服准备睡觉。当他就着烛光察看自己淋湿的衣裳时,不巧西德醒来了。即令他隐隐生出一点"含沙射影"地挖苦两句的念头,一见到汤姆两眼露出的凶光,也就只好觉得还是不说为妙。

汤姆省去了作祷告的麻烦,很快进入梦乡;西德在心里暗暗记下他这回的偷懒行径。

第四章

主日学校[1]里出风头

红日在寂静的大地上冉冉升起，照耀着这个安谧的村庄，犹如带来上天的赐福。吃过早餐之后，波莉姨妈主持了家庭祈祷：开始的一篇祷词以一段段生硬堆砌的《圣经》语录为基础，外加一丁点独出心裁的发挥，勉强凑合在一起。这一切进行到高潮的时候，她像摩西当年站在西奈山[2]巅似的，吟诵了摩西律[3]中最严厉的十诫。

然后，汤姆强打精神，或者说是花些功夫，准备记熟"摊他背诵的几节《圣经》"。西德几天前就把他的功课预备好了，汤姆则把全部精力用来背诵书中的五节。他选择了基督"登山宝训"这一部分，因为再也找不出比这更短的了。半小时过去，汤姆对自己所学的东西总算有了个依稀恍惚的印象；然而充其量不过如此，因为他的思维活动此刻正穿越人类思想的全部领域，双手也忙着捣鼓几个让自己分心走神的玩意儿。玛丽拿过他的书听他背诵，他背得结结巴巴，像是在雾中探路。

---

① 主日学校：基督教在星期日对儿童进行宗教教育的学校。

② 西奈山：摩西传上帝之命的地方。

③ 摩西律：古代希伯来人律法，亦指犹太教所称《圣经》的前五卷。

“虚心的人——呃——呃——”

“有——”

“是呀——有;虚心的人有——呃——呃——”

“有福了——”

“有福了;虚心的人有福了,因为天——天——”

“天国!”

“因为天——国——虚心的人有福了,因为天国是他们的。哀恸的人有福了,因为——因为——”

“他们——”

“因为他们——呃——”

“必——”

“因为他们必——哎,我实在想不起来该怎么说了!”

“必得!”

“噢,必得! 因为他们必得——因为他们必得——呃——呃——必得哀恸——呃——呃——有福的人必得——必得——呃——必得哀恸的人,因为他们——呃——必得什么? 你干吗不告诉我,玛丽? ——你干吗要存心刁难我?”

“哎,汤姆,你这可怜的小傻瓜,我不跟你开玩笑。我不能这么做。你还得再念。别泄气,汤姆。你会记牢的——只要你记牢了,我就给你一个顶好玩的东西。赶紧去念吧,做个乖孩子。”

“好吧! 是什么东西呢,玛丽? 快点告诉我。”

“看你急的,汤姆。你放心,我说好,就保准错不了。”

“你既然这么肯定,那好,玛丽,我就再下点工夫。”

他果然“又下了点力气”——在好奇心和诱人的奖赏双重驱使下,精神十足地念了一阵,结果取得了圆满成功。玛丽给了他一把价值一角二分钱的崭新的“巴洛牌”小刀,顿时,一阵猝然迸发的狂喜掠过全身,使他几乎站立不稳。诚然,这把小刀割不了什么东西,可它毕竟是“正宗”的巴洛牌,这本身就意味着一种无形的荣耀——至于西部的孩子们如何想到这种武器有可能会被假冒,使其名声受辱①,恐怕不仅现在是个不解之谜,而且也将永远如此。汤姆用这把小刀在碗柜上乱划一气,后来正打算向五斗橱下手时,却被叫去换衣服,准备上主日学校②。

玛丽给他端来一盆水,还有一块肥皂。他把水盆端到门外,放在一只小板凳上,然后把肥皂在水里蘸了蘸,搁在旁边。他挽起衣袖,将水轻轻泼到地上,接着走进厨房,用挂在门后的一条毛巾使劲擦脸。不料玛丽拿走了毛巾,对他说:

“喂,你真不害臊,汤姆!你不该这么使坏。用水洗洗脸不会对你有什么害处。”

汤姆稍稍有点发窘。玛丽又往脸盆里倒满了水。这回他在脸盆前站了一会儿,憋足劲,深吸一口气,开始洗起来。接着他走进厨房,两眼紧闭,双手去摸毛巾,肥皂水顺着面颊往下淌,算是他洗过脸的确凿证据,可是他用毛巾擦了一气,露出脸的时候,效果还是不理想。因为脸上的干净部位到了

---

① 巴洛牌小刀并不是名贵的东西,根本不会被假冒,可是在孩子们的心目中,却是了不起的宝贝。此种儿童心理,实难为大人所理解。

② 主日学校:指星期日对儿童进行宗教教育的学校,大多附设于教堂。

腮帮和下巴突然停止,像是戴了一副面具。这条分界线以下及其两侧,是一大片尚未润湿的黑泥,脖子上绕了一圈,又向前胸后背延伸。只是在玛丽过来帮他收拾好以后,他才像是一个男人,像是她的同胞兄弟,肤色也没有什么区别。湿透的头发梳理得滑溜熨帖,短短的鬈发匀称美观地从中间分开。(他暗暗费了很大的劲,才把鬈发压平,使其紧贴头皮,因为他执意认为鬈发本身有几分女人气,从而给他的生活增添了许多烦恼。)接着玛丽又取出他的一套衣服——两年中只有星期日才穿,干脆被称为"另一身行头"——我们由此可知他到底有几套衣服。穿好以后,玛丽又帮他"收拾打扮",把他的整洁的上装一直扣到脖领,又将里面的大号衬衫的领子翻到肩膀上,再给他上下掸掸,戴上那顶斑斑点点的草帽。这下子他看上去精神多了,但却特别不舒服。他现在穿上成套的服装,还得保持清洁,一时颇受拘束,外表和内心同样感到不自在。他希望玛丽会忘记他的鞋,可惜未能如愿。她按照当时的习惯将鞋面涂满蜡,然后拿出来。于是汤姆终于按捺不住了,说别人总是逼他做他自己不愿做的事情。但玛丽好言相劝:

"听话,汤姆,做个好孩子。"

结果他好歹穿上了鞋子,嘴里还叽里咕噜地发着牢骚。玛丽很快收拾停当,三个孩子一起动身去主日学校——汤姆打心眼里憎恨这地方,不过西德和玛丽却很喜欢。

主日学校九点到十点半上课,接下来是做礼拜。三个孩子当中有两个孩子总是自愿留下来听牧师讲道,另一个也愿意留下来——不过是为了其他更有诱惑力的原因。教堂里的高背无垫长椅大约总共能坐三百人。教堂建筑是一座普普通通的小房子,屋顶用松木板搭了个类似木箱之类的东西当做尖顶。汤姆在门口放慢脚步，跟一个身穿礼拜服装的伙伴搭讪：

“喂，比利，你有黄条儿吗？”

“有哇。”

“用什么你才肯换？”

“你有什么？”

“一块甘草糖，外加一只鱼钩。”

“让我看看。”

汤姆拿出来让他过目。比利看了很中意，两人交换了各自的财物。随后汤姆用两颗白色的大弹子换了三个红条，又拿出另外一些小玩意换了两个蓝条。接下来十到十五分钟的光景，他拦住一些路过的男孩，继续收买各种颜色的条子。他随着一群衣着整洁、大声喧哗的男孩女孩进入教室，刚走到自己的座位上就跟邻座的男孩吵了起来，被那位神情严肃、上了年纪的老师制止。老师刚转过身，汤姆又揪了一把前排长椅上一个男孩的头发，那男孩转过头来，却见到他在装模作样地看书。很快汤姆又用别针去戳另一个男孩，只是为了听他喊一声“哎哟！”结果又让老师骂了一顿。他班上的同学全是一个德性——吵吵嚷嚷，调皮捣蛋，不守规矩。背书时没有一个能熟记课文，总得有人不断提醒，然而他们还是硬着头皮背到底，个个都得了奖品——蓝色的小条儿，每张上面印有一节《圣经》语录，背出两节即可得到一个。十个蓝条可以换一个红条，十个红条可以换一个黄条，哪个学生拿到十个黄条儿，校长就奖励给他一本印制粗糙的《圣经》（在以前那种生活开销很低的年代只值四角钱)。即使以一本多莱版《圣经》①作为奖品,读者诸君又有多少人甘愿费心劳神背诵两千节《圣经》呢?然而玛丽就是这样获得了两本《圣经》——两年孜孜苦读的结果——还有一名德国血统的男孩获得了四五本。他曾经一气不停地背出三千节,可是由于用脑过度,从此变得跟白痴没什么两样——这是校方的一个严重损失,因为此前但凡重大场合,校长(按照汤姆的说法)总要把这个孩子叫出来,当众"炫耀自己的学识"。只有年岁稍长的学生才有心积攒条儿,长期坚持背诵那些枯燥乏味的东西,以期得到一本《圣经》;所以每回颁发奖品,都是一件备受关注的稀罕事儿。获奖的学生在那天是引人瞩目的大人物,其他每个在场的学生心里也会重新燃起一种通常能持续一两周的火热激情。汤姆也许心里从未渴求过这种奖品,然而他对与之俱来的那份荣耀和名声,却是向往多时了。

眼看时间已到,校长从讲坛前站起身,手拿一本合上的《赞美诗集》,食指夹在书页中间,示意全场肃静。主日学校的校长在照例简短致词时,手里总会拿着一本《赞美诗集》,正如歌唱家在音乐会上走向前台独唱,手中总离不开乐谱一样——个中缘由谁也说不清楚,因为在台上遭罪的人从不看诗集或乐谱。这位校长三十五岁,身材瘦削,留着淡茶色的山羊胡须和短发。他脖子上戴着一个笔挺的硬领,领边几乎触及两只耳朵,两个领尖朝前弯向嘴角——恰如一堵围墙,逼迫他只能眼观前方,侧视时就得转过身子。他的下巴颏儿支在一只大领结上,这只领结的长度和宽度与一张钞票相似,两端还缀着流苏。他的靴尖往上高高翘起,酷似雪橇的滑板——这是当时

① 多莱版《圣经》:一种印有法国名画家多莱插画的《圣经》版本。

的流行式样,是年轻人足尖抵墙耐心苦坐数小时的结果。沃尔特先生态度极其诚恳,心地也非常真挚坦然。他对宗教事务和宗教场所颇为虔敬,将它们与世间俗务截然分开,所以他在主日学校的讲话,不知不觉地带有一种平时全无的怪腔。他就用这样的腔调讲了起来:

"现在,孩子们,我要让你们尽量挺直腰板坐好,聚精会神地听我讲一两分钟。对——就是这样。好孩子就是这样。我瞧见一个小姑娘正朝窗户外面看——恐怕她以为我在外面的什么地方——兴许是在树上朝小鸟儿说话吧。(一阵掌声和笑声。)我想告诉你们,看见这么多欢乐和纯洁的小脸蛋儿聚集在这样一个地方,学习规规矩矩做人的道理,我心里是何等欣慰。"如此等等。余下的部分实无必要照录于此,因为都是些不断重复、你我全都耳熟能详的套话。演说剩下最后三分之一时受到种种干扰,一些坏孩子重又开始打架、嬉闹,在座位上摇来晃去和悄声议论者更是遍及全场,就连西德和玛丽这样的孩子,虽说他们拒绝跟坏孩子搅在一起的立场如磐石般坚不可摧,也难免遭到这股浪潮的冲击。但是当沃尔特先生的声音平歇时,全场的嘈杂声戛然而止。沃尔特先生在演说结束之际得到的是一阵无声的感激。

交头接耳在很大程度上是由一桩多少有些稀罕的事儿引起的——来了几位客人:撒切尔律师,由一位衰弱无力的老头儿陪伴;一位风度优雅、身躯肥胖、头发铁灰的中年绅士;一位举止庄重的女士,显然是那位绅士的夫人,这位女士还领着一个孩子。汤姆一直坐立不安,心里充满了烦躁和懊恼,同时还受到良心的谴责,因此不敢看艾米·劳伦斯的眼睛,受不了她那饱含深情的目光。然而乍一看见这个新来的小姑娘,他的心灵深处顿时燃起狂喜的火焰。接着他竭尽全力"露一手"——打别的孩子,揪他们的头发,扮鬼脸——总之,为了吸引女孩注意,讨她的欢心,他使出了各种招数。他满心欢喜,只有一点扫兴——他想起自己在这个小天使的花园里蒙受的屈辱——不过这一回忆犹如沙滩上留下的痕迹,在幸福浪潮的冲刷下,很快便消失得无影无踪了。

来客被迎进贵宾席位,沃尔特先生刚结束讲话,便介绍他们与全校师生见面。那位中年人原来是一位挺有来历的大人物——居然是县法官——可算是孩子们迄今为止见过的最威严的角色——他们琢磨不透他是用什么材料制成的——他们一方面想听他大吼一声,一方面又害怕他吼出声。他是康士坦丁堡镇上的人,离此地十二英里——算是出过远门,见过世面——他那双眼睛曾经仰望过县法庭——据说县法庭的屋顶是铁皮做的。这些念头使他们油然生畏,那笼罩全场的极度沉默和一排排瞪大的眼睛便是明证。此人就是撒切尔法官,是当地律师撒切尔的哥哥。杰夫·撒切尔迎上前,准备跟这位大人物套套近乎,好让全校师生羡慕一番。他要是能听见别人的悄声议论,心里头准会像听到音乐一样熨帖舒坦:

"吉姆,快瞧他!他正朝台上走哪。喏——瞧哇!他就要跟他握手了——他当真跟他握手了!说真格的,你想不想这会儿当一回杰夫?"

沃尔特先生开始"出风头",在台上忙忙碌碌,处理一应例行事务,到处下命令,谈看法,发指示,抓住每一个可以发现的目标。图书管理员也来"出风头",怀里搂着一大摞书跑来跑去,嘴里叽叽咕咕唠叨不停的声音只有昆虫学家才乐意听。年轻的女教员也"出风头",俯身安慰那些刚挨过耳光的学生,竖起漂亮的手指警告坏孩子。年轻的男教员也"出风头",他们轻声训斥学生，同时借助其他方式稍稍显示一下自己的权威以及对校纪的重视——多数教员，不论男女，都在教坛旁的图书室里找点事做，而且他们找到的事情，往往需要干上两三回才能完成（表面上还装出急不可耐的样子）。小姑娘们用各种方式“出风头”，小男孩们格外卖劲地“出风头”，一时间空中纸团乱飞，不断响起互相扭打的声音。高高坐在台上的是那位大人物，他愉快地注视着全场，脸上的笑容透出几许持重威严的神态。他沐浴在自身荣耀的温暖光辉里——他也在“出风头”。

对于沃尔特先生来说，如果能弥补眼下唯一的欠缺，他心里的欢乐就会发展成狂喜——他希望能有机会将一部《圣经》作为奖品颁发给学生，从而展现一个盛况空前的场面。有几个学生得到了几张黄条，但谁的也不够数——他已经到尖子学生中间了解到这个情况。倘若谁能设法让那个德国男孩的神智恢复正常，无论多大的代价他也情愿付出。

在这几近无望的时刻，汤姆·索亚却拿着九张黄条、九张红条、十张蓝条走上前来，请求换一本《圣经》。这可真是晴天霹雳。哪怕再等十年，沃尔特先生也料不到提出这种申请的竟然会是他。但是现在又无法回避——条子都不假，数目也对；于是汤姆被请上台与法官和其他贵宾坐在一起，并由校方宣布这一重大消息。这个十年来最令人惊讶的意外事件，在全场引起了巨大的轰动，大家把新英雄抬举到与法官大人平起平坐的地位。现在供学生凝神端详的大人物不是一个，而是两个了。男孩们全都嫉妒之极——尤其痛悔不已的是那些将条子换给汤姆的孩子。汤姆把刷墙的机会出卖给他们，积聚了足够的本钱，因此促使他获得这份令人憎恶的荣耀的，恰恰是他们自己。他们至此才醒悟过来，实在是为时已晚。他们上了像藏在草中的毒蛇一样隐秘狡诈的骗子的当,他们全都因此而鄙视自己。

奖品发给学生时,校长为了场面上说得过去,尽量强打着精神。可是这位可怜的先生的热情似乎并非出自内心,因为直觉告诉他,这里面可能有什么见不得人的名堂。要是说这孩子的脑袋瓜里已经储存了两千条《圣经》上的至理名言,那才荒唐可笑哩——十几条想必就会让他吃不消了。

艾米·劳伦斯又开心又得意,她竭力想让汤姆看见她脸上透出的这种神态——可他硬是不瞧她一眼。她觉得纳闷,接着感到不安,隐隐生出一点转瞬即逝、复又悄萌的怀疑。她留神盯着他,及至看到他朝什么地方偷偷瞟了一眼,方才恍然大悟——结果她伤心极了,又是妒忌,又是愤怒,眼泪也涌了出来。她恨所有的人,尤其恨汤姆(她心想)。

汤姆被介绍给法官,可是他的舌头打了结,气也透不过来,心里头直哆嗦——也许是由于这位大人物实在太伟大了,但更主要的是因为此人正是她的父亲。若是在黑暗中,他定会屈膝下跪,将他奉若神明。法官把手搁在汤姆头顶上,夸他是一个好小伙儿,问他叫什么名字。这孩子结结巴巴,喘着气憋出一声:

"汤姆。"

"啊,不对,不是汤姆——应该是——"

"汤姆斯[①]。"

"唔,这就对了。我想你的名字还不止这些吧。你刚才说得很好。不过我敢说你的姓还没说哪,告诉我,好不好?"

---

① 汤姆是汤姆斯的简称,照规矩在正式场合应称汤姆斯。

“汤姆斯，把你的姓告诉这位先生，”沃尔特先生说，“你得说声先生，可别忘了礼貌。”

“汤姆斯·索亚，先生。”

“这才对呢。真是个好孩子，有出息的孩子。有出息、懂道理的小伙子。两千节《圣经》可是一个大数字，一个顶顶了不得的大数字。你吃了多少辛苦把它们背熟，一定终身无悔，因为这个世界上没有什么比知识更有价值了。它能使人出人头地，也能使人品格高尚。总有一天你也会出人头地，同时又品格高尚的，汤姆斯。到那时你回首往事，就会说：‘这一切多亏了那些指导我学习的亲爱的老师——多亏了那位优秀的校长，他督促我，鼓励我，还奖给我一本漂亮的《圣经》——一本美观精致的《圣经》——让我独自享有，永远保存——多亏了各位师长教导有方！’你将来准会这么说的，汤姆斯——无论人家出多高的价，你也不肯出卖熟记于心的两千节《圣经》——绝对不会的。现在你不会介意对我和这位女士谈谈自己学到的知识吧——我知道你不会介意的。那么，十二门徒的名字想必你全都知道吧，你能否说出耶稣最初选定的两个门徒的名字呢？”

汤姆使劲揪扯衣裳上的一个纽扣眼，显得忸怩不安。他脸颊通红，目光低垂。沃尔特先生的心往下一沉。他暗想：“这孩子连最简单的问题都答不出来——”法官为什么偏要问他呢？然而他又觉得自己不能不开口：

“快回答这位先生的问题，汤姆斯——别害怕。”

汤姆依然不吭声。

“哦，我知道你会告诉我的。”那位女士说，“最初的两个门徒名叫——”

“大卫和哥利亚!”[①]

我们还是发发慈悲,就此闭幕吧,这出闹剧不必再往下演了。

① 大卫:古以色列国王,据基督教《圣经》载,系耶稣的祖先;哥利亚:《圣经·旧约》的《撒母耳记》中记载的非利士族巨人,为大卫所杀。耶稣首先选定的两个门徒是彼得和安德鲁。汤姆自己顽皮好斗,所以对大卫打死哥利亚的故事记得很清楚,情急之中把他们的名字脱口说出来了。

第五章

铁钳甲虫戏弄小狗

十点半钟光景,小教堂的破钟开始敲响了。人们随即聚集起来听牧师的上午讲道。主日学校的孩子们在教堂里四下散开,与自己的父母一起坐在长椅上,以便接受他们的监督。波莉姨妈来了,汤姆、西德和玛丽跟她坐在一起——汤姆被指定坐在过道旁边的座位上,为的是让他尽量远离敞开的窗户以及外面诱人的夏日美景。人群沿着过道往前走,其中有这几位:上了年岁、生计窘迫的邮政局长,他先前的境况还是不错的;镇长和他的夫人——当地居民摊上的这位镇长,与他们拥有的其他非必需品一样纯属多余;治安法官;道格拉斯寡妇,她四十岁,漂亮精明,乐善好施,家道殷实,她那座山间宅邸是镇上唯一堪称豪华气派的建筑,每回圣彼得堡举行什么值得夸耀的节庆活动,都数她最好客,最舍得花钱;弯腰驼背、年高德劭的沃德少校及其夫人;理弗森律师,一位远道而来、新近知名的显要人物;然后是村子里的头号美人,后面跟着一群身穿细麻布衣、头扎缎带、惹人怜爱的姑娘;再其次是一拥而上的镇上所有的店员和职员——他们刚才还站在门廊里嘬着手杖头,严严实实地站成一个圈,如痴如醉、吃吃傻笑着追求她们,直到最后一个姑娘冲出他们的包围才进来。走在最后的是模范男孩威利·玛弗森，他对自己的母亲体贴入微，仿佛她是一件雕花玻璃容器似的。他总是把母亲领到教堂来，所有的太太们都为他感到骄傲。男孩子全都恨他，因为他太守规矩了。何况，他又时常“在他们面前被人捧得这么高”。他的白手绢耷拉在屁股口袋外面，星期天照例如此——像是偶然露出来的。汤姆没有手绢，他将兜揣手绢的孩子一律视为势利小人。

此时来听布道的人都已到齐，钟声再次响起，催促迟到的和待在外面不进门的人。一阵庄严的肃穆降临教堂，只有廊台上的唱诗班还有悄悄耳语和嬉笑的声音。在布道的整个过程中，唱诗班总有人低声窃笑，交头接耳。从前有个唱诗班可不像这样没教养，可惜我已想不起来是什么地方的唱诗班了。时隔多年，我的印象已经不深了，不过我觉得是在别的什么国家。

牧师告诉大家要唱哪首圣歌，用韵味十足的腔调把歌词读了一遍，他那独特的音调在这一带特别为人称道。朗读时以中音为起点，逐渐升高，念到最高音的那个字，特别加重一下语气，接着音调骤然下降，恰如从跳板上一跃而下：

他人苦苦争荣耀，热血遍洒沙场；
我岂能安卧绣榻，任人抬进天堂？

大家都认为他是一个出色的朗诵家，在教堂举办的“联谊会”上，他总是应邀朗诵诗歌。每回读毕，女士们都要举起双手，然后情不自禁地放到膝盖上，眼睛“骨碌转悠”，脑袋微微晃动，似乎在说：“太美了，简直是妙不可言，真可谓此音人间无处觅。”

唱完圣歌之后，牧师斯普拉格先生就成了一块告示牌，喋喋不休地宣读各种会议、团体和事务的“通知”，好像要持续读到世界末日才会作罢——

这个古怪的习俗至今仍在美国大行其道，即令在这报纸发行量极大的年代，甚至在城市里还是依然如故。情形往往就是这样，传统风习越是不合理，就越不容易革除。

现在牧师开始作祷告了。这是一篇语言优美、内容丰富的祷词，可以说面面俱到：它为教会和教堂里的孩子们祈祷，为镇上别的教堂祈祷，为全镇祈祷，为全县祈祷，为全州祈祷，为州一级的官员祈祷，为美国祈祷，为美国教会祈祷，为国会祈祷，为总统祈祷，为政府官员祈祷，为在波涛汹涌的海浪上颠簸的可怜的水手们祈祷，为在欧洲君主制和东方专制制度铁蹄践踏下呻吟的千百万被压迫者祈祷，为那些领受了圣灵之光和福音却闭目塞听的人祈祷，为遥远的海岛上的异教徒祈祷。最后牧师祈求他即将说的话会得到主的恩宠和保佑，恰似撒入沃土的种子，结出令人欣慰的丰硕成果。阿门。

场内发出一阵衣服的窸窸窣窣声，站着的教徒全都坐了下来。本书重点描述的那个孩子并不欣赏这篇祷词，他只是硬着头皮在听——也许连这也做不到。祈祷时，他一刻也不安分。他计算着这篇祷词具体涉及哪些方面，但是没有任何目的——他并没有听入耳，不过却熟悉这些老掉牙的话题，以及牧师旧调重弹的惯用手法——只要祷词略微掺进一点新内容，他的耳朵就能觉察出来，并且全副身心即刻充满对它的憎恶。他认为这些新加的说教实在是强词夺理，无耻之极。祷告还在进行的当儿，一只苍蝇落在前面长椅的靠背上，它从容不迫地搓着前腿，又伸出前腿抱着头，使劲地在上面蹭来蹭去，仿佛要让脑袋跟身子分家，这样就露出线一般纤细的脖子。随后它又用翅膀摩擦后腿，像熨平燕尾服后摆似的把翅膀捋顺。它悠闲自得地梳理打扮,似乎知道眼下自己的生命安全绝对有保障。汤姆眼睁睁看着这些,心里饱受煎熬。这只苍蝇也确实够安全的,因为尽管汤姆手痒痒地要去捉它——想想却又不敢——他相信如果在作祷告的时候干这种事,自己的灵魂会立即遭到毁灭。可是祷告进行到临了一句的时候,他抬起手,悄悄向前伸去。“阿门”刚出口,苍蝇就成了俘虏。波莉姨妈发现了他干的好事,命令他放了苍蝇。

牧师念完了经文,然后用单调沉闷的声音进行解释。他的话实在冗长乏味,不久许多人就开始点头晃脑打瞌睡了。他主要讲了地狱里的熊熊烈焰和地狱之火的燃料是何等恐怖,而人世间有资格被上帝预定为拯救对象的人实在少得可怜,几乎到了一个也不值得救的地步。汤姆数着布道词的页数,一般做完礼拜之后,他总能知道刚才牧师讲了多少页,可是除此之外,他对牧师所讲的内容差不多一无所知。然而他还真有那么一会儿来了兴致。牧师描绘了一幅千年至福期①壮观感人的画面,世界各族民众聚集一堂,狮子和羊羔也躺在一起,由一个小孩领着它们。但是这一宏伟场景的魅力、启示和教益却无法打动汤姆,他一心只想着那个主要人物在各族人民的注视下一定出尽了风头。想到这里,他的脸色开朗了。他暗暗寻思,只要那头狮子温顺听话,他倒情愿做那个孩子。

随着牧师继续进行干巴巴的说教,汤姆陷入了极度的痛苦。他很快想起自己有一个宝贝,便把它拿了出来。这是一只下颚特别结实的黑色大甲虫——他管它叫“铁钳甲虫”,放在一只盛雷管用的盒子里。甲虫获释后做

---

① 据基督教《圣经·启示录》所载,世界末日前基督将复活并亲自为王治理世界一千年,称为千年至福期。

的第一件事就是咬住他的手指,汤姆本能地甩了一下指头,甲虫滚到过道里,背部着地,汤姆赶紧将咬痛的手指伸进嘴里。甲虫仰面朝天躺在地上,几条腿徒劳地挣扎着,翻不了身。汤姆瞅着它,很想一把抓过来,可它安全地躺在他伸手够不着的地方。其他听腻了牧师讲道的人也拿这只甲虫寻开心,因此全都瞅着它。后来一条到处闲逛的狮子狗懒洋洋地走过来,它心情郁闷,被安闲恬静的夏日弄得疲疲沓沓的,在屋里待够了,很想换换环境。一看见这只甲虫,它那耷拉着的尾巴高高翘起,来回摆动。它仔细端详这个目标,围着它转了一圈,隔着老远用鼻子嗅了嗅又转了一圈。等到自己的胆子壮了几分,又凑近甲虫嗅了嗅,然后张开嘴,小心翼翼地朝甲虫咬去,可惜就差一点没能咬着。于是它一而再,再而三地去咬它,迷上了这种消遣。接着,它肚皮贴地,把甲虫拨到两只前爪之间,继续尝试咬它的方法。最后狗玩腻了,对甲虫没了兴趣,懒得理会它。一时间,狗的头频频打着盹儿,下巴颏渐渐低垂,碰到了自己的对手,冷不防被它紧紧夹牢。狮子狗一声狂吠,猛地一甩脑袋,甲虫被弹出一两码远,再次仰面着地。邻近的观众心里乐滋滋的,有几位还拿着扇子和手绢遮住自己的脸,汤姆更是乐得忘乎所以。这时的狗一副傻样,很可能自己也感到出了洋相,不过同时又窝着一肚子火,很想报仇解恨。于是它扑向甲虫,怀着高度的戒心再次向它发起进攻。它从各个方向朝甲虫扑去,身子落地时前爪距甲虫仅有一英寸,把头凑上去,连连用牙齿咬它,又把头猛地缩回来,直到两只耳朵也耷拉下来。可是不一会,它又觉得很无聊;想逗一只苍蝇,却没有从中找到什么乐趣。于是它去追一只蚂蚁,鼻子贴着地面,很快就感到厌烦了。狮子狗打个哈欠,叹口气,完全忘记了甲虫的存在,竟一屁股坐在它身上,结果狗儿痛得狂叫起来,沿着过道没命地逃窜。吠声不止,狗儿狂奔不停。它从圣坛前面穿过大厅,顺着另一条过道飞奔。它跑过几扇门,咆哮着跑上最后一段路。它跑着跑着,越发疼痛难熬,直到后来就像一颗毛茸茸的彗星,身上闪着微光,以光的速度在轨道上运行。临了这个疼得发狂的受难者一下子偏离了轨道,纵身跃入主人的怀抱。他把它使劲扔出窗外,狗的哀嚎声很快弱下来,消失在远处。

这时教堂里人人都忍不住笑,憋得满脸通红,连气都喘不过来,台上的布道骤然停止。后来牧师又继续讲下去,但却讲得结结巴巴,很不中听,不可能给人留下深刻印象。即便他在表达严肃庄重的感情时,有些听众也会在台下远处椅背的掩护下,按捺不住地发出一阵阵亵渎神灵的欢笑,好像这位可怜的牧师说了什么特别滑稽的话似的。当这场可怕的磨难终于结束,牧师向大家祝福时,他们这才真正得到了解脱。

汤姆·索亚欢欢喜喜地回家去了。他边走边想,去教堂做礼拜若能碰到点新鲜事儿,还是挺有趣的。他心里只有一点遗憾:他虽然愿意让狗跟铁钳甲虫一起玩耍,但没料到它竟然带着甲虫溜走了,因此他认为这条狗可真够卑鄙的。

第六章

汤姆结识贝琪

星期一早晨，汤姆·索亚心里很不痛快。星期一早晨他总是这样——因为他又得开始在学校里慢慢忍受为期一周的煎熬了。每逢这一天清晨，他都觉得干脆没有放假的日子夹在当中倒还好些，因为放假后再走进囚笼似的学校，反而愈发觉得痛苦难挨。

汤姆躺在床上思索着。他忽发奇想，寻思自己最好生一场病，因为如此一来便可以赖在家里，不用上学了。这倒不是绝无可能。他把全身上下仔细检查了一遍，什么毛病也没有发现；接着又查了一遍。他原以为能找出腹痛的一些症状，一心指望自己能促使这些症状显现出来，可是这些症状很快就减弱了，转瞬间消失得无影无踪。他继续动着脑筋。忽然他找到了一点毛病：他的一颗门牙松了。这可真凑巧。他正要开始哼哼唧唧，照他的说法，“先做出个样子”，又蓦地想到，如果他据此跟姨妈论理，她准会把它拔出来，那可要痛得吃不消。因此他觉得不妨暂时留着它，另作打算。过了一阵，他依然无计可施，最后想起听医生说过一种病，曾经让一个病人卧床两三个星期，险些烂掉一根手指。于是这孩子忙不迭地把自己的脚伸出被窝，托起肿了的脚指头审视一番。但他不晓得这种病会引起哪些症状。不过看来很值得一试,所以他就起劲地呻吟起来。

然而西德依然沉浸在梦乡里。

汤姆的呻吟声更响了,他想象自己当真觉出脚趾的痛楚。

西德尼还是没有反应。

这时候汤姆由于哼个不停,用力过度,不由得喘起气来。他稍歇片刻,憋足力气,发出一连串令人叫绝的呻吟。

西德尼鼾声依旧。

这下把汤姆惹火了。他连连叫道:“西德,西德!”又推了他几下。这一招还真灵,汤姆随即又哼起来。西德打个哈欠,伸个懒腰,用胳膊肘支起身子,鼻子里哼了一声,茫然地瞪着汤姆。汤姆继续呻吟着。西德说:

“汤姆!喂,汤姆!(没有回答。)叫你哪,汤姆!汤姆!怎么啦,汤姆?”他推了推汤姆,焦急地盯着他的脸。

汤姆哀声求告:

“哎,别碰我,西德。别再推啦。”

“你怎么了,到底是啥毛病,汤姆?我得叫姨妈来。”

“用不着——不碍事。也许慢慢就会好的,你谁也别叫。”

“可是我非叫不可!别再这么哼哼啦,汤姆,挺吓人的。你这么难受有多久了?”

“几个钟头了。哎哟!别再摇我啦,西德,你这样会送了我的命的。”

“汤姆,你干吗不早点把我摇醒呢?喂,汤姆,别哼哼啦,听见你这么叫唤,我浑身起鸡皮疙瘩。汤姆,到底怎么啦?”

“我宽恕你的所有过错,西德。(呻吟声。)不管你做过什么有愧于我的事,我都会宽恕你。我死之后——"

"喔,汤姆,你是死不了的,怎么会呢?可别这么说,汤姆——喔,别这么说。兴许——"

"我宽恕所有的人,西德。(呻吟声。)就这么对他们说,西德。还有,西德,你把我那个窗格子和那只独眼猫,全都拿给刚到镇上的那个姑娘吧,跟她说——"

可是西德已经抓起衣服跑出去了。汤姆这会儿还真觉得难受,加上奇妙的想象力,所以他的呻吟声听起来还真像那么回事。

西德飞快地溜下楼,大声嚷道:

"哎呀,波莉姨妈,快来吧!汤姆快死啦!"

"快死了?"

"是的,别耽搁了——快来呀!"

"胡扯!我才不信呢!"

但她还是快步跑上楼,西德和玛丽紧随其后。她面色苍白,嘴唇颤抖着。她径直来到汤姆床边,喘着气说:

"汤姆!汤姆,你怎么啦?"

"啊,姨妈,我——"

"你哪儿觉得不好受,孩子?"

"嗯,我那只肿了的脚指头生疮了。"

老太太跌坐在椅子上,笑一阵,哭一阵,然后连哭带笑,这才让自己缓过气来说:

"汤姆,你真把我吓坏了。现在不准你再瞎扯了,快从床上爬起来。"

呻吟的声音停息了,脚趾的疼痛也消失了。这孩子觉得自己有点犯傻,便连忙说:

“波莉姨妈,我的脚趾好像化了脓,痛得实在难受,结果牙齿的毛病也顾不得了。”

“你的牙齿,怪事!你的牙齿有什么问题?”

“有一颗牙松了,简直痛得要命!”

“得啦,得啦,别再哎哟了。把嘴张开。不错——你的牙齿是松了,可是你不会因此送命的。玛丽,给我拿一根丝线,再从厨房里拿一块烧红的炭头来。”

汤姆嚷起来:

“哦,姨妈,求求你别给我拔牙。现在它已经不痛了。就是再痛,我也绝不会给你添麻烦了。求求你,姨妈。我再也不想赖在家里逃学了。”

“嗬,你不想逃学了,此话当真?原来你大呼小叫,就是因为你以为这样做,便能躲在家里不去上学,还能出去钓鱼?汤姆啊汤姆,我爱你爱到这般田地,可你好像总是在变着法子使坏,硬要伤透我这个老太太的心。”此时拔牙的家伙已经准备停当。老太太将丝线的一头系了个圈,套在汤姆的牙齿上,另一头拴在床柱上。然后她夹住烧红的炭块,猛地朝孩子眼前伸去,差点烫着他的脸;那颗牙一下子就吊在床柱上晃晃悠悠了。但是世间一切磨难都是能得到补偿的。汤姆吃过早饭去学校,路上碰见的每个孩子都挺羡慕他,因为他上排牙齿间的豁口使他能用一种奇妙无比的新花样啐唾沫。一大帮孩子跟在他身后,被他的表演所吸引。他们当中有一个割破了手指的孩子,起初一直是大伙关注和崇拜的中心,现在发现自己突然间被孤零零地撇在一旁,觉得脸上好没光彩。他意气消沉,可是却用一种言不由衷的鄙夷口吻说,像汤姆那样啐唾沫,并没有什么稀罕。此言一出便有一个孩子说:“酸葡萄!”结果这位落魄英雄扫兴地走开了。

很快汤姆碰见了哈克贝利·费恩,他是镇上一个酒鬼的儿子,是村子里人见人嫌的野孩子。镇上的所有母亲从骨子里全都对他既恨又怕。因为他游手好闲,无法无天,举止粗野;还因为所有的孩子都佩服他,他们不顾大人们的三令五申,乐意与他混在一起,更希望自己也能像他一样胆大妄为。汤姆和其他体面人家的孩子一样,一方面羡慕哈克贝利那种自在逍遥的流浪儿生活,一方面又受到严厉的告诫,不许和他一起玩。可是一有机会,汤姆就和他一起玩。哈克贝利始终穿着大人遗弃的旧衣服,上面一年四季全是洞,破布条条随风飘舞。他头戴一顶又大又破的帽子,半圈月牙形的帽檐耷拉下来。他只要有上装可穿,那上装准是差不多拖到脚跟,背部两侧的纽扣一直扣到臀部下面。裤子只有一根背带吊着,裤裆松松垮垮像条口袋似的垂着,看上去空荡荡的。毛了边的裤脚若不卷起,就那么一直在土里拖来拖去。

哈克贝利随心所欲地来来去去。他晴天睡在人家的台阶上,雨天钻进空空的大桶里栖身。他无需上学或去教堂,也不必叫谁先生或是乖乖听谁的话。只要他想钓鱼游泳,何时去,去哪里,待多久,悉凭自便。他打架谁也管不着,夜里多迟上床睡觉全由他自己做主。春天他第一个赤脚,秋天他最后一个穿鞋。他永远用不着洗脸,也用不着穿上干净衣裳。论骂人,谁也不是他的对手。总之,凡是足以使人生快乐无忧的好事,这孩子全都干过了。圣彼得堡那些受够折磨和束缚的体面人家的孩子,个个都这么想。

汤姆招呼那个无拘无束的流浪儿:

"哈克贝利,你好啊!"

"你好,瞧瞧这玩意儿怎么样?"

"你那是啥玩意?"

"死猫。"

"让我瞧瞧,哈克。乖乖,这家伙已经硬邦邦的了。哪儿弄来的?"

"跟一个孩子买的。"

"你用什么买的?"

"我给他一张蓝条儿,外加一只从屠宰场搞到的猪尿泡。"

"你那张蓝条儿是从哪儿弄来的?"

"两个星期前用一根滚铁环的棒跟本·罗杰斯换的。"

"噫——一只死猫有啥用呢,哈克?"

"啥用?治瘊子用。"

"根本没用!你说能行?我知道一种更好的治法。"

"我敢说你不晓得。是什么法子?"

"嗯,就是用仙水。"

"仙水?我看仙水屁都不值。"

"你说屁都不值,是不是?你可试过?"

"没有,可是鲍勃·坦纳试过。"

"谁告诉你的?"

"这个,他告诉杰夫·撒切尔,杰夫告诉约翰尼·贝克,约翰尼告诉吉姆·霍利斯,吉姆告诉本·罗杰斯,本告诉一个黑人,最后黑人告诉了我。

就是这样!”

“哼,那又怎么样?他们都会撒谎。顶多那个黑人除外。我不认识他。不过我从没见过一个不撒谎的黑人。这帮骗子!现在你跟我说说鲍勃·坦纳是怎样治病的吧。快讲!”

“嗯,他就是用手蘸了点一个烂树墩子里的雨水。”

“是在白天?”

“那当然。”

“是不是脸朝树墩?”

“是的。至少我是这么想的。”

“他有没有念什么词儿?”

“我想没有。我说不准。”

“啊哈!说了半天,原来用仙水治瘊子,靠的就是这种蹩脚方法呀!嘿,那可一点也不管用。你得独自一人,走到树林当中你知道盛着仙水的树墩那里,还得在半夜时分,你应该背靠树墩,把手伸进去,嘴里还得念:

大麦,大麦,还有玉米麸子;

仙水,仙水,帮我除掉瘊子。

“念完闭上眼睛,赶紧走十一步离开,转三圈,完事就回家。路上对谁也别说话,因为只要你一开口,刚刚念的符咒就不灵了。”

“唔,听起来蛮不错,只是鲍勃·坦纳没这么做。”

“说得对,老兄,管保他没这么做,因为镇上孩子当中,就数他长的瘊子最多。他要是懂得该怎样用仙水治,那他身上的瘊子一个都不会有了。我用这法子除掉了手上成千上万个瘊子,哈克。我特别爱玩青蛙,因此手上长了许许多多的瘊子。有时候我还用豆子除掉瘊子。”

“对,豆子也行,我试过。”

“是吗？你是怎么做的?”

“你把豆子分成两半,割破瘊子,让它出点血,然后把血抹在一个豆瓣上,等到半夜,在月亮的阴影下找到一个十字路口,挖个坑把这个豆瓣埋起来,再把另一个豆瓣烧掉。你瞧,这个带血的豆瓣就会不停地吸呀吸呀,想把另一个豆瓣吸过去,就这样帮着上面的血去吸瘊子,不用多久瘊子就给除掉了。”

“说得对,哈克——说得对。不过你在埋豆瓣时要是说一句:‘豆子入土,瘊子除去,别再烦我!’那就更好了。乔·哈泼就是这么说的。他差不多什么地方都去过,就连库恩维尔这么远的地方,差一点就去了哩。可是我说——你是怎样用死猫治瘊子的?”

“呃,你带着死猫,快到半夜的时候溜到坟地里,找个埋了坏人的地方。一到半夜,就会有一个鬼过来,两三个也说不定。不过你看不见他们,你只能听见风一样的声音,兴许能听见他们说话。等到鬼把坏蛋拖走的时候,你把猫朝他们身后扔过去,一边说:‘鬼随尸,猫随鬼,瘊子随猫,我跟你没有关系!’这样不管什么瘊子都能除掉。”

“听起来蛮有道理的。哈克,这法子你以前试过吗?”

“没有。我是听霍普金斯老太婆说的。”

“嗯,我寻思就是这么回事,因为有人说她是个巫婆。”

“谁说不是！汤姆,这个我早就知道了。她曾经对我爸爸施过妖术,这是他亲口说的。有一天他一路走过来,发现她正要对他施妖术,便赶紧拾起一块石头,要不是她躲得快,他就砸到她了。这下可好,当天夜里他喝得醉醺醺的,从躺着的棚屋顶上滚下来,摔断了一只胳膊。”

“哎呀,吓死人了。你爸爸怎么知道她要对他施妖术呢?”

“老天作证,我爸能毫不费事地看出来。爸爸说,要是他们两眼直瞪瞪地望着你,那就是要勾走你的魂。要是他们嘴里叽里咕噜地念叨什么,那就更不用说了,因为这时他们其实是在倒背主祷文哪。”

“喂,哈克,你打算什么时候去试试这只猫?”

“今儿晚上。我估摸这些鬼今晚会去捉霍斯·威廉斯老头的。”

“他可是星期六入土的。他们干吗不在星期六夜里就去抓他呢?”

“咦,你怎么这样说话!他们的符咒不等到半夜怎么可能显灵呢?——星期六半夜等于是星期天。鬼在星期天是不出来乱窜的,我觉得是这样。”

“我从来没往这上面想。是这么个理儿。让我跟你一道去吧?”

“当然可以——只要你不害怕。”

“害怕!那倒不至于。你学喵喵叫好吗?”

“可以——只要逮着机会,你也回一声喵喵叫。上回你让我喵喵叫个不停,结果海斯老头出来朝我扔了几块砖头,还说:‘这只瘟猫!’我气不过朝他家窗户扔了一块砖头,你可别说出去啊。”

“才不会呢。那天夜里我没法喵喵叫唤,因为波莉姨妈死死盯着我哪。这一回不成问题。喂,那是啥?”

“没啥,是只壁虱。”

“哪儿弄来的?”

“那边树林里头。”

“我拿什么可以跟你换?”

“说不准。我还不想换哩。”

“得了吧,不过是只小得可怜的壁虱罢了。”

“噢,不是自己的壁虱,谁都可以贬得一钱不值。这只壁虱挺合我的意。对我来说够好的了。”

“哟,壁虱有的是,只要我愿意,弄一千只也不成问题。”

“那好,你怎么不去弄啊?因为你明知自己没这个能耐。我觉得这只壁虱出来得特别早,是我今年看见的头一只。”

“呃,哈克——我愿意拿我的牙跟你换一只壁虱。”

“让我瞧瞧。”

汤姆掏出一个小纸包,小心打开。哈克贝利看着牙齿,眼中流露出渴求的神情。这颗牙的诱惑力太大了。最后他问:

“这真是你的牙吗?”

汤姆掀起上唇,让他看门牙脱落以后留下的豁口。

“好,行了,”哈克贝利说,“成交。”

汤姆把壁虱装进不久前用来囚禁铁钳甲虫的雷管盒子里。两个孩子就此分手,都觉得自己比刚才阔气多了。

汤姆来到学校那座孤零零的小木板房,轻快地迈着大步走进去,好像确实是一路急急赶来的。他把帽子挂在钩上,故做姿态而又非常敏捷地奔到自己的座位上。老师高高地坐在薄木底座的宽大扶手椅上,在一片困人的嗡嗡诵读声中打着盹。汤姆走进教室的声音搅醒了他。

“汤姆斯·索亚!”

一听见老师叫他的大名，汤姆便知道自己遇到了麻烦。

“先生！”

“到这儿来。哎，你说，你总是迟到，今天为什么又迟到了？”

汤姆正想靠撒谎来摆脱困境，忽见两条长长的黄辫子垂在一个姑娘的背上，凭着爱情电流的感应，他马上认出了她的身影，而且知道教室里女生坐的那边只有她身旁空着一个位子。他立刻答道：

“我在路上停下来跟哈克贝利·费恩说了会话。”

老师的脉搏停止了跳动，他瞪着双眼，一脸的茫然无奈。嗡嗡的读书声停止了。小学生们心里纳闷，是不是这个愣头愣脑的孩子神经出了毛病。老师问道：

“你——你干什么来着？”

“路上停下来跟哈克贝利·费恩说话来着。”

这回没有听错。

“汤姆斯·索亚，我还是头一回听到这种让人瞠目结舌的彻底坦白。你犯下这么大的过错，光打手心是不够的。你给我脱掉上衣。”

老师用一束枝条拼命抽打着，一直打到胳膊酸了，枝条也明显打断了许多，这才住手吩咐道：

“好吧，先生，坐到女生那边去。这算是给你的警告。”①

教室里泛起一片哧哧窃笑的声浪，汤姆似乎有点发窘，可这其实更多是源于他对那位不相识的意中人的崇拜和敬畏，源于这天大好运在他心里激

① 由于当时盛行重男轻女的风气，叫男生和女生坐在一起也是一种处罚。汤姆却对此求之不得，因为他渴望坐在他所爱慕的女孩身边。

起的无比快乐的感觉。他坐在松木长凳的一端,那个女孩把脑袋偏转过去,身子也挪开一点。教室里的孩子们互相捅捅胳膊,眨眨眼睛,咬咬耳朵;汤姆却安安稳稳地坐着,胳膊肘支在前面低矮的长课桌上,装作看书的样子。

不久全班的注意力渐渐离开了汤姆,学校里惯常的嗡嗡读书声重又回荡在沉闷的空气中。汤姆随即开始频频偷觑身边的女孩。她觉察出这个小动作,朝他"扮了个鬼脸",后脑勺冲着他有一分钟之久。等她小心地转过脸来,却见眼前放着一只桃子。她推开桃子,汤姆又轻轻地将它推回原处。她又推开,不过敌意已经减了几分。汤姆耐心地将桃子放回原处。后来她不再推了。汤姆在石板上草草写下:"请你尝尝——我还有哩。"那女孩扫了一眼石板上的字,但是未置可否。稍后汤姆在石板上画着什么,还用左手挡住不让她看。有一阵那女孩硬是不加理会,但随后人人皆有的好奇心使她开始作出些难以觉察的表示。汤姆不露声色,继续画着。女孩心里痒痒想看,但汤姆佯作不知。后来女孩终于服输了,犹犹豫豫地小声说道:

"让我看看,行不?"

汤姆稍稍挪开手,露出一幅平淡无奇的漫画的一部分,上面画了一座有两面山墙的房子,烟囱里还冒出一缕歪歪扭扭的炊烟。女孩饶有兴味地看着,忘记了周围的一切。汤姆画完以后,她仔细打量了一阵,然后悄悄说:

"真好——再画一个男人吧。"

这位画家在前院添上一个有点像起重机的男人。此人看上去可以一脚跨过整座房子,不过女孩却不挑剔,反而对这个怪物很满意,她小声说:

"挺俊的男子汉——再画上我跟在他后面。"

汤姆画了一个计时沙漏,一轮满月,还给月亮添上稻草样的四肢,张开的手指抓着一把怪模怪样的扇子。女孩说：

“画得真不错——但愿我也画得出来。”

“这不难。”汤姆轻声说，“我可以教你。”

“哦，真的吗？什么时候？”

“中午。你回家吃饭吗？”

“你要是待在这儿，我就不回去。”

“那好——一言为定。你叫什么名字？”

“贝琪·撒切尔。你呢？呀，我想起来了：汤姆斯·索业。”

“我挨揍的时候叫这名字，我乖的时候叫汤姆。你就叫我汤姆，好吗？”

“好的。”

这时候汤姆又开始在石板上写着什么，还是挡住不让女孩看。可是这一回她不再羞怯了，她央求着要看。汤姆说：

“哎，没啥好看的。”

“不嘛，我就要看。”

“真的没啥。你也不爱看这个。”

“我爱看，我真的爱看，求求你让我看看吧。”

“你会告诉老师的。”

“我决不告诉老师——我保证，保证，加倍保证，决不告诉老师。”

“你不会跟任何人说吗？一辈子都不会说出去吗？”

“是的，无论是谁，我也不会告诉。现在让我看看吧。”

“哎，你不会爱看的。”

“你越不让我看，我越要看。”话音刚落，她伸出小手，按住他的手臂；两人争了一会儿，汤姆摆出一副认真抵抗的姿态，暗地里却让自己的手一点一点地移开，直到露出“我爱你”这三个字。

“噢，你这个坏蛋！”她在他手上使劲敲了一下，可是脸上却泛起了红晕，眉宇间洋溢着快乐的神采。

就在这个幸福的时刻，汤姆觉得自己的耳朵被人缓缓地、死死地揪住，身子被稳稳地顺势往上拎起来。他被揪着耳朵穿过教室，在全班发出的一阵胡椒粉般辛辣呛人的嬉笑声中，安顿在自己的座位上。老师随后站在他身旁，让他难受了几分钟，这才一声不吭地回到自己的宝座上。不过虽说汤姆的耳朵火烧火燎地痛，心里可是暗自得意。

教室里的喧闹平息以后，汤姆真想下苦功念书了，可是心里却乱糟糟的。朗读课上轮到他朗读时，他读得一塌糊涂。地理课上他把湖当成山，山当成河，河当成洲，弄得世界又恢复了创世前的混沌状态。拼写课上竟然让一些娃娃都能拼出的词儿“折腾得够呛”，结果考了个倒数第一，只好把在学校里神气活现地戴了好几个月的锡质奖章乖乖交了出去。

第七章

逗壁虱玩与伤心落泪

汤姆越想专心看书，脑子就越是走神。最后他叹口气，打个哈欠，打消了看书的念头。他觉得午间休息的时间似乎永远不会来临。屋内空气十分沉闷，没有一丝声息。这是最令人慵困欲睡的日子。二十五个学生催眠似的低声吟诵，恰似蜜蜂飞舞的嗡嗡声，自有一股安魂的魔力。外面远处阳光炽烈，卡迪夫山青翠的峰峦耸立在一层微微闪动的热气蒸腾的薄幕之上，染上了一抹远空的淡紫色。空中有几只鸟儿展开懒洋洋的翅膀飞翔，地上只能见到几头打着盹儿的奶牛。汤姆渴望早点脱身，要么干脆找点有趣的事情来消磨这无聊的时光。他的手一阵摸索，伸进自己的口袋，顿时兴奋得满脸放光，不知不觉露出一副暗自庆幸的愉快表情。接着他悄悄地把雷管盒子掏出来，放出壁虱，把它摆到长长的书桌上。这个小东西此时多半也有一种暗自庆幸的快意，只是高兴得太早了。它正要满怀感激地爬走，汤姆却拿出一根大头针把它拨到一边，逼迫它改变方向。

汤姆的贴心朋友坐在一旁，和汤姆同样痛苦不堪，一见到这个供人消遣的玩意儿，心里当即生出浓厚的兴趣和感激之情。这位贴心朋友就是乔·哈泼。两个孩子平时是铁哥儿们，一到星期六就成了战场上的对手。乔从衣领上取下一根别针,帮他拨弄这个失去自由的玩物。这种游戏的趣味每分每秒都在增长。很快汤姆说,他们这样玩等于是在互相妨碍对方,到头来谁也不能尽兴。于是他把乔的石板放在书桌上,在石板中央由上而下画了一道直线。

“好吧,”汤姆说,“只要壁虱在你那边,你就可以逗它,我只看不动手;可是你若让它跑到我这边来,只要我不让它再过去,你就一定不能碰它。”

“行啊,来吧,让它开始爬吧。”

壁虱很快逃离汤姆这边,越过了分界线。乔逗了它一阵,它又逃脱了,爬了回来。壁虱就这样频繁地爬过来爬过去。一个孩子怀着浓厚的兴趣撩拨壁虱,另一个旁观的孩子也同样兴味盎然。两颗脑袋挨得紧紧的俯在石板上方,两颗心对外界的一切置之不理。到后来命运之神似乎特别偏爱乔。壁虱向这边爬,那边爬,换个方向爬,仿佛也跟两个孩子同样兴奋和焦急。可是每当它就要成功地逃脱乔之手,也就是说,眼看轮到汤姆手指痒痒地要拨弄它时,乔的大头针就灵巧地把它的头拨回来,使它依然留在自己这边。汤姆终于忍不住了。这只壁虱的诱惑力实在太大了。他伸出手,用自己的大头针拨了一下。乔立刻动了气,说:

“汤姆,你别动它。”

“乔,我只想拨弄一小会儿。”

“不成,老弟,这不公平。你快住手。”

“他妈的,我又不会老拨弄它。”

“住手,我跟你说。”

“我不!”

“你一定得住手——它在我这边哪。”

“把话说说清楚,乔·哈泼,这是谁的壁虱?”

“我才不管它是谁的呢——只要它在我这边,你就不能碰它。”

“哼,随你怎么说,我非碰它不可。这是我的壁虱,只要老子高兴,爱怎么碰就怎么碰,你敢把我怎么样?”

乔挥拳照准汤姆的肩膀一顿猛揍,汤姆也照此办法狠狠教训了对方。两人打了两分钟光景,衣服上尘土飞扬,其他同学都在看热闹。两个孩子打得难解难分,没有注意到刚才老师踮着脚尖走过来站在他们面前,教室里安静下来已经有一阵了。老师先是欣赏了一会儿他们的表演,继而大打出手,给这场演出增加了一点新鲜花样。

中午放学时,汤姆飞快地跑到贝琪·撒切尔身边,挨近她的耳朵一阵嘀咕:“戴上帽子,假装往家走,走到拐弯的地方,避开别人,从小巷绕回来。我走另一条路,用同样的方法甩掉他们。”

于是他们各自跟着一群同学走了。不多久,两人在巷口会合,一起回到别无他人的学校。然后他们并排坐下,面前放上一块石板。汤姆把笔递给贝琪,手把手地教她作画,结果又画出一座令人称奇的房子。等到两人对艺术的兴趣渐渐减弱时,便开始说起话来。汤姆乐得脑袋瓜晕乎乎的,他问:

“你喜欢老鼠吗?”

“不喜欢!我讨厌老鼠!”

“呃,我也不喜欢——活老鼠。可我说的是死老鼠,用根细绳拴住,能在头上转着玩的死老鼠。”

“死老鼠我也不喜欢,只要是老鼠我都不喜欢。我喜欢的东西是口香糖。”

“噢,我也喜欢口香糖。要是身边有几块就好了。”

“是吗？我有一点。我先让你嚼一会儿,可是你一定得还我。”

这样倒是怪有趣的,于是两人轮番嚼着那块口香糖,四条腿从长凳上耷拉下来晃悠着,一派怡然自得的神气。

“你看过马戏吗?”汤姆问。

“看过,爸爸说只要我学乖,他哪天还要带我去看哩。”

“我看过三四回——好多回了。教堂比马戏班差远了。马戏演起来,没有不好看的。我长大了,就去马戏班当个小丑。”

“啊,是吗?！那太棒啦。小丑身上尽是花花绿绿的斑点,好玩极了。”

“可不是嘛。他们大把大把地挣钱——差不多一天挣一块。这是本·罗杰斯说的。喂,贝琪,你订婚了吗?”

“什么订婚?”

“嗯,订婚就是要结婚了。”

“还没有呢。”

“你愿意订婚吗?”

“大概愿意吧。我说不准。订婚是怎么回事?”

“怎么回事？说不上是怎么回事。你只要告诉一个男孩,说你想要他,别的人谁都不要,永远永远永远,然后亲亲嘴就算完事了。谁都会做。”

“亲嘴？干吗要亲嘴呀?”

“干吗,那样,你知道,是要——咳,人家都那么做。”

“是每个人吗?”

“那还用说。谈恋爱的人谁都这么做。你还记得我在石板上写的字吗?”

“记——记得。”

“写的什么字?”

“我不跟你说。”

“那我跟你说好吗?”

“好——好吧——还是等下回吧。”

“不,现在就说。”

“不,现在别说——等明天吧。”

“不成,现在就说。求求你,贝琪——我轻轻说出来,轻轻地很快说出来。”

贝琪显出迟疑的神色,汤姆却以为她不吭声就是默认,于是伸出胳膊搂着她的腰,轻轻吐出那几个特别的字眼,临了还加上一句:

“现在你轻声对我说吧——要说得一字不差。”

她先是执意不从,稍后又说:

“你转过脸去,看不见我,我才会说。可是你千万不能跟别人说——行不行,汤姆? 你不会说的,对吧?”

“行,我保证,保证不说。现在行了吧,贝琪?”

他转过脸,贝琪怯生生地弯下身子,嘴里呼出的气息吹动汤姆的鬈发,她柔声说道:“我——爱——你!”

话音刚落她就跑开了,围着课桌板凳转来转去,汤姆紧紧跟在身后,最后逼得她躲进一个角落里,用白色的小围腰蒙住脸。汤姆搂住她的脖子恳求她：

“噢，贝琪，咱俩什么都已经干过——就差亲嘴了。你可别怕——其实一点也没啥。来吧，贝琪。”他伸手去抓她的围腰和双手。

贝琪渐渐开始让步了，她垂下两只手，仰起憋得通红的脸蛋，顺从了汤姆的意愿。汤姆亲了亲她那红润的嘴唇，说道：

“现在全做完了，贝琪。从今往后，你知道吗，你只准爱我，永远不准爱别人，只准嫁给我，不准嫁给别人。永永远远不准，行不？”

“行，我永远只爱你，不爱别人，汤姆。我这辈子只嫁给你，不嫁给别人。可是你也只能娶我不能娶别人。”

“当然，没说的。还有，每次上学和放学回家，只要没人看见，你就得跟我一起走。舞会上你挑我做舞伴，我挑你做舞伴，因为订了婚的人都这样。”

“真有意思，我以前从没听说过这些。”

“想想可真让人开心。嘿，我跟艾米·劳伦斯——”

两只瞪得大大的眼睛使汤姆明白自己说漏了嘴。他连忙打住，不知怎么办好。

“噢，汤姆！这么说我还不是头一个跟你订婚的呀！”

贝琪哭起来了。汤姆说：

“咦，别哭呀，贝琪，我再也不会把她放在心上了。”

“哼，你现在还惦记着她，汤姆——你自己明白。”

汤姆伸出胳膊想要搂她的脖子，她却一把推开，掉过脸冲着墙哭个没完。汤姆想再试试，说了几句安慰的话，可她还是不依不饶。他干脆逞着傲气掉头大步走出教室。他在外面心烦意乱地站了一会，不时朝门口瞟一眼，指望她回心转意,出来找他,可她没有露面。他开始觉得事情不妙,担心自己这回惹了麻烦。他犹豫再三,想着要不要去向她告饶求情,最后终于鼓起勇气,走进教室。她依然站在后面的角落里,脸朝墙壁抽抽噎噎地哭着。汤姆见了感到怪心疼的,便走到她身旁,站立片刻,想说什么又难以启齿。最后,他吞吞吐吐地说:

"贝琪,我——我的心里只有你,没有旁人。"

回答他的只有低声啜泣。

"贝琪。"——哀求的声音,"贝琪,你说句话好不好?"

汤姆掏出他心爱的宝贝——壁炉薪架上的一只铜把手,举到她面前让她看,嘴里说:

"贝琪,求求你,你拿着好吗?"

她劈手把它打到地上。汤姆立时拔腿出门,翻过几座小山,跑到很远的地方,这一天是再也不回学校了。后来贝琪有点犯嘀咕,她跑到门口,不见汤姆的身影。她又急忙跑到操场上,还是找不着他。于是她扯开嗓子喊起来:

"汤姆!快回来,汤姆!"

她侧耳细听,但是没有回音。她无人相陪,唯有寂静和孤独做伴。于是她坐下又哭了起来,一边还责骂自己。这时同学们已陆续来校上课了,她只好强忍悲伤,抚慰自己破碎的心灵,像背负十字架似的挨过那个漫长、沉闷而又令人心酸的下午。周围同学在她眼里早已形同陌路,无人可与她相互倾诉郁积在心中的痛苦。

第八章

扮一回胆大包天的海盗

汤姆在街巷里东躲西闪，避开同学们上学常走的路线，这才闷闷不乐、磨磨蹭蹭地朝前走去。他在一条小溪里过了两三回，因为当时的年轻人普遍有一种迷信的看法，认为涉水过河可以摆脱别人的追踪。过了半小时，他便消失在兀立于卡迪夫山巅的道格拉斯宅邸后面，身后遥远峡谷里的校舍也已变得朦胧不清。他走近一片浓荫蔽日的树林，拨开野草荆棘进入密林深处，在一株枝繁叶茂的橡树下长满青苔的地上坐了下来。此刻一丝风也没有。正午的酷热甚至使鸟儿停歇了歌喉。大地陷入昏睡状态，远处偶尔传来啄木鸟笃笃笃的啄击声，使沉睡的大地稍受扰攘，仿佛愈发加深了周遭的沉寂和汤姆的孤独感。这个孩子一味沉湎于凄凉的思绪，他的心情与其所处的环境十分协调。他把两肘支在膝上，双手抚腮，久久地坐着，心里苦苦思索。他觉得人生似乎只不过是一场烦恼，因此颇有些羡慕新近辞世的吉米·霍吉斯。他想，一个人辞别人世，长眠不醒，永远置身于梦幻世界，只有微风吹过林间，轻轻拂动坟头的花草，再也没有让他烦心分神的事儿，那种情景一定是安详平和的。倘若他在主日学校品行端正，他倒情愿死去，从此了无牵挂。说到那个女孩，他对她有什么越轨之处吗？一点没有。他本来怀有世上最美好的愿望，谁知却被人视为一条狗——完全被当做狗看待。她将来总有后悔的一天——也许会追悔莫及。唉，他若能暂时死去该有多好！

但是年轻人富有活力的心灵，是不可能长时间受到压抑和束缚的。汤姆随即不由自主地回过头来考虑世间种种与己有关的事情。假如他将这一切抛于脑后，神秘失踪，会有什么样的后果呢？假如他就此离去——远走高飞，漂洋过海，流落异国他乡永不回返，又当如何？她对此又会做何感想！当小丑的念头再次出现在他的脑海里，不过现在只能惹他生厌。因为他的心灵已经升华到既浪漫而又蕴涵几分庄严格调的境界，现在陡然闯进小丑的无聊逗乐和彩点紧身衣，自然是一种冒犯。不，他要去当兵，身经百战，功成名就以后再荣归故里。不，还有更过瘾的，他要与印第安人为伍，和他们一起捕野牛，转战在遥远西部的崇山峻岭间和人迹罕至的大平原上。等到自己当上一个大酋长再回来，头上插满羽毛，浑身涂满令人敬畏的图案，在一个令人困倦的夏日清晨闯入主日学校，发出一声把人吓得冰凉的战斗号令，使他每个同学的眼珠，都被心中无法平息的妒火烤焦。可是且慢，还有比这更威风的哪！他要当一名海盗！就这么着！现在，他的前途清清楚楚地展现在自己眼前，闪耀着难以想象的灿烂光辉。他将名扬天下，使人听了浑身战栗！他将驾驶他那艘船身长而矮、涂得漆黑的快船“风暴之神”，船头飘扬着一面阴森恐怖的号旗，乘风破浪行驶在波涛起伏的海面上。那该是何等荣耀壮观啊！在他名声的鼎盛时期，他将出人意料地出现在度过自己童年岁月的村子里，大摇大摆地走进教堂，黝黑的面庞饱经风霜，穿着黑色丝绒紧身衣和宽松式短裤，脚蹬一双肥大的长统靴，肩头披着猩红的饰带,腰带上插满了马枪,肋边别了一把被血污锈蚀的短剑,阔边毡帽上的翎毛不停地飘舞。他的黑旗迎风招展,上面绘有一具骷髅和两根交叉的白骨。他乐而忘形地听着人们悄声议论:"这位就是大名鼎鼎的海盗汤姆·索亚!——出没于西班牙海域的黑衣侠盗!"

对,就这么定了,他的终生事业已经确定。他要从家里逃出去,闯出自己的天地。就从明天早晨开始,因此现在就得收拾停当。他要将自己的宝贝全都集中到一起。于是他走到附近一根烂木头旁边,用他那把巴洛牌小刀在木头一端的地下挖起来。很快小刀便碰到木头发出空洞的声响,他把手放上去,神情严肃地念了一句咒语:

"没有来的,快来!已经来的,莫走开!"

接着他刮去泥土,露出一块松木瓦,他揭开木瓦,下面露出一只造型别致的小宝盒,盒底和四壁都是用木瓦做的,里面放着一颗石头弹子。汤姆惊得目瞪口呆!他挠挠头,茫然不解地说:

"咦,没想到竟是这样!"

他悻悻地抛开那颗石头弹子,站在原地陷入沉思。原来他和伙伴们一向认为绝对可靠的一种迷信做法,这回却失灵了。就是说,你埋下一颗石头弹子,念上几句必不可少的咒语,两个星期不去碰它,然后重复同样的咒语,挖开埋藏的地方,就会发现自己先前失去的弹子,无论多么分散,已经全都汇集于此。可是眼下这一着分明没有奏效,毫无疑问是失败了。汤姆的全部信念彻底动摇了。他以前多次听说过这个屡试不爽的高招,从没听说过它会失灵。他没想到自己虽然曾经试过几次,可是后来连埋藏的地点也没有找到。他把此事反复掂量了一番,最后认定是巫婆作祟,破了他的咒语。

他认为自己一定得弄清这个疑点，于是四下寻觅，终于找到一个中间塌成漏斗形的小沙堆。他趴下身子，嘴巴贴紧漏斗高声叫唤：

“小甲虫，小甲虫，快点说出我想知道的秘密吧！小甲虫，小甲虫，快点说出我想知道的秘密吧！”

沙子开始有些动静，很快一只黑色的小甲虫钻了出来，可是刚一露面，转眼又吓得钻进沙里。

“小甲虫不敢说！可见这确实是巫婆使坏。我总算明白了。”

他深知自己与巫婆较劲是占不了上风的，只得灰溜溜地自动认输。可是他想不妨拾起刚刚甩掉的石头弹子，便走过去耐心地找了一阵，却是遍寻不着。于是他又返回宝盒旁边，仔细地找准位置，正好站在刚才甩出弹子的地方，从口袋里掏出另一颗弹子，顺着同一方向扔出去，嘴里说着：

“兄弟，快去找回你的兄弟吧！”

他瞅准弹子停止滚动的地方，走过去看了看。然而弹子不是落得偏远就是偏近，因此他又试了两次，最后一次总算成功了：两颗弹子相距不足一英尺。

就在此时，林间绿荫小径上隐隐传来铁皮玩具喇叭吹出的声音。汤姆匆匆脱掉上衣和裤子，把裤子背带改做腰带，拨开朽木后面的荆蔓，露出一副制作粗糙的弓箭、一柄木剑和一只铁喇叭，转眼功夫他已抓起这些东西，光着脚奔出去，衬衣在身上随风飘荡。没多久他在一棵大榆树下收住脚步，吹了一声喇叭作为回应，随后踮起脚尖警惕地四下望望，接着小心地开了腔——这是说给他想象中的一伙弟兄听的：

“沉住气，弟兄们！听我吹号再动手。”

这时候乔·哈泼露面了，与汤姆一样的侠客装束，一样全副武装。汤姆喊道：

“站住！何人如此大胆，未经本人许可，竟敢擅入舍伍德森林①？”

“我乃好汉吉斯朋②，走遍天下，无人可敌。你是何人，竟敢——竟敢——”

“竟敢出言如此无礼。”汤姆在给他提词，他俩其实是在照本宣科地背书上的话。

“我嘛，你听着！我乃罗宾汉是也。你这贱骨头马上就会领教老子的手段。”

“如此说来，你果真就是那位赫赫有名的绿林侠客？我正要与你一决胜负。看看这林中宝地，该是谁家天下。看剑！”

他俩各自拔出木剑，把随身带的东西扔到地上，两人脚对脚，摆出挥剑格斗的架式，依照“两上两下”的剑法，像模像样地交战。刚打了几个回合，汤姆说道：

“来吧，要是你有什么看家本领，全使出来吧！”

于是，两人使出“全部的看家本领”，打得气喘吁吁，汗水淋漓。斗了一阵之后，汤姆高声嚷道：

“倒下！倒下！你为什么不倒下？”

“我才不呢！你自己干吗不倒下？分明是吃不消了嘛！”

---

① 舍伍德森林位于英格兰中部，是英国民间传说中劫富济贫的绿林好汉罗宾汉的根据地。

② 吉斯朋是与罗宾汉同时的一名王家卫士，曾发誓铲除罗宾汉。他与罗宾汉在林中相遇，两人比赛射箭，他输给罗宾汉，结果为其所杀。

“什么,我怎么会吃不消呢!不该我倒下。书上可不是这么说的。书上说:‘接着他反手一剑刺去,结果了可怜的好汉吉斯朋的性命。’应该是你转过身,让我一剑刺中你的后背。”

书上的话具有不容争辩的权威性,乔只得转过身,挨了那致命的一剑,倒在地上。

“现在,”乔从地上爬起来说,“你得让我杀了你,这才公平。”

“咳,那怎么行,书上没这么说。”

“哟,你真是小气得要命——我这话一点不错。”

“喏,听我说,乔,你可以当塔克修士或是磨坊主儿子马奇,拿根木棍打我几下;要么我当诺丁汉郡长,你当一会儿罗宾汉下手杀我。”

这个主意挺对两个人的心思,于是他们就这么办了。后来汤姆又扮了一回罗宾汉,遭到那个阴险狡诈的修女的暗算,结果他的伤口没有得到治疗,失血过多,丧尽元气。最后乔一人扮演整整一伙哭哭啼啼的绿林豪杰,凄凄惶惶地拖着“罗宾汉”向前走,把“罗宾汉”平时使的弓放进他软弱无力的手里。接着汤姆说:“此箭落在哪棵绿荫树下,就在哪棵树下安葬可怜的罗宾汉。”说完他把箭射出去,身子往后倒下,本该就此咽气,孰料躺到一簇荨麻上,霍地一下子蹦起来,压根不像一具尸体。

两个孩子穿好衣服,藏起自己的家伙就走开了。他们为绿林豪杰的不复存在深感惋惜,也搞不懂现代文明有什么值得称道之处,足以弥补这个损失。他们说自己宁愿在舍伍德森林做一年草莽英雄,也不愿当一世美国总统。

第九章

墓地的悲剧

当天晚上九点半钟，汤姆和西德照例被打发上床。他们作完祷告，西德很快睡着了。汤姆躺在床上无法入眠，心急火燎地等待着。熬到他恍惚觉得天将破晓之际，却听见屋里的钟才敲了十响！这太叫人失望了。他心里憋得难受，很想翻个身舒展一下胳膊腿，却又担心弄醒西德。于是他只好静静地躺着，瞪大双眼仰视黑漆漆的头顶上方。一片阴郁沉闷的寂静笼罩着周围的一切。后来从这个无声世界里渐渐传出一些微弱的声息，起初几乎无法听见，继而变得清晰可闻。首先被他觉察的是时钟的滴答声，接着是旧房梁神秘的爆裂声，楼梯上传来轻轻的吱吱嘎嘎声，显然是鬼魂出来活动了。波莉姨妈屋里传来低沉而又均匀的鼾声。一只蟋蟀唧唧唧地叫得让人心烦，再机灵的人也听不出这声音来自何处。随后床头墙缝里一只报死虫发出令人心悸的咔咔声，吓得汤姆打了个寒噤——这表明某个人的寿命已经快到头了。接着远处有一只狗嗥叫起来，声音在夜空中回荡，更远处隐隐响起一阵同类与之呼应的吠声。汤姆处于极度痛苦之中。终于他认定时间已经终止，永恒已经开始，渐渐不由自主地打起盹来。时钟敲了十一响，但他没听见。然后他在似睡非睡的迷迷糊糊中，仿佛听见一阵阵非常凄惨的猫儿叫春声。邻居开窗的声音打搅了他。紧接着,“滚开,你这畜生!”的喝骂,以及一只空瓶扔到姨妈棚屋后壁摔碎的声音使他完全清醒过来。仅仅用了一分钟,他就穿好衣服,钻出窗户,在厢房顶上手脚并用地爬着,边爬边小心地“喵呜”一声,随即跳到木棚顶上,再跳到地上。哈克贝利·费恩守候在那里,手里拿着他那只死猫。两个孩子一起走开,身影隐没在黑暗中。半小时以后,他俩来到墓地,拨开长得老高的野草往里面走去。

这是一个西部的旧式墓地,位于一座小山上,离村庄大约有一英里半的路。四周环绕着一道歪歪斜斜的木板围墙。有的地方朝里歪,有的地方往外斜,没有一处是竖直的。墓地里到处都是茂密丛生的野草,所有的旧坟都塌陷了,见不到一块墓碑。圆头木牌给虫子蛀得不成样子,横七竖八地插在坟上,歪得快倒下了,还是靠不上任何支撑物。所有的木牌都曾经用油漆写上“某某之墓”之类的字样,不过眼下即便有光亮,大多数也已无法看清了。

一阵微风凄厉地吹过树林,汤姆担心那是阴魂在抱怨旁人打搅了他们。两个孩子只敢偶尔屏住气说上一两句话,因为眼下的时间、地点以及周围弥漫着的阴森肃穆的气氛,正在压迫着他们的心灵。他们发现了自己要找的那个隆起的新坟堆,便藏身在离坟几英尺远的三株长得连成一体的大榆树下。

然后他俩默默等待了似乎很长的时间。只有远处一只猫头鹰的聒噪打破深夜的死寂。汤姆心里感到很压抑,只得强迫自己找点话说,因此他悄声问道:

“哈克,你说死人会乐意咱们上这儿来吗?”

哈克也压低嗓门回答:

“我自个儿也想知道哩。这儿静得可怕,是吧?”

“谁说不是呢。”

他俩沉默了好一阵没吭声,心里暗自思量此事。稍后汤姆又悄声询问:

“喂,哈克——你说霍斯·威廉斯会不会听见咱们说话?”

“当然听得见。至少他的魂儿能听见。”

汤姆略顿片刻又说:

“我刚才得说威廉斯先生才对。不过我心里并无恶意。大伙儿都叫他霍斯。”

“死人很计较别人是怎么议论他们的,汤姆。”

这话太不中听了,谈话只得就此打住。

没过多久,汤姆揪住伙伴的胳膊“嘘”了一声。

“怎么啦,汤姆?”两人紧贴着身子,心儿怦怦乱跳。

“嘘!又来了!怎么你没听见?”

“我——”

“那边!现在听见了吧?”

“老天爷,汤姆,他们来了!他们肯定来了!我们怎么办?”

“不知道。你说他们会不会看见咱们?”

“咳,汤姆,他们在黑暗中照样看得见,跟猫一样。我真后悔不该来。”

“啊,别怕。我不相信他们会找咱们的麻烦,我们又没招惹他们。只要沉住气别动,也许他们不会注意咱们。”

“我尽量不动就是,汤姆。可是,天哪,我浑身直打哆嗦。”

“听!”

两个孩子垂下脑袋,挨在一起,同时屏住呼吸。从墓地另一端传来一阵沉闷的声响。

“瞧!你瞧那儿!”汤姆小声说,“那是什么?”

“那是鬼火。喔唷,汤姆,太吓人啦。”

黑暗中走来几个朦朦胧胧的人影,手里晃动着一只老式锡皮提灯,地上洒下无数闪闪烁烁的光斑。哈克贝利打了一个寒战,低声说:

“他们就是鬼。保准错不了。一共三个!上帝呀,汤姆,咱们完蛋了。你现在能祷告吗?”

“我试试看,可是你千万别怕。他们不会伤害我们的。此时我已躺下睡觉[①],我——”

“嘘!”

“怎么啦,哈克?”

“他们是人!至少其中有一个是人。是穆夫·波特老头的说话声。”

“不会吧,怎么可能呢?”

“我敢说错不了。你可别乱动。他没那么机灵,发现不了咱们。跟往常一样,又是喝得烂醉——这个不中用的老东西。”

“好,好,我不动就是。现在他们停住脚,看来没找着地方。这会儿又来了。现在正在兴头上。又泄气了。又来了劲,简直劲头十足。这回他们总算找准了方向。嘿,哈克,我又听出一个人的声音,那是印江·乔。”

“是他——这个杀人成性的狗杂种!我情愿撞见鬼也不愿看到他们。

① 这是小孩临睡时向上帝祷告的开头一句。

他们来这儿干什么?”

附耳低语的声音完全停住了,因为三个人已经走到新坟旁边,距离两个孩子藏身的地方不过几英尺。

“就是这儿。”第三个声音说道。说话人举起提灯,照亮了自己的脸庞——原来是年轻的鲁宾逊医生。

波特和印江·乔推着一辆独轮车,里面放着一根绳子和两把铁锹。他们倒出车上的东西,开始动手掘墓。医生将提灯置于坟头,走过来背靠大榆树坐下。他挨得很近,两个孩子伸出手就能碰到他的身子。

“手脚麻利点,伙计们,”他低声催促道,“月亮随时都有可能出来。”

他们瓮声瓮气地应了一声,继续挖下去。有好一阵,野地里万籁俱寂,只有铁锹连连抛出泥土沙石的嚓嚓声,听起来十分单调。最后,一把铁锹碰到棺材上,发出空心木料特有的闷声。不出一两分钟,两人已经把棺材从墓穴中抬出来。他们用铁锹撬开棺盖,抬出尸体,重重地掼到地上。月亮从云层后面钻出来,月光映照出尸体惨白的面孔。小车推了过来,尸体被抬到车上,蒙上一条毯子,用绳子捆紧。波特掏出一把大号弹簧刀,把挂在车外的一截绳子割掉,然后说:

“现在这该死的东西已经收拾好了,大夫,你得再掏五块钱,不然就把它撂在这儿。”

“说得对!”印江·乔从旁帮腔。

“咦,这是从何说起?”医生说,“你们要预先拿钱,我已经如数付给你们了。”

“没错,你还不单是付了钱呢。”印江·乔边说边走到已经站起来的医生面前，“五年前的一个晚上，我到你父亲的厨房里讨口吃的，你把我撵了出来，还说我上那儿准没安好心。当时我就发誓，哪怕等一百年也要出这口气。你父亲把我当做无赖关进监狱。你以为我忘得了吗？印第安人①的血不是白白流在我身上的。现在你总算落到我手里，这笔账该算算清了，你得给我识相点！”

乔把拳头举到医生面前吓唬他。医生出其不意地挥拳出击，把这个恶棍打得仰面朝天倒在地上。波特扔了刀，大叫起来：

“喂，住手！你竟敢打我的弟兄！”话音刚落，他扑上去和医生扭打起来。两人使出浑身力气，脚下踩倒一片草，脚后跟踢起飞扬的尘土。印江·乔霍地站起身，眼里燃烧着怒火，飞快地抓起波特扔下的刀，悄悄地像只狸猫似的弯着腰，围着两个格斗者直打转，寻找下手的机会。打着打着，医生倏地挣脱出来，抓起威廉斯坟上那块厚实的木牌，把波特打倒在地——就在这时，那个混血的杂种觑准时机，把刀子使劲捅进年轻人的胸膛，只留下一截刀柄在外面。医生一个趔趄倒了下去，半边身子跌坐在波特身上，血溅了他一身。天上的乌云即刻遮住这一骇人的惨状。两个孩子吓得魂不附体，赶紧趁着夜色匆匆逃走了。

稍顷，月亮又钻出云层，印江·乔俯身站在两人旁边，仔细端详着他们。医生嘴里含混不清地嘟囔着什么，长长地喘了一两口气，然后就没了动静。乔小声咕哝了一句：

“我们的账总算两清了——你这个该死的东西。”

---

① “印江”原文为 Injun，在美国方言中指印第安人。

随后他把死人身上的东西搜掠一空，把行凶的刀搁在波特张开的右掌上，这才坐到撬开的棺材上。三分钟，四分钟，五分钟过去了，波特开始动弹呻吟起来。他右手攥紧那把刀，举起来瞥了一眼，吓得一哆嗦，慌忙撒手。接着他坐起来，推开压住半边身子的尸体，两眼直勾勾地盯着它，愣愣地瞅了瞅周围。他的眼睛碰到了乔的目光。

“我的天，这是怎么回事，乔？”他问。

“这事给搞糟了。”乔一动不动地说，“你为什么要来这么一下子？”

“我？这可不是我干的！”

“你瞧这儿！你这么说是抵赖不了的。”

波特浑身颤抖，面色苍白。

“我还以为自己没喝醉呢，今晚我真不该喝酒。你瞧这会儿酒还留在我脑瓜里——比咱们动身来这儿的时候还要厉害。我脑瓜晕乎乎的，这件事几乎一点也想不起来。告诉我，乔，现在，说正经的，哥们——真是我干的吗？乔，我绝对没有存心——天地良心，我绝对没有存心杀他，乔。告诉我是怎么一回事，乔。唉，多可怕哟——他这么年轻，本来是会很有出息的。”

“嗯，你们两个打成一团，他抄起木牌打了你一下，把你打倒在地。之后你爬起来，踉踉跄跄站不稳，抓起刀子戳进他的心窝。这时他又狠狠地打了你一下——后来你就这么躺着，像根木头桩子似的不省人事，直到现在才缓过神来。”

“唉，我压根不晓得自己都干了些什么。要是晓得，我情愿立刻死去。都怪我威士忌酒喝多了，我想，再加上当时又在气头上。我这辈子还没用过凶器哪，乔。我以前打过架，可从没动过刀子。大伙儿全晓得。乔，你可别说出去！快说你不会说出去的，乔——这才是要好哥们儿呢。我一向喜欢你，乔，还总是护着你。你还记得不？你不会说出去的，对吧，乔？”这个可怜的人儿屈膝跪在面容冷峻的真凶面前，朝他合手作揖苦苦哀求。

“我不会说出去的。你一向对我挺关照，穆夫·波特，我决不会出卖你。我的话就说到这里，再没别的了。”

“啊，乔，你真是个行善积德的大好人。你对我的恩德我一辈子都报答不尽。”波特说着哭了起来。

“得了，别再说这些了。现在不是掉眼泪的时候。你走那边我走这边，咱们分头快跑吧，可别留下脚印。”

波特起先还是一溜小跑，后来很快撒腿飞奔起来。混血儿站在原地，目送他离去，嘴里喃喃自语：

“看来他真让那一下给砸昏了，酒也灌多了。他一时半刻还想不起这把刀，等到跑出老远再想起来，要想一个人再回到这里，谅他也没有这个胆——这个胆小鬼。”

两三分钟以后，混血儿也离开此地，撇下那具用毯子遮住的尸体，那口顶盖撬开的棺材，以及那座掘开的坟墓，只有月光映照着这一切。寂静重新笼罩了墓地。

第十章

狗吠的凶兆

两个孩子飞快地向村子跑去,吓得话也说不出来。他们胆战心惊地不时掉头看看,生怕有人在后面跟踪。路上出现的每一个树墩,在他们眼里都像是敌人,吓得他们透不过气来。他们跑过村子附近的几座农舍时,惊得看家狗狺狺狂吠,这更使得他们没命地撒腿狂奔,宛若身上长了翅膀。

"只要咱们能跑到老鞣皮厂,那就好了!"汤姆喘着气,断断续续地小声说,"我可撑不了多久了。"

哈克贝利没有搭话,只是急促地喘着气。两个孩子眼睛盯住他们期望到达的目的地,竭尽全力朝那儿奔去。目的地渐渐在望,离他们越来越近。终于,两人肩并肩,一齐冲进敞开的门,疲惫而又惬意地瘫倒在能够藏身的阴影里。等到他们的心跳渐渐平缓下来,汤姆悄悄问道:

"哈克贝利,依你看,这桩事情会怎么了结?"

"要是鲁宾逊医生死了,我看凶手得判绞刑。"

"你有把握吗?"

"当然,我有把握,汤姆。"

汤姆思索片刻,又问:

“谁去告发呢？我们吗？”

“你胡说些什么？要是出了什么意外，印江·乔没给判绞刑呢？哼，他迟早会要咱们的命，我们是绝对躲不过的。”

“我自个儿也是这么琢磨的，哈克。”

“他们当中要是有人去告，那就让穆夫·波特去告好了，只要他傻到这个份儿上。他总是喝得醉醺醺的，干得出这种事。”

汤姆没吭声——心里依然在琢磨着。随后他悄声问道：

“哈克，穆夫·波特不知道真情，他怎能告发呢？”

“他怎么会不知道呢？”

“因为印江·乔下手的时候，他已经让那块木牌重重打了一下。你想他还能看见什么吗？还能知道什么吗？”

“哎呀，正是这么回事，汤姆！”

“再说呢，你想——兴许那一下也送了他的命！”

“不，这不可能，汤姆。他只是喝多了，这我看得出。还有，他平时总是喝得烂醉。哼，我爸要是灌下一肚子酒，你哪怕搬一座教堂过来扔到他脑袋上，也休想把他弄醒。这可是他自己说的。所以，穆夫·波特当然也是这样。不过要是换一个滴酒未沾的人，我想那一下没准就会要了他的命。这事我也说不准。”

汤姆又默不作声地想了一阵，然后说：

“哈克，你能担保不说出去吗？”

“汤姆，咱俩非得保守秘密不可。你心里有数。要是我们走漏了风声，那个狗娘养的乔又没被他们判绞刑，他要淹死咱们，还不跟淹死两只猫一样便当。喂,汤姆,我说,咱俩互相发誓吧——非这么着不成——发誓保守秘密。”

“我赞成。这是最好的办法。请你举起双手,发誓说我们——”

“哦,不成,光是这样还不够。换了平常那些无关紧要的小事,这么着还行——特别是和姑娘们起誓,因为她们什么时候给惹火了,就会跟你翻脸,把事情捅出去——像这种正儿八经的大事,一定得写下来,而且还得写血书。”

汤姆打心眼里赞赏这个主意。这种做法既严肃,又隐秘,还让人感到恐惧。两人在这样的时刻、这样的情景、这样的环境中起誓,真是再合适不过了。汤姆在月光下捡起一片干净的松木瓦,从口袋里掏出一块很小的红画石,就着月光写起来。他歪歪扭扭写得很费力,写向下的笔划时,咬住舌头,手握画石缓缓地、重重地在松木瓦上移动,写到向上的笔划时则一笔带过:

> 哈克贝利·费恩与汤姆·索亚起誓,永不说出此事。如不守约,立刻死于非命。

哈克贝利觉得汤姆字写得流利,措辞也很有气势,心里十分佩服。他当即从翻领上取下一根别针,正待刺破皮肉,汤姆却说:

“住手。先别扎。别针是铜的,说不定上面有铜绿。”

“什么铜绿?”

“那东西有毒。绝对有毒。你只要吞下一丁点,就知道它的厉害了。”

于是汤姆从随身带的一束针中取出一根,松开缠在上面的线。两个孩子先后用针照准自己的大拇指戳了一下,挤出一滴血。汤姆用小拇指当笔,挤了好几次血,才总算签上自己姓名的首字母。接着他教哈克贝利怎样写

H和F,最后誓词总算写完了。他们举行了一番气氛凝重的仪式,念了几句咒语,把松木瓦埋在紧靠墙角的地方。他们认为如此一来,禁锢自己唇舌的铁链就等于上了锁,钥匙也扔掉了。

这时一个人影从这座破屋子另一端的一个豁口偷偷摸摸溜进来,可是他们没有发现。

"汤姆,"哈克贝利低声说,"这样就能阻止我们说出去吗?——永远不说?"

"那是当然。无论将来发生什么情况,都得保守秘密。谁说出去谁就会当场死去——你没忘吧?"

"没忘,我想咱们是这么写的。"

他们又悄悄嘀咕了一阵。忽然外面有一只狗发出一声长长的哀嗥——就在离他们不过十英尺远的地方。两个孩子吓得魂飞魄散,紧紧搂作一团。

"它在跟我们当中的哪一个过不去呢?"

"不知道——你从门缝往外瞧瞧吧。快点!"

"我不,还是你去瞧吧,汤姆!"

"我可不行——我做不到,哈克!"

"求求你,汤姆。它又叫起来了!"

"啊,主啊,谢天谢地!"汤姆低声说,"我听出它的声音了。它是布尔·哈比森①。"

"咳,这就好了——说实话,汤姆,我差点吓死了。我原先以为它准是一

① 如果哈比森先生有一个奴隶叫做布尔,汤姆会称他"哈比森的布尔",可若是哈比森的儿子或是一条狗叫做布尔,那就是"布尔·哈比森"。——作者注

条野狗呢。”

狗又狂吠起来。两个孩子的心又往下一沉。

“天哪,它根本不是布尔·哈比森!”哈克贝利小声说,“去看看嘛,汤姆!”

汤姆吓得直哆嗦,可他还是一只眼贴紧门缝往外瞅了瞅,接着用几乎听不出来的声音轻轻低语:

“嗬,哈克!果然是条野狗!”

“快,汤姆,快说!它到底冲谁号丧呢?”

“哈克,它准是冲咱俩来的——咱俩是一伙的呀。”

“唉,汤姆,我想咱俩都没指望了。我想我的下场准不会好。我闯的祸实在太多了。”

“真是自作自受!全是因为我逃学,因为我偏要做大人不让做的事,才会遭到这种报应。如果我愿意,本来也可以做像西德那样的好孩子——可是我没有,我当然也不愿意。只要我这回躲过这场祸,我发誓往后上主日学校,一定乖乖守规矩!”汤姆说着,呼哧呼哧地抽起鼻子来。

“你也能算坏?”哈克贝利也抽抽搭搭地哭起鼻子来,“算了吧,汤姆·索亚,跟我这种德性的人比起来,你不知好到哪里去了。噢,主啊,主啊,主啊,我只要有你的一半运气就知足了。”

汤姆忍住啜泣,悄悄说:

“瞧啊,哈克,快瞧!它现在背朝咱们了!”

哈克看了看,心里陡生兴致。

“嘿,老天作证,它果然背对着咱们!刚才可是这样?”

“不错,正是这样。可我就像一个傻瓜,居然没想到。哦,这下没事喽,对吧?可是它到底冲谁号丧呢?”

狗吠声停止了。汤姆凝神谛听。

“嘘!那是什么声音?”他悄悄说。

“听起来像是——像是猪呼噜呼噜的声音。不对——是人睡觉打鼾的声音,汤姆。”

“不错。在什么地方呢,哈克?”

“我估摸是在屋子那头。反正听起来是那儿的声音。我爸从前有时候就在那儿跟猪睡在一起。可是老天爷,他打呼噜时那个劲儿,就差要把屋子震塌啦。再说,我估摸他再也不会回到这个镇子上了。”

两个孩子的心里重又鼓起冒险的勇气。

“哈克,要是我打头,你敢不敢跟着去?”

“我可不大愿意,汤姆,要是撞见印江·乔怎么办?”

汤姆心里踌躇着,可是不久诱惑就变得非常强烈。两个孩子赞成试一试,讲好只要对方鼾声一停,赶紧拔腿就溜。他俩踮着脚尖一前一后悄无声息地走过去,走到离打鼾人五步远的地方,汤姆踩着一根树枝,发出清脆的咔嚓一响,那人嘴里哼哼着,扭动了一下身子,月光映照出他的整张脸。原来是穆夫·波特。他动弹的时候,两个孩子的心儿停止了跳动,逃生的希望变成了绝望。然而现在他们的恐惧又消失了。他们踮起脚尖,从遮风蔽雨的木板墙的缺口悄悄溜出去,接着站住互相道别。夜空中又响起那条狗的凄惨的长嗥。他俩转过身,瞧见那条陌生的狗正站在离躺着的波特几英尺的地方,脸朝着人,鼻子冲着天。

“呸,他妈的,原来是冲着他号丧哪!”两个孩子齐声惊呼。

“喂,汤姆,他们说两星期前的一个晚上,大概半夜时分,有一条野狗绕着约翰尼·米勒家不停地狂嗥。当晚还有一只野鹰飞过来,落在他家的阳台栏杆上呱呱直叫,可是直到现在他家还没死人哩。”

“唔,这事我清楚。没死人又怎么样?就在一周后的星期六,格雷西·米勒还不是跌倒在厨房的火里,烧了个半死?”

“是啊,可她没烧死呀。不但没死,她还一天天见好哩。”

“好,好,那你等着瞧吧。她早晚得搭上性命,跟穆夫·波特一样准保完蛋。黑鬼们都这么说,这种事情他们见得多了,哈克。”

两人后来分手时,心里依然装着这件事。汤姆从卧室窗户爬进屋里时,天已经差不多快要亮了。他加倍小心地脱掉衣服,暗自庆幸无人知晓他偷偷出逃的越轨行为,一会儿就睡着了。他没有看出那低声打鼾的西德其实是在假寐,而且他已经醒来一个钟头了。

汤姆一觉醒来时,发现西德已经穿上衣服走了。他从屋里的光线看出自己睡过了头,周围的动静也使他觉得时候已经不早了。他心里好生诧异,为什么没有人叫醒他,像以往一样折磨他,直到他起床才罢休呢?这个疑问使他心里充满种种不祥的预感。不出五分钟,他穿好衣服下楼,觉得遍体酸疼,脑袋迷迷糊糊的。一家人坐在餐桌旁,可是都已吃过早餐。谁也不说一句责备的话,然而全都移开目光不去看他。屋内沉默严肃的气氛使肇事者心里凉了半截。他坐下来,竭力装出快活的样子,但却是枉费力气。没有人朝他微笑,也没人搭理他。他只好闷声不响,听任自己的心情沉重到极点。

吃完早餐,姨妈把他拉到一边。汤姆指望自己会挨一顿鞭子,脸上竟因此差点露出笑意。谁知结果不是这样。姨妈对着他哭哭啼啼,问他为什么要任性胡闹,为什么偏要伤透她这老人的心。临了又告诉他,他可以一味胡闹下去,糟蹋自己使她的晚年不得安宁,最后送掉她这条老命,因为再怎样尽力挽救他都是白搭。这比抽一千鞭子还厉害,此时汤姆心里的痛苦更甚于身上的酸疼。他苦苦悲泣,祈求宽恕,一遍遍地保证要痛改前非,才算过了这一关。不过他觉得姨妈并没有彻底赦免他的罪过,对他的保证也只是将信将疑。

他从姨妈那里离开时,情绪十分低落,竟连报复西德的心思都没有了,因此西德其实大可不必从后门出逃。他拖着脚步朝学校走去,一副郁郁不乐的样子。因为头一天逃学,他和乔·哈泼一起吃了顿鞭子。他心里沉甸甸地装满了太多的愁苦,对挨打这类琐屑小事,竟然显出一副满不在乎的神气。接下来他回到自己的座位上,胳膊肘撑在书桌上,双手托着腮帮,呆呆地望着墙,那黯然无神的目光表明他内心的痛苦已经到了无以复加的地步。他的一只胳膊一直压住一件硬邦邦的东西。过了许久,他才忧心忡忡地缓缓调整一下坐姿,叹了口气,拿起这件东西。这是一个纸包,他把它打开,又发出一声长得出奇的叹息,跟着心也碎了。里面包着的原来是他那壁炉薪架上的铜把手!

这最后一根羽毛终于压垮了骆驼的背①。

① 西方谚语,意为一系列打击、不快事件等最终使人无法忍受。

第十一章

汤姆的良心受到责备

时近正午,整个村子就像过电似的传播着一个可怕的消息。无需当时做梦也想不到的电报,这个消息一传十,十传百,很快家喻户晓,速度之快几乎不亚于电报。校长自然给学生放了下午半天假,他要是不这样,镇上人说不定会觉得此人有点不可思议哩。

人们从被害者身边找到一把沾满血迹的刀。已经有人认出这把刀是穆夫·波特的——于是消息不胫而走。还有人说一位深夜归宿的本镇居民在深夜一两点钟碰见波特在"小河沟"里洗澡,波特很快溜走了——这些迹象都很可疑,波特洗澡的行为更是蹊跷,因为他向来没有这个习惯。还有人说,为了缉拿这个"凶手",镇上已经全搜遍了(对于调查取证、量刑定罪一类的事情,公众从来都是毫不迟疑的),却没有发现他的踪迹。骑手已经动身,沿着四面八方所有道路搜寻,治安官"有信心"在天黑前将他逮捕归案。

镇上的人们全都向墓地拥去,汤姆将伤心事儿抛到脑后,也加入了这个行列。这倒不是因为他有一千条理由不情愿去别处,而是因为有一股无法估量的巨大魔力吸引他朝前走去。来到那个可怕的地方,他瘦小的身体钻来钻去挤过人群,看见了那个悲惨的场面。虽说昨晚才来过这里,此时他心里却生出恍若隔世之感。有人捏了捏他的胳膊,他一转身,正好与哈克贝利目光相遇。两人随即挪开视线看别的地方,唯恐有人觉察出他俩四目相对时眼神里的含义。可是旁边的人都在交谈,都在凝神注视眼前的惨象。

"可怜的家伙!""可怜的年轻人!""这对盗墓贼应该是一个教训!""抓住穆夫·波特,该判他绞刑!"这是人们普遍的看法。牧师说:"此乃天意,上帝无所不在。"

汤姆从头到脚瑟瑟发抖,因为他的眼睛瞥见了印江·乔那张冷酷的面孔。此时人群开始拥挤骚动起来,一些声音嚷道:"就是他!就是他!他自个儿送上门来了。"

"谁呀?谁呀?"二十个声音一齐问。

"穆夫·波特!"

"嘿,他站住了!——当心哪,他掉头了!留神别让他溜了!"

爬到汤姆头顶一棵树上看热闹的几个人说他还不想跑开——只是看上去有些疑惑和茫然。

"真是胆大包天!"一个旁观者说,"我看,他是想来偷偷瞧一眼他干的好事——他一定以为自己不会碰到旁人。"

这时候人群向两边让开一条路,治安官威风凛凛地揪住波特的胳膊从当中走过来。这个可怜的家伙形容枯槁,眼里流露出恐惧的神色。当他站到被害人面前时,不禁吓得直打哆嗦。他双手捂着脸,号啕大哭起来。

"不是我干的,朋友们。"他呜咽着说,"我发誓,我绝对没干这件事。"

"有谁说是你干的?"有人高声责问。

这句话仿佛是致命的一击。波特抬头四下张望,两眼满含哀怨和绝望。

他看见了印江·乔，于是大声喊道：

“啊呀，印江·乔，你答应过我决不——”

“这把刀是你的吗？”治安官把刀举到他眼前。

若不是被人抓住，慢慢扶到地上坐着，波特说不定会瘫倒在地上。他答道：

“我早就想到了，要不是回来拿——”他身体颤抖着，有气无力地摆了摆手，做了个自认倒霉的手势，接着说，“乔，跟他们说吧，跟他们说——反正再也瞒不住了。”

于是，哈克贝利和汤姆瞠目结舌地站在那里，倾听这个铁石心肠的骗子从容自若地说出连篇的谎言。他俩时刻盼望上帝发威显灵，让晴空响起霹雳打在他头上，又不清楚还要多久他才会遭到惩罚。两个孩子犹豫着，很想违背誓约，过去搭救那个蒙冤受屈的可怜“犯人”的性命，可是见到印江·乔撒完谎，还是好端端地活着，他们那一时兴起的冲动便迅即减弱几分，最后化为乌有。这个无赖显然已经投靠了撒旦，他有这么大的神通，想要管他的闲事，闹不好准会搭上自己的性命哩。

“你为什么不逃走？你到这儿想干什么？”有人问。

“我不来不行哟——我不来不行哟。”波特痛苦地说，“我想逃跑，却好像无路可走，只有到这里来。”他又抽噎起来。

几分钟之后，在验尸的时候，印江·乔在誓言的约束下，又把自己刚才的话重复了一遍，还是那样的神态自若。两个孩子迟迟不见天上电闪雷鸣，愈发坚信乔已经卖身投靠了魔鬼。他在他们心目中陡然成为一个心地歹毒却又不乏吸引力的恶人。他们头一回见到这号人物，目光始终不离他那张脸。

他俩暗自拿定主意,一旦有了机会,就在夜里盯他的梢,但愿能看一眼他那可怕主子的嘴脸。

印江·乔帮忙抬起被害者的尸体,放到一辆马车上准备拉走。吓得战战兢兢的人群悄悄议论说:尸体又流了一点血!两个孩子感到庆幸,觉得这种说法会将人们的怀疑转移到正确的方向。可是他们的希望落了空,因为不止一个本镇居民说:

"伤口流血的时候,离穆夫·波特还不足三英尺远哩。"

以后的一个星期里,汤姆让那个骇人的秘密和不得安宁的良心搅得无法入睡。一天早晨吃早餐时,西德尼说:

"汤姆,你夜里在床上翻来滚去,尽说梦话,害得我有一半时间睡不着。"

汤姆面色苍白,目光低垂。

"这可不是个好兆头。"波莉姨妈认真地说,"你有什么心事吗,汤姆?"

"没什么,我不知道自己还会有什么心事。"但是这孩子的手抖得厉害,杯子里的咖啡溅了出来。

"可你确实在说胡话。"西德尼说,"昨天晚上你说:'那是血,是血,真的是血!'说了一遍又一遍。还说:'别再这么折磨我了——我说就是了!'说什么呢?你到底想说出什么呢?"

汤姆眼前一片模糊。很难说马上会出什么事情,幸好波莉姨妈脸上关切的神情消失了,她在不知不觉中用这番话给汤姆解了围:

"一定是那桩可怕的谋杀案!我也差不多天天晚上做噩梦,有时还梦见自己成了凶手哩。”

玛丽说她也一样让这事搅得心神不安。西德好像已经消除了心里的疑虑。汤姆借机赶紧跑开了。接下来的一个星期,他一直称自己牙痛,每天晚上都把下巴颏包扎起来。他根本没想到西德每晚都在监视他,还时常扒开他的绷带,然后用手托住腮帮,听上好一阵,再把绷带照原样扎上。汤姆的心病一天天见好,牙痛反倒日趋严重,后来也懒得嚷嚷了。西德即便能从汤姆语无伦次的梦话中听出什么名堂,也只是闷在心里,秘不告人。

汤姆觉得他的一帮同学玩起给猫验尸的游戏总是没完没了,因此不断勾起他的心病。西德发现,以前惯于带头玩新花样的汤姆,现在验尸时从来不愿当验尸官。他还注意到汤姆现在再也不肯当见证人——这也够反常的。还有一点西德也没有忽略,就是汤姆毫不掩饰自己对验尸这类恶作剧的厌恶,总是尽量躲开。西德深感诧异,但是并未声张。好在后来验尸这类把戏不再时兴了。对汤姆良心的折磨也就到此为止。

在这些痛苦的日子里,汤姆几乎天天都要瞅准机会来到监狱的小铁窗前,把自己能弄到的一些小小的慰问品悄悄塞给那个“凶犯”。这座监狱其实是村边洼地上一个砖砌的毫不起眼的小地窖,没有派人把守,也很少关过犯人。送去的那些物品,在很大程度上减轻了汤姆良心上的不安。

村子里的人都要把印江·乔全身涂满柏油,粘上羽毛,用一根杠子抬着游街示众,以惩罚他盗墓的罪行。可是由于他生性凶悍,没人愿意领头干这事,最后只得作罢。他在验尸时曾两度作证,都是从打架说起,没有供出打架之前盗墓的有关细节。于是大家一致认为,眼下最明智的做法,莫过于暂停审理此案。

第十二章

猫和止疼药

汤姆总算摆脱了内心深处的烦恼,原因之一是他刚刚发现了一个新的重大事件,引起了他的关注:贝琪·撒切尔近来没有上学。汤姆同自己的自尊心斗争了好几天,很想“完全将她抛到脑后”,可是却做不到。连续几夜他围着她父亲的房子转来转去,心里挺不是滋味。她病了!她万一死掉可怎么办?想到这里,他脑子里乱糟糟的。他对玩打仗已经提不起兴致,甚至觉得当海盗也没有意思。生活的魅力消失了,剩下的只是苦恼和忧愁。他收起铁环和棒球,这些玩意儿再也不能给他带来乐趣。他的姨妈不禁担心起来,试着用各种药治他的病。像有些人一样,她偏爱秘方药,偏爱五花八门的进补与治病的偏方。她是这方面一个锲而不舍的实验者。每当有什么新鲜花样出笼,她总是迫不及待地急于一试,不是在自己身上试,因为她从不害病,而是随便逮到谁,谁就成了她的试验品。她订阅了所有的“健康”杂志和各种骗人的看相读物,那些充斥其间的漂亮空话是她不可须臾或缺的法宝。上面提到的种种“无稽之谈”——如何保持空气流通,如何睡觉,如何起身,吃什么,穿什么,保持多大的运动量,保持怎样的心情,以及穿什么样的衣服——被她一概视为至理名言。她从未看出自己手头的当月健康期刊常常全盘否定上一期所倡导的一切。她是个心地单纯、老实巴交的女人,因此很容易上当受骗。她把那些愚弄人的健康杂志和假药搜罗到一起,带着草菅人命的全副装备,打个比方说,她正骑着那匹灰色的马①东奔西走,“地狱紧随其后”。可是她从来不曾想过,对于那些饱受病痛折磨的邻居来说,她既非治病救人的天使,也不是万应灵药的化身。

当时冷水浴疗法还刚刚时兴,汤姆的精神不振无意中给她提供了一个一显身手的机会。每天早晨天刚蒙蒙亮,她就把汤姆从床上喊起来,让他站在小木棚里,朝他兜头猛浇一阵凉水,再拿毛巾跟使锉似的从头到脚用劲擦他全身,使他打起精神来。接着用湿床单把他裹住,压上几条毯子,让他出一身汗,将心灵洗刷干净,照汤姆的说法,“让灵魂里的黄色污垢从毛孔中排出来”。

然而折腾了一通,这孩子却心情越发抑郁,面色越发苍白,意气越发消沉。她又加上热水浴、坐浴、沐浴、浸水浴这些疗法,这孩子依然像柩车一样死气沉沉。于是沐浴疗法而外,她又开始朝他肚里灌稀薄的麦片粥,往他身上涂发泡膏。她把他当成一只药罐,估算他的容量,每天都拿江湖庸医号称包治百病的假药把他的肚皮塞得满满的。

汤姆这时对姨妈的折磨已经无动于衷了,老太太心里反倒充满了恐惧。她决计不惜一切代价改变他这种无所谓的态度。碰巧她头一回听说有一种止疼药很灵,当即买了一大堆。她尝了一下,高兴得谢天谢地。那玩意简直就是液态的火。结果她完全抛弃了沐浴疗法和其他疗法,把全部希望寄托

---

① 《圣经·启示录》第六卷第七节说,“我就观看,见有一匹灰色马;骑在马上的,名字叫做死……”

在止疼药上。她给汤姆服下一茶匙,心急火燎地等着看结果如何。她的满腹忧虑立刻得到了缓解,心情也恢复了平静,因为他那种“无动于衷”的神态已经消失了。即令在这孩子屁股底下放一把火,他也不会表现出比现在更加劲头十足、兴致勃勃的样子。

汤姆觉得自己该清醒了;虽说在目前自己运气如此不济的情况下,这种生活也许是够浪漫的,但其中的感情成分越来越少,让人操心劳神的各种麻烦事情却是与日俱增。于是他考虑了多种解脱的途径,终于想出假装喜欢止疼药的主意。他频频向姨妈讨这种药,弄得她不堪搅扰,最后干脆叫他自管去取药吃,不要再麻烦她了。换了西德,她尽可放心由他去,用不着烦神。但现在是汤姆,她便暗暗留神药瓶的变化。她发现瓶里的药确实在减少,却怎么也想不到这孩子居然拿药去补地板缝。

一天,汤姆正在用药补地板缝,姨妈的黄猫跑了过来,喵呜喵呜地叫唤,眼睛盯着茶匙,仿佛是在乞求对方让它尝尝味道。汤姆说:

“你用不着吃这个,就别跟我要啦,彼得。”

可是彼得却摆出一副非吃不可的神气。

“那你可得仔细想好喽。”

彼得像是拿定了主意。

“这是你自己要的,那我就给你吃,因为我向来慷慨大方。不过你要是觉得不对劲,可怨不着别人,只能怨你自己。”

彼得显示出欣然乐意的样子。于是汤姆撬开它的嘴,把止疼药灌了进去。彼得一下子蹦起几码高,发出一声狂叫,满屋狂奔乱窜,砰砰訇訇地撞击家具,碰翻好几只花盆,把整个屋子弄得乱糟糟的。随后它后腿直立,挺起身子，高昂着头，乐颠颠地一蹦一跳，用叫声表达心里按捺不住的狂喜。接着，它在屋里又是一阵猛冲，所过之处一片混乱，遍地狼藉。波莉姨妈进屋时，恰好瞧见它连翻几个三百六十度的筋斗，发出最后一声欢叫，嗖地跃出窗，把窗台上仅存的几只花盆掀到地上。老太太大吃一惊，站在原地直愣神，接着从眼镜上方四下察看动静。汤姆躺在地板上笑得透不过气来。

“汤姆，这猫犯了啥毛病？”

“我不知道，姨妈。”这孩子喘着气答道。

“奇怪，我从没见过这种事。到底是什么把它弄成这样？”

“我确实不知道，姨妈。猫儿撒欢时总是这样的吧？”

“是这样，真的吗？”姨妈话里有话的语气使得汤姆颇不自在。

“是的，姨妈。我想是这样。”

“你当真觉得是这样吗？”

“是的，姨妈。”

老太太弯下腰。汤姆又焦急又好奇地紧紧盯着她。及至看出她的“动向”时，已经太迟了。床帷底下目光可及的茶匙把终于泄露了天机。波莉姨妈拾起茶匙，高高举过头顶。汤姆本能地畏缩了一下，垂下双眼。波莉姨妈揪住她平素揪惯了的把手——他的耳朵——把他拎起来，用顶针在这孩子的脑壳上敲得笃笃响。

“喂，先生，你为什么要这样捉弄那个可怜的哑巴小畜生？”

“我是可怜它才这么干的——因为它没有姨妈呀。”

“没有姨妈！——你这个傻瓜。这和没有姨妈有什么关系？”

“关系大得很哪。它要是有姨妈，她就准会给它灌药，灌得它肚里冒火。

她会毫无善心，把它当成人一样，直到烤焦它的五脏六腑。”

波莉姨妈忽然感到痛悔不已。现在该用新眼光看待此事了。对一只猫残忍的做法，对一个孩子也可能是同样残忍的。她的态度缓和下来，心里不免有些内疚。她的眼睛湿润了，她把手放在汤姆头上，柔和地说：

“我原是一番好意，汤姆。何况，其实那对你还真有好处呢。”

汤姆抬起头，神情严肃地瞅着她，眸子里闪出一丝隐隐可见的光芒。

“我知道你是一番好意，姨妈。可我对彼得又何尝不是这样，那对它也有好处呀，我从没见过它这么开心，想当初——”

“哼，得了吧，汤姆，你别再惹我发火了。你应该试试，看能不能做一回乖孩子。还有，你不用再吃药了。”

汤姆提前来到学校。这可是件稀罕事儿，大伙注意到他近来天天如此。现在他又像最近习惯做的那样，在大门口来回闲荡，而没有跟同伴一起玩。他说自己有病，看上去也像是有病的样子。他故意假装东张西望，其实他正将目光投向学校前面那条路上。不一会，杰夫·撒切尔出现了。汤姆立刻面露喜色。他定睛瞅了一会，又扫兴地转过身子。杰夫走近时，汤姆主动跟他搭讪，煞费苦心地“引导”他谈起有关贝琪的话题，谁知这小子见识有限，根本揣摩不透他的真实用意。汤姆望了又望。每当看到女孩的衣裙轻盈飘过，他就希望是她；一旦看出不是，便反过来恨这个女孩。后来再也看不见衣裙了，他感到失望和惆怅。他走进空荡荡的教室，坐下来独自忍受痛苦。然后，只见又一个穿衣裙的身影打门口经过，汤姆的心猛跳了一下。仅仅一转眼的工夫，他跑了出去，像个印第安人似的“登场亮相”，嚷着，笑着，追赶别的孩子，拼命跳过围墙，也不怕丢掉性命，摔断手脚。翻筋斗，拿大顶——

凡是想得出来的英雄壮举他全都露了一手,一边不时斜眼偷窥贝琪·撒切尔,看她是否在注意他。可她似乎全然不以为意,连看也不看一眼。难道她竟然不知道他就在附近?他索性把演出场地搬到她面前,飞快地跑过来,嘴里发出临阵对垒时的呐喊,抢走一个男孩的帽子,猛地抛到教室屋顶上,又从一群男孩当中冲过去,撞得他们东倒西歪,自己也摔得趴倒在贝琪的眼皮底下,险些连她也撞倒了。她却转过身,鼻子翘得老高,背对着他说:"哼!有些人自以为神气——总爱卖弄他们的本事!"

汤姆羞得满脸通红。他赶紧爬起来,垂头丧气地悄悄溜走了。

第十三章

海盗结伙出航

汤姆现在已经拿定了主意。他心情抑郁到几近绝望的程度。他说自己是个被人嫌弃、没有朋友的孩子,没有人爱他。如果那些人发现他们已经把他逼到这个地步,也许会后悔的。他本来倒是想学好、求上进的,可他们偏偏不让。既然他们一门心思要摆脱他,那就随它去吧,那就让他们为现在这样的后果责怪他吧——他们为何不该口出怨言呢?一个没有朋友的人有什么权利抱怨呢?是的,他们终于把他逼到这个份儿上了。他不得不过一种囚犯般的生活。这是唯一的选择。

这时他已经快走出芳草巷了,学校里上课的钟声在他耳畔隐隐回荡。想起今后永远永远不能再听见这古老熟悉的声音,他不禁凄然泪下。他不忍就此离去,可这全是让人逼的。他既然被逼着走向冷酷的世界,就只好听天由命——但是他原谅了他们。接着,他又呜呜咽咽地哭得更伤心了。

就在此刻,他遇到自己的贴心朋友乔·哈泼——只见他两眼发亮,显然心里也有一个了不起却又不可告人的主意。不消说,他俩正是一对"两颗心同往一处想"的伙伴。汤姆一边用袖子抹眼泪,一边断断续续抽泣着告诉乔,他决心逃脱家庭与学校的死板和没有温暖的生活环境,天南海北到处闯荡一番，并且永世不归，最后还希望乔不要忘记他。

汤姆接下来才闹明白，这也正是乔打算对他提出的请求，而且乔也正是为此目的来找他的。原来乔的妈妈硬说他偷吃了奶酪，拿鞭子抽了他一顿，其实乔连尝都没尝过，甚至不知道有这些奶酪。这显然是她嫌弃他，巴不得他走。既然她有这个意思，他除了顺从之外，再没有别的法子。他但愿母亲能快活度日，永远不后悔把自己可怜的儿子撵到冷漠无情的世上吃苦遭罪，丢掉性命。

两个孩子一边神情黯然地向前走着，一边订立了一个新盟约，发誓要互相帮衬，情同手足，永不分离，直到死神解脱他们的烦恼。然后他俩开始拟定计划。乔主张当隐士，隐居在一个远离人世的山洞里，靠吃面包皮过日子，等待贫寒忧愁夺去自己的生命。可是听了汤姆的看法后，他承认过无法无天的生活确实有一些明显的好处，于是也答应去当海盗。

圣彼得堡村下游三英里处，密西西比河有一英里宽，河中间有一个树木丛生的狭长岛屿，岛的前部有一个浅沙滩，可以用做理想的碰头地点。岛上没人住，离对面的河岸很近，岸上与岛平行的部分是一片几乎无人出没的茂密树林。于是他们选择了杰克逊岛，不过还没有想好自己的海盗行动究竟应该以谁为进攻目标。接着又找来了哈克贝利·费恩。他爽快地加入了他们一伙，因为不管干什么对他都是一样，他全不在乎。他们不久就分手了，说好在大家喜欢的时刻——深更半夜，到村子上游两英里河边一个僻静的地方会面。那里有一只小木筏，他们打算弄到手。每个人都得带上鱼钩和鱼线，还有用最为诡秘狡猾的手段——犹如强盗惯用的伎俩——所能搞到的东西。天黑之前，他们三人全都因为四下散布“全镇即将听说一桩大事”

的消息而心满意足。对于所有得到这个暧昧不明的暗示的人,他们一一叮嘱:“别声张,等着瞧。”

夜半时分,汤姆带着一块熟火腿和几样零碎东西,来到可以俯瞰会面地点的一堵小小峭壁上的灌木丛中。此时天上星光灿烂,四野静谧无声,一条大河静卧在他的脚下,宛若恬然入眠的浩瀚大海。汤姆侧耳听了一阵,没有听见任何声音打破深夜的岑寂。然后他吹了一声低微而清晰的口哨,崖下有人回了一声,汤姆又吹了两声,这样发出的信号得到了同样的回应,接着传来一个警惕的声音:

“来者何人?”

“西班牙海上黑衣侠盗汤姆·索亚。报上尔等姓名。”

“嗜血杀手哈克贝利·费恩,海上霸王乔·哈泼。”这两个头衔都是汤姆从自己喜爱的小说里找来赠给他们的。

“不错。报出口令。”

两个低沉沙哑的嗓音同时对着茫茫夜空吐出一个可怕的字:

“血!”

接着,汤姆把火腿从崖畔抛下去,自己也跟着往下爬去。他费了不少力气,衣衫和皮肤蹭破了好多处。本来崖下岸边有一条现成好走的路,但那样一来,就会缺少海盗所喜欢的那种艰难和危险的味道。

海上霸王随身带来一大块咸肉,一直拿到这里,可把他累得够呛。嗜血杀手费恩偷来一口长柄平底锅和一些晒得半干的烟叶,以及几个玉米棒子芯准备当做烟斗。可是除了他自己以外,其他两个海盗既不抽烟,也不嚼烟叶。西班牙海上黑衣侠盗说,没有火什么也办不成。这个想法挺聪明,可当时在那一带,火柴几乎不为人所知。他们瞧见河流上游一百码处有一条大木筏,上面有一堆冒着烟的柴火,便偷偷跑过去取了一块。他们做出夸张的冒险姿态,嘴里不停地喊着“嘘!”蓦地用手指贴紧嘴唇,把手按在假想的匕首柄上前进,同时以低沉的嗓音下达命令:如果“敌人”轻举妄动,就让刀子从他“前胸进,后背出”,因为“死人才不会泄露秘密”。他们明知撑筏人此时此刻正在村子里采办粮食或者狂饮作乐,但不能以此为由,就不照海盗的方式行事。

他们赶紧把筏子撑走,由汤姆指挥,哈克划后桨,乔划前桨。汤姆立于木筏中央,神情严峻,双眉紧锁,两臂交叉于胸前,用低沉而又威严的声音发出命令:

“掉转船头,迎风行驶!”

“明——白,船长!”

“正前方,正前——方!”

“现在是正前方行驶,船长!”

“外转舵!”

“转过了,船长!”

几个孩子重复做着一成不变的划桨动作,稳稳当当地把木筏划到河中央,他们显然懂得下达这些命令只是为了“气派”,并非有什么特别的意义。

“现在桅杆上升的是什么帆?”

“大横帆、中桅帆、三角帆,船长。”

“升大桅帆!升到桅杆顶上。喂,你们六个——升起前中桅的副帆。使劲,嘿!”

“是,船长!”

“升大二棱桅帆!拉帆脚索和转帆索!使劲,弟兄们!”

“明白,船长!”

“快起风了!——左转舵!起风时顺风转舵!向左!嘿,弟兄们,齐心协力!向正前方——行驶!”

“正前方行驶,船长!”

木筏驶过河水中央,孩子们拨正筏身,继续挥臂划桨。河水不深,水流时速只有两三英里。在后来的三刻钟内,几乎谁也没有吭声。现在木筏正驶过远处的市镇,两三点微微闪烁的灯火标明了它的位置。镇子前面是一大片倒映着亮晶晶星星的茫茫水面。这镇子此刻正在酣睡,没有意识到眼下发生的这桩大事。黑衣侠盗双臂交叉,伫立筏上,“最后望一眼”这个先前使他快乐无比、后来令他痛苦不堪的地方,希望“她”能看见他乘船行驶在波涛汹涌的大海上,以无所畏惧的气魄面对危险和死亡,以唇边浮现的一丝冷笑迎接末日的来临。在遥望村子的时候,他稍许发挥了一点想象力,就把杰克逊岛搬到视线以外去了。所以他在朝村子“最后望一眼”时,心里既感到悲伤,又觉得快慰。另外两个海盗也在“最后望一眼”。他们久久凝视着,无意中几乎让急流把木筏冲得远远离开杰克逊岛。幸亏他们及时发现了这个危险,赶紧设法加以避免。凌晨两点左右,木筏在岛前部约摸两百米处的沙滩上搁了浅。他们来回涉水走了几趟,才把带来的东西运上岸。小木筏上原来有一个旧帆,他们把它拿到灌木丛中张开,当做帐篷来遮盖食物。在这样一个晴朗的夜晚,他们将睡在露天,为的是合乎海盗的做派。

他们向幽暗的密林深处走了二三十步,紧靠着一根大木头生了一堆火,用煎锅做了一点咸肉当晚餐,又把带来的玉米面包吃掉了一半。他们觉得,能来到这样一个远离尘世、未经开发且又无人居住的荒岛,能在岛上的原始森林里尽情吃喝,真是一种愉快的消遣。他们表示再也不愿意重返文明社会了。跳荡不停的火焰照亮了他们的面孔,映红了森林圣殿中那些粗壮的树干、光润的绿叶以及彩花似的青藤。

吃完最后一片煎得发脆的咸肉,咽下最后一口玉米面包,三个孩子惬意地伸了伸懒腰,躺到草地上。他们本来可以寻找一个凉爽些的地方,可又实在不愿舍弃如此富有浪漫情调的热烘烘的篝火。

"这下够快活的吧?"乔问道。

"快活极了!"汤姆答道,"那些孩子看见咱们,会说些什么?"

"说什么? 嘿,说他们拼上小命也得上这儿来呗——你说呢,哈克!"

"我估计也是这样,"哈克贝利说,"反正这儿挺合我的意。除了这儿我哪儿都不想去了。平常我在家连肚子都吃不饱——这儿可没人欺侮你,不把你当人看。"

"我就喜欢这样的生活。"汤姆说,"你不用大清早起来,不用上学,不用洗脸,那些讨厌的蠢事统统用不着做。你知道,乔,海盗上了岸什么也不用做。可谁当了隐士,就得没完没了地祷告,反正他一点开心的事都没有,整天一个人孤零零的。"

"哦,没错,这话不假。"乔说,"可你知道,这事我以前没有用心琢磨过,现在试了一回,自然情愿当海盗喽。"

"你知道吧,"汤姆说,"如今人们不像古时候那样看重隐士了,可是海盗一向受人尊敬;而且隐士睡觉,得挑最硬的地面,头上还要披着粗布,抹上灰,还要挨雨淋,还要——"

"他头上披粗布抹上灰干啥呢?"哈克问。

"我不晓得,但是他非得那么着不可。隐士都是那样。你要是当隐士,也得那样才行。"

"妈的我才不干呢!"哈克说。

"哟,那你干什么?"

"不知道。反正那一套我是不干的。"

"得了吧,哈克。当隐士你就得那样。你哪能免得了呢?"

"怎么着,我受不了那一套。我会拔腿溜走。"

"拔腿溜走!哼,那你就是天底下顶顶懒的隐士。活活地丢人现眼。"

嗜血杀手忙开了别的事儿,因此没有搭话。他已经掏空了一个玉米棒子芯,插上一根苇管,塞进烟叶,夹一块火炭按在上面点燃了,吐出一团香喷喷的烟雾,一派怡然自得、其乐无穷的样子。另外两个海盗很羡慕他这个让人平添几分豪气的恶习,暗下决心要尽快学会。哈克随即说:

"海盗应该干些什么呢?"

汤姆答道:"嗬,他们的日子过得可真痛快——抢船,烧船,抢到钱就埋在自己岛上那些吓人的地方,让鬼魂什么的把守,再把船上的人全都弄死——逼得他们从跳板上跳到海里。"

"他们还把女人带到岛上,"乔说,"他们是不杀女人的。"

"是不杀,"汤姆附和道,"他们不杀女人——真了不起。带到岛上的也总是漂亮女人。"

"他们穿的衣服不也顶讲究吗?嗬,全都镶金带银,佩上钻石。"乔兴冲冲地插进来说。

“谁?”哈克问。

“谁,还能是谁,海盗呗。”

哈克灰心丧气地扫了一眼自己身上的装束。

“瞧我这身打扮,比海盗差远了。”他的声音含有几分懊恼和伤感,“可是我只有这身衣服。”

另外两个孩子却告诉他说,只要他们杀人越货的勾当起了头,好衣服很快就会到手。他们还让他懂得,虽说阔气的海盗照例一开始就穿得很体面,但穿一身破烂先干起来,也还是能够将就的。

他们的谈话渐渐停止了,睡意悄悄袭上这几个小流浪汉的眼皮。嗜血杀手的烟斗从手里掉到地上,疲乏已极的他不知不觉地睡着了。海上霸王和黑衣侠盗却有点难以入睡。他们默默地躺着祈祷,因为身旁没有说话管用的人逼着他们大声祷告。其实他们原先根本就不想祈祷,但又害怕做得太出格,招来天打雷劈。后来他们很快进入蒙眬欲睡的状态——不料这时闯进来个碍事的,硬是不肯“罢休”。它就是良心。他们开始恍惚感到一阵恐惧,担心自己离家出走是做了一件错事。之后他们又想起偷来的肉,开始真正受到良心上的折磨。他们提醒良心,说是他们以前也曾偷过许多次糖果和苹果,想以此为自己开脱;可是良心并不因为这一貌似有理的辩解而作出任何让步。说到最后,他们似乎觉得无论怎样也回避不了一个确凿的事实:拿人家的甜食不过是“顺手捞”,而拿人家的咸肉、火腿和值钱的东西则是赤裸裸的偷窃行径——《圣经》上的十诫有一诫就是禁止此类行为的。于是他们暗下决心,只要干这一行,就不能听任偷窃的罪行玷污他们的海盗生涯。最后良心总算同意跟他们讲和，两个性格古怪、言行不一的海盗这才安静地睡着了。

第十四章

快乐的海盗营地

汤姆早晨醒来,竟一时不知自己在什么地方。他坐起身子,揉揉眼睛,四下张望着,这才明白过来。现在正是黎明时分,空气清凉,晨光熹微,树林笼罩在深沉的静谧中,透出一种恬适怡人的甜美气息。没有一片叶子颤动,没有一种声音打搅大自然的沉思。树叶和青草上缀着成串的露珠,篝火上覆盖着白色的灰烬,一缕蓝烟袅袅飘向天空。乔和哈克仍在睡梦中。

树林深处有一只鸟叫了起来,接着响起另一只鸟与之呼应的啼鸣,很快又听到一只啄木鸟笃笃笃的啄木声。凉爽清晨的暗淡天光渐渐变亮,树林开始喧闹起来,呈现出一派生机。大自然从梦中苏醒,并开始将一片奇景展示在神情痴迷的孩子们眼前。一只小青虫爬过一片露湿的叶子,不断抬起大半个身子,到处"嗅一嗅",然后又接着爬——用汤姆的话说,它是在测量尺寸。这条虫子主动朝他爬来,他一动不动地坐着,它忽而往这边爬,忽而又像是要爬向别处,弄得他的兴头一时高涨又一时低落。最后,小虫在空中缩起身子,认真想了想,终于果断地爬到汤姆腿上,开始了在他身上的旅行。汤姆满心高兴,因为这意味着他将得到一套新衣服——毫无疑问是一套色彩艳丽的海盗服。接着一大群蚂蚁不知从什么地方爬了过来,开始它们的工作。有一只蚂蚁勇敢地抓住一只比它自身大四倍的死蜘蛛,往树上拖。一只有褐色斑点、俗称“红娘子”的瓢虫爬到一片草叶的叶尖上。汤姆俯身挨近它说:“红娘子,飞回家,你的房子着火了,娃娃在家没人管。”于是红娘子振翅飞起,前去看个究竟——这孩子并不感到惊异,因为他早就知道红娘子容易轻信人们发出的火灾警报,也曾经不止一次地利用它的幼稚单纯开玩笑。随后又来了一只金龟子,使劲推着它那颗粪球。汤姆用手触了触这个小东西,好看看它收拢腿儿装死的样子。此时,林中鸟语喧阗。一只猫鸟,北方一种专爱学舌的鸟,落在汤姆头顶的一棵树上,模仿着附近许多鸟儿尽情欢乐的叫声。一只松鸦尖叫着疾飞而下,像蓝色火焰似的倏然一闪,落在汤姆几乎伸手可及的一根小树枝上;它把脑袋歪到一边,颇为好奇地打量着这几位陌生来客。一只灰色的松鼠和一只狐类动物急速奔来,时而坐起身子审视这几个孩子,朝他们叫几声。这些野生动物也许以前从未见过人,简直不知道自己是不是应该害怕。整个大自然已经彻底苏醒了,开始活动起来。一道道阳光笔直地穿过远近浓密的叶簇。几只蝴蝶拍着翅膀翩翩飞来,融入这片美丽的景色。汤姆弄醒另外两个海盗,他们高喊一声,叽叽喳喳有说有笑地散开了。一两分钟之后,他们扒光了衣裳,在白色沙滩上清澈透明的浅水中追逐着,翻滚着。他们对远远地沉睡在宽阔河面对岸的小村毫不留恋。一股湍急的河流,或是稍许上涨的潮水,冲走了他们的木筏,可是这反而使他们感到庆幸,因为它的不复存在,像是烧毁了将他们与文明社会连接起来的桥梁。

玩了一阵,他们精神爽朗、满心欢喜地回到营地,同时也产生了强烈的食欲。他们很快拨旺了篝火。哈克在附近找到一股清洌的泉水,几个人用宽大的橡树叶或胡桃叶做成杯子，觉得大森林醉人的清香，使这泉水喝起来格外甘甜爽口，足可以替代咖啡。乔这时正忙着切咸肉做早餐，汤姆和哈克叫他稍候片刻。他俩到河边一个极有希望钓到鱼的僻静处，甩出鱼钩，转眼间便有了收获。乔还没有等到不耐烦的时候，他们就带着几条蛮像样的鲈鱼、两条翻车鱼和一条小鲶鱼回来了——数量之多，足够一家人饱餐一顿。他们将鱼和咸肉放在一起煎着吃，没料到滋味竟会如此鲜美。他们不明白，捕到淡水鱼后，下锅越早，味道就会越妙。他们也没有想到，野外露宿、户外运动、游水和忍饥挨饿，等于往锅里加进许多美味的作料，能令他们食欲大增。

吃过早餐，他们分散躺在树荫下稍事休息。哈克抽了一袋烟，然后大家一起踏上林间探险的旅程。他们欢快地向前走着，跨过倒地的朽木，穿过蓬乱纠结的灌木丛，经过堪称森林之王的参天大树，只见一根根藤蔓从树冠一直垂到地面，俨若王冠上的长长飘带。他们不时步入一个个清幽寂寥的佳境，那里绿草如茵，其间点缀着珠宝般美丽的花朵。

他们发现了许多可喜的景物，可是没一样是令人惊讶的。他们发现这个岛大约长三英里，宽四分之一英里，距河岸最近处仅隔着一条不足两百码的狭窄水道。他们差不多隔一个钟头游一回水，因此等到返回营地，下午的时间已经过了一半。他们腹饥难忍，不愿意停下来捕鱼，不过冷火腿也照样吃得有滋有味，吃完便躺在树荫下聊天。只是聊着聊着就没劲了，干脆停了下来。笼罩着树林的森严肃穆的气氛，以及他们的孤独感，都在逐渐影响孩子们的情绪。他们陷入沉思，一种隐隐约约的渴望在心头悄然萌生。这种没来由的渴望很快趋于明晰——原来他们都开始想家了。连嗜血杀手费恩也在怀念他以前睡过的台阶和空木桶。可是他们全为自己的脆弱感到羞耻,所以谁也不敢说出自己的心事。

几个孩子恍惚觉得远处有一种怪声已经响了一阵,恰如人们有时对平素不太留神的钟摆滴答声依稀有了感觉一样。不过此时这个神秘的声音变得越来越响,迫使他们弄清它的来历。孩子们心里一怔,互相瞟了一眼,各自做出凝神谛听的姿态。然后是一阵久久没被打破的极度寂静。接着,一阵沉闷的轰隆声从远处飘忽而至。

"那是什么声音?"乔压低嗓子叫道。

"我哪儿知道。"汤姆小声说。

"那不是雷声,"哈克贝利说,声音里带有几分惶惑,"因为雷声——"

"嘘!"汤姆打断了他的话,"快听——别吱声。"

他们仅仅等了短暂的一刻,却仿佛经历了一个时代。接着,同样沉闷的轰隆声打破了周遭的寂静。

他们一下子跳起身,朝正对着镇子的岸边跑去。他们拨开河边的灌木,悄悄观察水面上的动静。一艘小型蒸汽渡船正从镇子下游约摸一英里处顺流漂去,前甲板上好像挤满了人。渡船周围有许多小船,或是有人划着,或是在随波漂浮。孩子们拿不准小船上的人到底在忙什么。接着从渡船的船舷旁边冒出一溜白烟,随着它像一朵悠悠浮云似的扩散上升,那沉闷而有节奏的颤动声又传到他们耳边。

"现在我可明白了!"汤姆嚷道,"有人淹死了!"

"是这么回事!"哈克说,"去年夏天比尔·特纳淹死时,他们就是这么干的。他们对着河面放炮,好让他浮出水面。他们还拿一块一块的面包,里头灌满水银，丢到水里，只要碰到有死人的地方，面包就会漂着，停在那儿不动。”

“是呀，这事我听说过。”乔说，“我不知道面包怎么会有这种用处。”

“嗯，面包本身没什么能耐。”汤姆说，“我估摸多半是他们先对面包念过咒语，然后才丢到水里去的。”

“不过他们一个字也没念，”哈克说，“我亲眼见过，他们根本不念咒语。”

“咦，那就怪了，”汤姆说，“也许他们是在心里暗暗念呢。他们肯定要念的。谁都晓得这种事。”

另外两个孩子承认汤姆的话有道理，因为一块无知无识的面包，若是不经过咒语点化，就差遣它担当如此重任，怎么可能干得那么出色呢?

“说真的，我现在巴不得跟他们待在一块呢。”乔说。

“我也一样。”哈克说，“谁要是告诉我淹死的是什么人，他要什么我都舍得给。”

孩子们依旧听着，观察着。忽然一个念头掠过汤姆脑际，使他豁然开朗，嘴里喊出声来：

“弟兄们，我知道淹死的是谁了——就是咱们呀!”

转眼间，他们觉得自己仿佛成了英雄。这下子他们可是大大地出了一回风头。看样子，人们都在想着他们，哀悼他们，为了他们心痛欲裂，流下悲伤的泪水。有的人想到自己过去没有善待这几个下落不明的孩子，良心上受着责备，一味沉浸于徒劳的歉疚与悔恨中。而最妙的是，这几个死去的人现在已经成了全镇议论的话题，镇上别的孩子眼见他们有了这么大的名气，全都嫉妒得心里痒痒的。这可真不赖。当海盗毕竟还是划得来的。

暮色渐浓,渡船开始返航,准备承担它例行的摆渡任务,那些小船也不见了。几个海盗于是返回营地。他们对于自己刚刚被骤然抬高的身价,以及制造的这个引起轰动的麻烦,简直乐得忘乎所以。他们捉了些鱼,烧些晚餐吃了,然后揣度村子里的人会对他们有什么看法和议论,想象着大伙儿为了他们成天悲悲戚戚的样子,心里觉得很受用——当然是从他们自身的角度而言。然而,当夜幕开始笼罩他们的身影时,谈话渐渐停止了。他们坐在那里,两眼盯着火,脑子却显然在走神。兴奋的感觉此时已经完全消失,汤姆和乔不禁想起家里的一些人,知道他们决不会像自己一样欣赏这出过于出格的恶作剧。他们心里犯着嘀咕,乱糟糟的很不好受,不由得叹了一两口气。后来乔怯怯地兜着圈子,试探另外两个孩子对重返文明社会有何看法——不是说马上回去,而是——

汤姆一通讥讽,使他难堪到了极点。尚未表态的哈克站到汤姆一边,结果那个动摇分子赶紧"表白"一番,竭力让自己身上尽量少沾染些胆小、想家的污点,后来他庆幸自己总算摆脱了窘境。动摇变节的势头至此总算暂时得到了遏制。

随着夜越来越深,哈克开始打起盹来,很快便发出了鼾声。乔也紧跟着他进入梦乡。汤姆把胳膊肘枕在头下,一动不动地躺了一阵,定睛瞅着他俩。后来他小心地爬起来,就着篝火摇曳不定的闪光,跪着在草丛中到处寻觅。他捡起几块薄薄的白色半圆形梧桐树皮,端详了片刻,最后选定了两块合自己意的。接着他在篝火旁跪下,用红画石先后在两块树皮上吃力地写了一些字。他把其中的一片卷起来,放进上衣口袋,另一块则放到乔的帽子里，再把帽子挪得离它的主人稍远一点。他还往帽子里放进几件小学生心目中的无价之宝——一根粉笔，一只橡皮球，三个鱼钩，以及一颗名为“正宗水晶球”的那种石头弹子。后来他踮起脚尖，加倍小心地走过树林，等他觉得两个孩子再也听不见他的脚步声，便径直朝沙滩方向飞奔而去。

第十五章

汤姆偷偷溜回家

几分钟以后，汤姆已经跑进沙滩上的浅水里，趟着水朝伊利诺斯州那边河岸走去。他走到河中间时，水深还未及腰，稍后急流涌来，不容他继续涉水前行。他信心十足，执意要游完剩下的一百码。他逆水斜向游去，然而河水却直把他朝下游冲，其流速之快是他委实不曾料到的。他终于游到岸边，让自己的身子顺流而下，漂到水浅的地方再爬上岸。他用手捏了捏上衣口袋，发现那块树皮还在里头，便一头钻进林子，衣服湿漉漉地滴着水，沿着河岸走去。将近十点的时候，他来到镇子对面的一块开阔地，只见渡船泊在高高岸边的树荫下。天上群星闪烁，四野悄然无声。他睁大眼睛注视着周围，一边爬下河岸，顺势滑入水中，胳膊划了三四下，爬上跟在渡船屁股后面的"备用"小船。他躺在坐板下面等着，大口喘着粗气。

不久船上的破钟敲响了，一个声音发出"开船"的命令。一两分钟之后，渡船掀起的浪花把小船头部冲得高高翘起，航行开始了。汤姆看到自己这一手管用，心里挺高兴，他知道这是当晚最后一趟轮渡。熬过漫长的十几分钟，轮机停止了工作。汤姆溜下小船，在黑暗中游向对岸。为了避免被过路人撞见的危险，他又特意向下游游了五十码才上岸。

他飞快地跑过几条阒无人迹的小巷,很快来到他姨妈的后围墙下。他爬进围墙,走近厢房,隔窗朝亮着一盏灯的起居室里望去。屋里坐着波莉姨妈,西德,玛丽和乔·哈泼的母亲,聚在一起说话。他们靠床坐着,身后是门。汤姆走到门边,悄悄拨开门闩,轻轻一推,门开了一条缝。他继续小心地推门,每次门嘎吱一响,他心里都会吓一跳。后来他算计着可以爬进去了,就把头先伸进去,战战兢兢地往屋里爬。

"哪来的风把蜡烛吹成这样?"波莉姨妈问。汤姆赶紧向前爬去。"怎么回事,我觉得门是开着的。咦,果然是开着的。这年头的怪事真是没完没了。西德,去把门关紧。"

汤姆刚巧钻到床底下藏起来。他停了一会,待喘息稍定,又接着爬到伸手几乎可以碰到姨妈双脚的地方。

"依我说,"波莉姨妈说,"他人并不坏,这么说吧——只是太淘气,有点坐不住,有点冒冒失失的。他还是个不懂事的毛孩子,不能怨他。他可从没安过什么坏心眼呀。他是天底下心肠最好的孩子——"说着说着,她哭出声来。

"我的乔也是一样——老是淘气得要命,什么调皮捣蛋的事都干得出。可他一点也不自私,脾气也好得出奇——上帝宽恕我吧,我不该硬说他偷吃了奶酪,还拿鞭子抽他。偏偏不记得其实是奶酪酸了我自己扔出去的,我一想起这件事心里就难受。在这个世上我是一辈子也见不着他了,永远永远永远见不着他了,我那受了冤屈的苦命儿哟!"哈泼太太辛酸地啜泣着,心都要碎了。

"但愿汤姆在另一个世界更舒服一点,"西德说,"不过要是他以前在某些方面检点些的话——”

“西德!”汤姆虽然这会儿看不到,却能感到老太太逼视西德的严厉目光。“现在我的汤姆不在了,不许你说他一个字的不是!上帝会照应他——用不着你瞎操心,先生!唉,哈泼太太,我把他弄丢了,真不知如何是好!我把他弄丢了,真不知如何是好!虽说我这个老婆子常常受他的折磨,伤心得要命,可他还是给了我莫大的安慰。”

“上帝将孩子赐给我们,又将孩子收回——愿上帝与我们同在!可是这实在让人受不了——唉,实在让人受不了!就在上个星期六,就为了我的乔在我眼皮底下放了个爆竹,我把他打趴在地上。当时怎能料到,他去得这么快——唉,要是他再放一个爆竹,我兴许会搂住他,夸他能干呢。”

“对对对,我理解你此刻的心情,哈泼太太,我完全理解你此刻的心情。就在昨儿晌午,我的汤姆逮住猫儿,给它灌了一肚皮止疼药,我当真以为这畜生准会把房子掀翻了哩。上帝宽恕我吧。我拿顶针照准汤姆的脑袋笃笃敲了一气。可怜的孩子,可怜的短命孩子哟。不过现在他的烦恼总算到了头。我最后听见他说的话就是责备我——”

对这件事的回忆使老太太悲痛欲绝,一时竟哽咽得说不出话来。汤姆也呼哧呼哧地抽起鼻子来,与其说是同情别人,不如说是怜悯自己。他听见玛丽也在哭,并且不时插嘴为他说上一两句好话。他这才觉出自身的高贵,不像从前那样自认微贱了。然而他还是被姨妈的哀痛深深打动了,恨不得从床底下冲出来,让她乐得不知所措——这种激情迸发的戏剧性场面还真合他的胃口,不过他按捺住心里的冲动,待在原处没有动弹。

他接着往下听,从那些零星片段的话中听出了大概的意思。原来大家起初以为几个孩子是游泳时淹死的,后来小木筏不见了,再后来有些小孩说那几个失踪的孩子曾向他们保证,村子里的人即将"听说一桩大事"。几个脑瓜灵光的人将听到的各种消息"合计合计",认定那几个孩子准是划着筏子跑掉了,不久就会在下游的镇子上露面。可是将近正午时分,筏子在村子下游五六英里密苏里一侧的岸边找到了——于是希望破灭了。那几个孩子准是淹死了,否则至迟天黑前,单是饥饿也会迫使他们回家的。人们相信打捞尸体之所以徒劳无获,准是因为孩子们是在河当中淹死的。不然的话,像他们那样的游泳好手,肯定能游到岸上。要是到星期天还找不着尸体,就一点指望也没有了。那天上午将要在教堂里举行葬礼。汤姆听到这里,禁不住打了个冷战。

哈泼太太喉头哽咽着道了晚安,转身要走。这时,两个同遭失子之痛的女人忽然生出一阵冲动,互相搂在一起失声痛哭,这样才算得到了一些安慰,然后分手道别。波莉姨妈对西德和玛丽道晚安时,语气比平常温柔得多。西德低声抽泣了一会,玛丽则号啕大哭着走开了。

波莉姨妈跪下来为汤姆祈祷,她的祈祷情真意切,感人至深,她的话语和苍老发颤的声音里流露出的无限慈爱,使得汤姆没等她作完祷告就哭成了泪人儿。

她上床睡觉之后很久,汤姆还是不敢动弹,因为她不时发出令人心碎的喊声,心神不定地在床上翻过来滚过去。后来她终于睡安稳了,只是在梦中偶尔叹息一两声。这时候,汤姆从床底下偷偷爬出来,挨着床沿缓缓直起身,用手遮住烛光,站在原地凝视着姨妈,心里充满了对她的怜悯。他从口袋里掏出那张梧桐树皮,放在蜡烛旁边。他忽然想起了什么,不觉踌躇起来。他琢磨出一个两全其美的点子,顿时面露喜色。然后他弯下腰,吻了吻她那两片苍白的嘴唇,立即悄悄溜了出去,随手拉好门闩。

他穿过曲曲折折的狭小街巷,回到渡船码头,眼见那里无人走动,便壮着胆子爬上船,他知道除了一个看船的,没有其他人在上面过夜。而看船的每晚都睡得跟石头雕像一般死沉。他解开船尾的小划子,悄悄爬进去,很快就加倍小心地往上游划起来。划到村子上游一英里的地方,他斜转船身,弯腰朝对岸奋力划去。他干净利落地让小划子靠了岸,这本来就是他的拿手好戏。这时他动了心思,想将小划子据为己有,理由是不妨将其视为大船,而大船正是海盗打劫的目标。可是他知道如此一来,人家准会彻底搜查一番,事情的真相终将暴露无遗。于是他一上岸就钻进了树林。

他坐下来歇了很久,强打精神不让自己睡着,然后很小心地往回走了一程。黑夜即将过去,等他发现自己走到岛上沙滩的对面时,天上已经露出了曙光。他又歇了一阵,直到太阳完全升出地平线,将河面镀上粼粼金辉。他纵身跃入河中,过了不大工夫,来到宿营地附近停住,身上湿淋淋地滴着水。他听见乔说:

“不,哈克,汤姆这个人挺讲信用,他会回来的。他决不会溜号的。他知道这种行为对海盗来说是很不光彩的。汤姆他那么傲气,怎能溜号呢?他准是忙什么事情去了。可到底是什么事呢?”

“好了,不管怎么说,这些东西归咱们了,对不?”

“差不多吧,可现在还没个准。树皮上写着,要是他赶不回来吃早饭,这些就归咱俩。”

“他这不回来了嘛!”汤姆高声嚷嚷着,神气活现地大步走进营地,他的即兴表演收到了绝妙的效果。

丰盛的早餐很快端了上来，有咸肉，还有鲜鱼。孩子们狼吞虎咽地吃着，汤姆讲起他此次回家的曲折经历，自然添枝加叶地渲染一番。事情的原委说完之后，他们就成了一帮扬扬得意、自吹自擂的好汉。后来汤姆躲在僻静的树荫下，一觉睡到晌午，另外两个海盗则准备去钓鱼和探险。

第十六章

初学抽烟——“我的小刀丢了”

午饭后，这帮海盗全体出动，去沙滩上找乌龟蛋。他们四下寻觅，拿树枝戳进沙里，碰到软的地方，就跪下来用手抠。有时候他们能从一个洞中掏出五六十只龟蛋。这些蛋雪白滚圆，比英国胡桃稍小一些。当天晚上他们吃了一顿美味可口的煎蛋，星期五早晨又吃了一顿。

吃过早餐，他们狂呼乱喊、蹦蹦跳跳地奔向沙滩，你追我赶地转着圈子，边跑边剥掉衣裳，身上全都脱得赤条条的。他们一路欢腾嬉闹不止，直到跑进沙滩的浅水中。湍急的河流时时淹没了他们的腿肚子，又给他们的结伙出游增添了极大的乐趣。他们还常常弯着腰站在一起，用手掌哗啦哗啦地撩水溅到对方脸上，接着彼此渐渐走近，扭过脸避开那使人透不过气的水流，最后互相扭打着，挣扎着，直到最有本事的一个把对手摁到水里。稍顷，几个人一起潜入水中，白胳膊白腿缠在一起，又一块从水里冒出来，鼻子喷着水，嘴里吐出水，快活地笑着，急促地喘着气。

他们玩乏了，就跑到燥热的沙滩上，放倒身子，懒洋洋地躺下，用沙子把自己埋起来。待会儿又冲向水中，重复一遍刚才的把戏。过后他们蓦地想起，自己裸露的皮肤足可充当肉色“紧身服”，于是在沙滩上站成一个圈，演起马戏来——参加表演的有三个小丑,因为谁也不愿让出这个风头十足的角色。

接下来他们掏出石头弹子,玩了三种花样,直到玩腻了才罢手。然后乔和哈克又去游泳,汤姆却不敢贸然下水,因为他发现自己刚才甩掉裤子时,不留神把拴在脚踝上的一串响尾蛇响铃扯丢了。他心里好生纳闷,不知自己刚才游了那么久,离了这个神秘的护身符的保佑,腿肚子为何竟然没有抽筋。等到寻见那个宝贝,他才有胆量下河游水,可这时另外两个孩子却累得只想歇着了。于是他们渐渐各跑各的,情绪越来越低落。一时间,他们眼里不觉流露出期盼的神情,隔着宽阔的水面,朝沉睡在阳光下的村子眺望。汤姆发现自己用脚在沙滩上写着"贝琪",便赶紧用大脚趾把字迹涂掉,心里恨恨的,怨自己好没出息。可是稍后他又写下这个名字,他实在是情不自禁。他再次把名字涂掉,又把其他两个孩子喊到一起,自己也凑了过去,以摆脱那种诱惑。

然而乔的精神几乎消沉到了难以恢复的地步,他思家心切,简直受不了有家难回的那份苦楚。哈克也很忧郁,泪珠差点儿滚落下来。汤姆虽然心情沮丧,却竭力不动声色。他有一个暂时还不打算说出来的秘密,可是这种难以控制的郁闷心绪如果不能尽快打破,他就只能如实说出。他装出兴致很高的样子说:

"哥们,我打赌这岛上从前准有海盗待过。让我们再打探一番。他们一定在什么地方埋藏了财宝。要是找到一只朽烂的木箱,里面装了金银财宝,你们会觉得怎样呢——呃?"

然而这一提问在两人心里只是稍微激起一点点兴致,谁也没有搭腔。

汤姆又试着问了另外一两个颇有诱惑力的问题,结果仍然未能奏效。这真让人泄气。乔坐着用树枝拨弄沙子,露出一脸苦相,憋到末了才说:

“唉,哥们,拉倒吧。我要回家,这儿实在闷得慌。”

“啊,乔,可别这么说。你会慢慢觉得好起来的。”汤姆说,“想想在这儿钓鱼该有多棒。”

“我可不喜欢钓鱼。我要回家。”

“不过,乔,别处可没有这么好的游泳的地方。”

“游泳有什么好?说来说去,这儿没人拦着不让我下水,我就觉得游泳没啥意思。我就是想回家。”

“呸!小毛孩子!我看你是想你妈了。”

“不假,我是想我妈——你要是有妈妈,也一样会想嘛!你管我叫毛孩子,你还不是一个样!”乔说着,喉头有点哽塞。

“好吧,咱们就让这个好哭宝回家去找他妈妈,怎么样,哈克?可怜虫——他不是想找他妈妈吗?那就由他去吧。你喜欢这儿,对不,哈克?咱俩留下来,你说呢?”

哈克说了声“好——好吧”,完全不像是心里话。

“我一辈子不会再跟你说话了,”乔说着站起身,“就从现在开始!”他老大不快地走到一边,开始穿衣服。

“谁稀罕这个呀!”汤姆说,“谁也不想找你说话。回家让人瞧笑话去吧。啊,你这个海盗真有能耐。哈克和我可不是好哭宝。咱俩留下来,你说呢,哈克?他想走,就让他走好了。我看,缺了他,咱们照样快活自在,等着瞧吧。”

其实汤姆心里并不自在。看见乔绷着脸穿衣服,他不免有些担忧。看见哈克期待地瞅着准备动身回家的乔,同时保持一种不祥的沉默,他心里更不是滋味。随后乔连一句告别的话也不说,便涉水向伊利诺斯州河岸走去。汤姆心里咯噔一沉,他瞟了哈克一眼。哈克受不了这种目光,连忙垂下眼皮,然后说:

"我也想走,汤姆。说到底,这里真够冷清的,他一走就更糟了。咱们都回去算了,汤姆。"

"我不回去!你们要走,尽管走好了,我反正要留下来。"

"汤姆,我最好还是回去。"

"嘿,你走就走呗,谁拦着你啦?"

哈克弯腰捡起四处乱扔的衣裳,然后说:

"汤姆,真希望你和我们一起走。你想好了,我们上岸后等你。"

"哼,那就一直等下去吧,不用再啰唆了。"

哈克悲哀地离开了,汤姆站着目送他的背影渐渐远去。一个强烈的愿望打动他的心弦,催促他放下架子,跟他们一起去。他希望那两个孩子停住脚步,但他们照旧慢吞吞地涉水行进。汤姆忽然想起眼下他孤身一人,这里实在太寂寞冷清了。他与自尊心进行了最后一番较量,终于撒腿跑起来,拼命追赶他那两个伙伴,嘴里喊着:

"等等!等等!我有话跟你们说!"

两人闻声止步,转过身来。他跑到他俩身边,开始透露自己的秘密。他们起初还有些不情愿,及至听出他的用意,不禁狂呼起来,连连称赞这个主意"妙极了!"还说他如果及早说出来,他们是决不会走开的。他编造了一个似乎有理的借口,其实真正的原因,是他担心连这个秘密也不能确保他们在他身边多待些时候,因此他才把它作为最后的诱惑藏在心里。

孩子们欢欢喜喜地返回营地,他们又开始尽情地嬉戏,一边喋喋不休地谈论着汤姆的那个出色计划,对计划制订者表现出的机灵劲十分佩服。吃过一顿味道鲜美的龟蛋煎鱼之后,汤姆说他想学抽烟。乔觉得这个主意不错,说他可以试试。于是哈克做了两个烟斗,装满烟叶。这两个新手以前除了葡萄藤做的“烟”以外,并没有抽过真正的烟。抽葡萄藤辣舌头不说,叫人看着也挺没面子。

此时他们趴到地上,胳膊肘支着上身,开始试着喷出烟雾,显得有些胆怯。烟味辛辣呛喉,他们有点恶心,汤姆却说:

“嘿,这有什么难的!要是知道抽烟原来是这样,没准我早就学会了。”

“我也一样,”乔接过话茬,“这其实没啥。”

“以前多少回看到别人抽烟,巴不得自己也会抽,可从没想到我也能抽哩。”汤姆说。

“我也是这样,对吧,哈克?你听我这么说过——对不,哈克?我是不是这样讲过,让哈克自己说。”

“没错,说过许多次了。”哈克说。

“唔,我也说过,”汤姆说,“呃,有好几百回了。有一回是在屠宰场附近说的。你还记得吗,哈克?我说这话的时候,鲍勃·坦纳、约翰尼·米勒,还有杰夫·撒切尔,他们都在场。哈克,你记不记得我这样说过?”

“记得,那是我丢了一个白石头弹子的第二天。不对,是在前一天。”

“喏——我没瞎说吧。”汤姆说,“哈克还记得这事哪。”

“我敢说我能整天叼着这只烟斗，”乔说，“而且不会头晕。”

“我也不会头晕的。”汤姆说，“我可以从早到晚地抽。可是我跟你打赌，杰夫·撒切尔肯定不能。”

“杰夫·撒切尔！哼，他只要抽两口就会晕倒。不信叫他试一回，准让他丢人现眼！”

“我敢说那准够他受的。还有约翰尼·米勒——我倒真想瞧约翰尼·米勒抽一口试试。”

“哎，我还不是一样想见识见识！”乔说，“我敢说论抽烟，要数约翰尼·米勒顶不中用，光闻一点烟味，也会把他熏得半死。”

“的确是这么回事，乔。我说——我还真想让同学们现在看见咱们呢。”

“我也一样。”

“我说——哥们，这事咱们别再谈了。等哪天他们出来了，我就来找你们，说：‘乔，带烟斗了吗？我想抽袋烟。’你就满不在乎、不当回事似的说：‘行啊，我身上带着那只旧烟斗，就是烟叶不太好。’我就说：‘哦，烟叶不好没关系，只要辣得有劲儿就成。’然后你掏出两只烟斗，咱们从从容容地点着烟，嘿，准让他们瞧傻了眼！”

“咳，那可真带劲，汤姆！我真巴不得现在就这样！”

“我也是！等到告诉他们，咱们学抽烟是在离家出走当海盗的时候，他们准得怨自己当初没跟咱们待在一块，你说呢？”

“噢，可不是嘛！我敢说他们准会这么想！”

谈话就这样继续进行着，可是没多久谈兴就减了几分，变得有一句没一句的。无话可说的时间越来越长,唾沫啐得越来越多。他们的腮帮子里像是遍布喷泉,舌头底下仿佛成了浸在水里的地下室,任他们怎么排水,都跟不上水流漫溢的速度。虽然他们连连向外啐口水,还是有一些顺着喉咙往下淌,紧接着是一阵突如其来的干呕。此时,两个孩子脸色惨白,痛苦不堪。乔的烟斗从麻木无力的手指间掉落地上,跟着汤姆的烟斗也掉到地上。唾液像喷泉似的不断涌入他们嘴里,又像水泵排水似的不断往外啐出。乔恹恹无力地说:

“我的刀子丢了,我想我最好还是去找。”

汤姆的嘴唇颤抖着,迟迟疑疑地说:

“我来帮你找。你走那条道,我绕到喷泉周围找找看。不,你不用来,哈克——我们找得到。”

于是哈克又坐下来,等了一个钟头。后来他觉得无聊了,便去寻找自己的伙伴。只见他们待在树林里,相距很远,两人面色都很苍白,都睡得昏沉沉的。不过直觉告诉他,他们刚才也许难受过一阵,好在已经过去了。

那天吃晚饭的时候,大家都不想说话。他俩显出一副受了委屈的窝囊相。饭后哈克给自己装烟斗,并且捎带着要给他们装,他们却说不必了,因为身体不太舒服——晚饭吃的东西还在肚里折腾哩。

夜半时分,乔醒过来,唤醒那两个孩子。他们周围有一种沉闷压抑的气氛,像是变天的预兆。尽管没有一丝风的空气是那么酷热难当,令人窒息,几个孩子却依偎在火堆旁,指望从中获得一种友好亲情的慰藉。他们默默地坐在一起,急切地等待着。树林里依然笼罩着肃穆的气氛。火光之外,一切都被无边的黑暗吞噬了。忽然间,天空划过一道闪电,隐约照亮了树上的枝叶,很快又消失了。过了一会又出现一道,这回更加耀眼。紧跟着又是一闪,林中响起一阵微微叹息似的声音,孩子们只感到一股急速的气流扑面而来,一个个心惊肉跳地想象着黑夜的精灵打他们身旁经过的情景。随后是一阵短暂的平静。接下来又是一道令人毛骨悚然的闪电,将黑夜照得亮如白昼,将他们脚边一根根纤细的草叶全都照得清晰可见,同时也映出了三张惨白和惊骇的面孔。天上响起一串低沉而持续的隆隆雷声,渐远渐弱地消失了。一股凉飕飕的风儿吹来,吹得林中树叶沙沙作响,吹得火堆周围的灰烬雪片似的四散飞舞。又一道刺目的电光把树林照得透亮,旋即咔嚓一声巨雷,仿佛劈开了孩子们头顶的树梢。跟着是漆黑一片,几个孩子吓得紧紧抱成一团。几颗大雨点啪嗒啪嗒地打在树叶上。

“快,哥们! 快进帐篷!”汤姆喊道。

他们跳起来跑开,黑暗中被树根和藤蔓绊得踉踉跄跄的,兀自闷头朝不同的方向奔去。一股狂风呼啸着刮过树林,四下响起呜呜的回音。炫目的闪电一道接着一道,震耳的雷鸣一阵又是一阵。滂沱大雨从天上倾泻下来,雨水沿着地面被越刮越紧的狂风吹成一片片雨幕。孩子们互相喊叫着,可是咆哮的狂风和隆隆的响雷完全淹没了他们的声音。后来他们总算狼狈地跑回营地,躲在帐篷下暂避风雨,身上发冷,心里慌张,从头到脚水淋淋的。不过在痛苦中有人陪伴毕竟还是值得庆幸的。他们无法交谈,即令没有别的嘈杂声的干扰,那顶旧帆布帐篷哗啦哗啦的响声就够厉害的了。暴风雨越来越猛,那顶帐篷终于挣脱了系住它的绳索,随风飘走了。孩子们手拉着手,跌跌绊绊地夺路而逃,身上碰破了许多地方,总算跑到河边一棵大橡树下藏身。此时,天上的激战到了白热化的程度。闪电时时用它那耀眼的蓝光,划破黑沉沉的夜空,将地上万物照得雪亮通明,连阴影都消失了。被风吹弯腰身的树,奔腾咆哮、白沫飞溅的河,一片片随风翻卷的水雾,以及河对岸悬崖峭壁的模糊轮廓,全都透过急驰的乱云和倾斜的雨帘若隐若现。每隔一会便有大树被摧毁,随着清脆的断裂声倒卧在小树丛中。势头经久不衰的霹雳发出震耳欲聋的剧烈爆炸声,说不出有多骇人。疯狂到极点的暴风雨显示出它无可匹敌的威力,仿佛要在须臾间把小岛撕成碎片,烧成灰烬。水淹到树顶,风把它刮跑,使岛上的所有生灵丧失听觉。对于这些离家出走、置身荒野的小家伙来说,那真是一个恐怖的夜晚。

然而战斗终于结束了,天地间的各种力量互相恐吓埋怨着,最后还是退下阵来。大地又恢复了平静。孩子们心怀畏惧地回到营地,发现他们不幸之中还有一桩足可自慰的事,原来遮蔽他们栖身之处的高大梧桐树已被雷电击毁,而灾难降临时他们碰巧没在树下。整个营地全部浸泡在水里,篝火也早被浇灭了,因为这几个孩子与他们那一代的其他年轻人同样冒失莽撞,没有作好防雨的准备。他们全身湿透,而且冷得厉害,真是够倒霉的。他们脸上清楚地显现出愁苦的表情,可是随即又发现自己起初点的篝火把挨着的大木头(在它向上弯离地面的部分)烧得凹进去很深,因此有一块巴掌大的地方没有被雨淋湿。于是他们耐心地忙碌着,从一些木头底下收集了一些引火的碎屑和树皮,小心地拨弄着,终于重新点着了那堆篝火。然后他们又架上许多枯死的大树枝,直到燃起熊熊的火焰,这才恢复了原先的快乐心情。孩子们烤干熟火腿,饱餐了一顿,然后坐在火边,大肆吹嘘和夸耀半夜的冒险经历,一直扯到天明,因为周围没有可以躺下来睡觉的干燥地方。

阳光刚开始照到孩子们身上的时候,倦意也随之袭来,结果他们离开树林来到沙滩上睡觉。不久他们身上就让太阳烤得滚烫,于是怪无聊地动手做早餐。吃完早饭,他们都觉得心里闷得慌,四肢关节发僵,而且又有些想家了。汤姆看出苗头不对,便竭力想让其他两个海盗快活起来。然而无论是石头弹子、马戏、游泳,或是别的什么,他们一概不感兴趣。直到他提醒他们那个天大的秘密,才稍稍提起他们的一点兴趣。趁着两人还在兴头上,他又用一个新主意吊他们的胃口。这就是让他们换换花样,暂时不当海盗,改扮一会儿印第安人。他们果然被这个主意吸引住了。于是几个人很快扒光衣服,用黑泥将全身上下涂得一条条的,像是几匹斑马——当然,他们全扮成酋长——接着飞快地冲进树林,去攻打英国人聚居的一个地方。

后来他们渐渐分成三个敌对的部落,从各自埋伏的地方冲出来,互相攻击,同时发出一阵阵可怕的呐喊。千百次轮番厮杀,千百次剥去头皮。这一天的确是个血流成河的日子,不过也是一个他们因此而感到快活的日子。

快到吃晚饭的时候,他们才回到营地集合,肚子虽饿,心里却很快活。不过这时出现了一个难题——敌对的印第安人在讲和之前,照理是不能坐在一起友好地用餐的,而在讲和之前,又非先抽一袋太平烟不可。他们从没听说过还有别的什么办法。三个野蛮人中有两个干脆表示情愿一直做海盗。可既然没有其他办法,他们也只能硬装出高兴的样子,拿来烟斗,照当时的规矩,轮流吸了一口。

结果他们又为能当上野人而感到高兴,因为他们有了一点意外的收获:发现自己现在能抽点烟了,而且不必非得走开去寻找丢失的小刀,也没有头晕恶心到特别难受的地步。既然很有希望学会抽烟,他们是不会舍得不花点功夫就轻易放弃的。他们决不会放弃。晚饭后他们小心地练了一阵,取得了相当的成功,于是几个人度过了一个狂欢的夜晚。即令他们把印第安六大部落的人通通剥光头皮,剥光身上的皮,也不会像现在这样得意和快活。我们还是暂且听任他们在那儿抽烟、聊天、吹牛吧,因为眼下无须多费笔墨叙述他们的故事。

第十七章

海盗们出席自己的葬礼

可是就在这同一个平静的星期六下午，小镇上却没有一点欢乐的气氛。哈泼和波莉姨妈两家人伤心痛哭，悲哀不已。平心而论，这里平日也确实够安静的，可是今天笼罩着整个村子的是一种异乎寻常的静谧。村里的人们心不在焉地干着自己的活，连话都不怎么说，只是一个劲地长吁短叹。星期六的休假似乎成了孩子们的负担，连玩耍都没了劲，所以他们也都渐渐不玩了。

下午，贝琪·撒切尔在学校没人的庭院里闷闷不乐地转悠，心里觉得阵阵凄凉。即使在那儿她也找不到什么使她感到安慰的东西。她自言自语道：

“唉，我要是能再找到一个壁炉薪架上的铜把手就好了。现在我能用来纪念他的东西什么都没了。”她硬是忍住了抽噎。

不一会，她停了下来，心想：

“就是在这里。唉，如果重来一次，我决不会说那种话，无论如何也不会的。可是现在他不在了，我永远永远永远也见不着他了。”

想到这里，她实在受不了了，于是就茫然地走了开去，泪水扑簌簌顺着面颊往下滚。接着来了一大群男孩女孩，都是汤姆和乔的伙伴。他们站在那儿，目光久久在栅栏上徘徊，十分虔敬地谈起上次看到汤姆时，他是如何做这做那的情景，乔又是如何说起种种不起眼的小事的。（每件事情中都充满着恐怖的预兆，这些他们现在能轻而易举地看出来！）每个人说话时都会确切地指出两个死去的少年当时站的地方，还这样说道："我当时就站在这里，就是我现在这样站着，你就好比是他，我就靠他这么近，他笑了笑，就像这样；当时我浑身产生了一阵怪怪的感觉，好可怕哟，你知道。当然，我当时根本就没想那到底是怎么回事，不过现在我是知道了！"

然后，在场的人围绕这两个死去的孩子在世时究竟是谁最后见到过他们的问题争论起来。许多孩子都争着将这个令人伤感的荣耀据为己有，并拿出了种种证据，其中有些内容或多或少经自称的目击者作了更改；最后大家公认了到底是谁真正最后看到死者的，并和他们作了最后一次交谈。那些幸运者摆出一副神圣至极的派头，其余的人张大嘴巴瞅着他们，心里羡慕不已。有个没有什么值得荣耀的事可说的可怜虫，带着几分自得说起了一件往事：

"唔，汤姆·索亚他曾经揍过我一顿呢。"

不过想以这种方法给自己增光添彩是不会取得成功的。大多数男孩都会这么说，因此这就使得这种荣耀大打折扣了。一伙人慢慢地走了开去，人们仍然可以听见他们在用敬畏的语气谈着已故英雄们的往事。

第二天上午，主日学校的课结束的时候，教堂的钟声不像往日那样清脆嘹亮，而是显得舒缓哀婉，庄严肃穆。这是一个十分宁静的安息日，伤感凄楚的钟声似乎与笼罩大地的沉思般的寂静融为一体。村里的人在门廊里稍聚片刻,低声谈论起那桩不幸的事情。不过教堂里面没人耳语,只有妇女们就座时衣服发出的凄凉的沙沙声打破沉寂。没人记得这小小的教堂以前什么时候曾像今天这样坐满过人。最后,人们默默地等待了一会儿。不一会儿,波莉姨妈走了进来,身后跟着西德和玛丽,再后面还有哈泼夫妇,他们穿着一色的黑衣服。教堂里的人们和年迈的牧师都恭敬地站起身来,并一直站在那儿等到送葬者在前排坐下为止。又是一阵默默祈祷的静寂,其间不时地听到有人发出低低的呜咽声。接着,老牧师将双手往两边摊开,作了祷告。大家又唱了一首感人的圣歌,读了一段经文:"复活在我,生命在我。"

随着葬礼仪式的进行,牧师将失踪少年的种种美德和可爱的地方,连同他们非同一般的将来,一道描述得栩栩如生,感人至深,使得在场的每个人都觉得那么熟悉,许多人内心受到了良心的折磨,因为他们过去执意不愿正视这些,相反,眼睛里只有可怜的孩子们的种种过失和缺点。牧师还提到了死者生前的许多感人的小事,从中能够发现他们可爱、慷慨的天性。现在人们轻而易举地就能看出这些事情虽小,却是那么高尚、美好。令人感到伤心的是,这些事在当时统统被视为流氓地痞的行径,照理要挨一顿皮鞭。牧师仍在讲述着孩子们令人伤感的故事,教堂里人们也越发感动。最后,他们再也抑制不住,和送葬者一道哭泣起来,教堂里一片痛苦的哽咽声。牧师本人也情不自禁,在讲坛上恸哭起来。

楼座里一阵小小的骚动,不过谁也没有去注意。过了片刻,教堂的门发出一丝咯吱声。牧师抬起埋在手帕里的泪眼看去,顿时站在那里,愣住了!接着一双又一双眼睛顺着牧师的目光看去。所有在场的人几乎不约而同地站起来,看傻了眼:三个死去的男孩沿着过道大步走上前来,汤姆在前打头,后面跟着乔，最后是哈克；他一身破衣烂衫，害羞地在后头磨蹭！他们刚才躲在没人的楼座那里，听他们自己的葬礼追悼辞呢！

波莉姨妈、玛丽和哈泼夫妇一下子扑向他们的两个复活的孩子，吻得他们透不过气来，同时一刻不停地倾诉着感恩的话语。这时，可怜的哈克局促不安地站在那里，浑身不自在。他手足无措，真想找个地方躲开这么多不友好的目光。他犹豫了一会，然后就想撒腿溜开，但汤姆一把将他抓住，说道：

“波莉姨妈，这不公平。也该有人高兴看到哈克回来才是。”

“当然应该，我很开心看到他，可怜的没娘的小家伙！”可是波莉姨妈倾注在他身上的关爱恰恰让他感到比以往更加不自在。

突然，牧师高声喊道：“普天之下，万国万生，齐声赞美，父子圣灵——大家唱吧！热情地唱吧！”

大家应声而起，高声唱起了《老百首》[1]，洪亮的歌声抒发着凯旋的喜悦；就在歌声响彻整个教堂的时刻，海盗汤姆·索亚看了看四周羡慕不已的小伙伴们，心中暗自承认，这是他一生中最让他骄傲的时刻。

“遭到愚弄”的人们一群群走出教堂。大家说，为了能再次听到唱得像今天这样动情的《老百首》，他们差不多情愿再次被人作弄。

汤姆那一天里所挨的耳光和得到的亲吻——这全由波莉姨妈的心情变化来决定——比以往一年的都要多，但是其中哪一种最能够体现出对上帝的谢意和对他的慈爱，汤姆是说不大清楚的。

---

① 指根据《圣经·诗篇》第一百首编成的赞美诗。

第十八章

汤姆泄露做梦的秘密

这是汤姆的重大秘密——和他的海盗兄弟返回村里,参加他们自己的葬礼。他们在星期六傍晚时分凭借着一段木头,划着水横渡到密苏里州的岸边,在村子下游五六英里远的地方上了岸。接着,他们在小镇边的树林中一直睡到拂晓,然后顺着小道,拐弯抹角地钻进小镇,在教堂楼座乱七八糟的破凳子堆里睡了个够。

星期一早晨吃早饭的时候,波莉姨妈和玛丽对汤姆疼爱有加,有求必应。大家说话比平时多得多。谈着谈着,波莉姨妈说道:

"哎,汤姆,我说你们这个玩笑开得也真够可以的,让大家受了几乎一个星期的罪,就为了你们几个男孩开开心。你居然这么狠心,竟让我也受这份苦,实在是太让人痛心了。既然你能坐着一段木头划过来参加你们的葬礼,也早该想个法儿回来给我点暗示什么的,我也好知道你并没死,只是从家里跑了。"

"是呀,汤姆,你本该这样做才是。"玛丽说道,"我相信如果你想到的话,是肯定会这样做的。"

"你会吗,汤姆?"波莉姨妈说着话,脸上露出期盼的神情,"现在告诉我，汤姆，如果你想到，你会这样做吗？”

“我——唔，我不知道。那样会把一切搞砸的。”

“汤姆，我原以为你会对我有这么一份孝心呢。”波莉姨妈说道，伤感的语气使汤姆感到不安，“哪怕你没这么做，即使能像这样想一想，也是件让人高兴的事啊。”

“哟，姨妈，那倒也没啥。”玛丽恳求道，“汤姆就是这么一个人，做什么事都不踏实，整天风风火火的，一点都不动动脑子。”

“那就更让人难受了。换了西德，他准会想到。他也会回来把这事做下的。汤姆，将来迟早有一天，你回想现在，会懊悔不已的，你会懊悔当年没多尽一点孝心，那原本对你来说也算不上什么。”

“可是，姨妈，你知道我是爱你的。”汤姆说道。

“如果你像这样去做，对你这句话我就会更相信的。”

“现在看来，我当时想到就好了。”汤姆带着悔恨的口气说道，“可是不管怎么说，我在梦中见到你们的。这总能说明点什么吧？”

“那算不了什么——就连猫也会这样的——不过那总比什么表示都没有要强一些。在梦里你看到了什么？”

“哦，星期三晚上，我梦见你在那儿床边坐着，西德靠着木箱坐着，玛丽就坐在他身边。”

“嗯，我们确实是这样坐着的。我们总是这样坐的。不过，你在梦里为我们这么操心，也真让人高兴。”

“我还梦见乔·哈泼的妈妈也在这里。”

“不错，她确实在这里！你还梦见什么？”

“嗯，还有好多呢。只不过现在模模糊糊的，记不清了。”

“哎，你再想想看，好吗？”

“我隐隐约约记得风吹灭了——”

“再使劲想呀，汤姆！风确实吹灭了什么。快说啊！”

汤姆用手指顶在脑门上，使劲想了一会儿，说：

“我想起来了！想起来了！它把蜡烛吹灭了！”

“天哪！往下说，汤姆，快往下说！”

“你好像说了一句‘哎哟，我想那门——’”

“快往下说，汤姆！”

“让我想一会儿，就一会儿。哦，对了，你说你想那门开着呢。”

“没错儿，我正是这么说来着！不是吗，玛丽？继续讲啊！”

“接下去是——唔——唉，别的我也说不清楚了。不过，好像你让西德去——呃——呃……”

“怎么啦？怎么啦？我让他去干啥，汤姆？我让他去干啥啦？”

“你让他——你——对了，你让他去关门了。”

“哦，天哪！我这一辈子还没听说过这么奇妙的事情呢！别再跟我说梦里的事情不可信了。我一定要马上让西莱尼·哈泼知道这一点。我倒要看看她如何用什么迷信不迷信的废话来解释这件事。继续往下说吧，汤姆！”

“哦，现在梦里的一切都记得一清二楚了。接下去你说，我并不是个坏孩子，只是有些调皮冒失，谈不上负有什么责任，因为我只是个——嗯，我想你说的是，我只不过是个小毛孩子什么的。”

“正是这样！哦，我的天哪！说下去，汤姆！”

“接着你就哭起来。”

“不错,不错,不过那也不是第一次了。后来呢?”

“然后,哈泼太太她也哭了起来,说乔和我一样,懊悔不该怪他偷吃奶酪而揍他一顿,因为那本来是她自己扔掉的——”

“汤姆,你这是神灵附身噢!你这是在作预言哪!一点没错!真是上帝显灵了。继续往下说,汤姆!”

“接着,西德他说——说——”

“我想我没说什么。”西德说道。

“说了,你说的,西德。”玛丽说道。

“你们住口,让汤姆说下去!他说什么来着?”

“他说,嗯,我想他说的是,他希望我在另一个世界日子过得开心些,可是如果我有时过得——”

“哎,都让你听到啦!他就是这么说的!”

“你让他好好闭上那张嘴!”

“我敢打赌我确实是这么说来着。当时肯定有个天使在场,肯定有个天使藏在什么地方!”

“另外,哈泼太太还说,乔有一次放爆竹吓了她一跳。你也谈到彼得和止疼药——”

“一点儿不差。”

“接着你们说了许多话,又是要到河里去打捞我们,又是要在星期日举行葬礼。你和哈泼太太抱起来哭了一场,然后她就走了。”

“的确如此!的确如此,真是一点儿也不差。汤姆,你就是亲眼看到当时的情景也不会说得比这更准了！那么后来呢？说下去，汤姆！”

“后来嘛，我想你是为我祈祷来着——我简直就能看到你，能听到你的每一个字。然后你就上床睡觉了，而我感到非常难过，就拿了一块梧桐树皮，在上面写了‘我们并没有死，我们只是出门去做海盗玩玩罢了’，然后将它放在桌上的蜡烛旁边；当时你躺在那儿睡着了，看上去那么慈祥。我觉得我当时走过去，弯下腰，在你的嘴唇上亲了一下。”

“真的吗，汤姆，这是真的吗？就冲着这一点，什么事儿我都会饶了你的！”她一把将这小男孩儿死命地搂在怀里，弄得汤姆感到自己是一个再大不过的大坏蛋。

“这倒也不坏，尽管只是一个梦。”西德自言自语道，声音低得刚能听见。

“住嘴，西德！一个人梦中做的事情，他醒着的时候也会做的。汤姆，这是我留给你的香蕉、苹果，我心想说不定还能找到你呢。现在快去上学吧。你终于又回到了我身边，我真是多么感谢我们大家仁慈的上帝，我们的圣父。这整个事情对于那些相信他并服从他意志的人们来说，既是一种磨难，又是一种恩惠。不过天知道我是配不上这些的。可是如果只有那些配得上的人才能在艰难的时候得到他的保佑和帮助，那今天在这里欢笑的人就少得可怜了，更不用说在长夜来临时能到主的身边安息了。走吧，西德、玛丽、汤姆，赶快动身吧，你们可耽误了我不少的工夫了。”

孩子们上学去了，老太太就去找哈泼太太，要用汤姆奇妙的梦粉碎她那种现实至上的念头。西德很聪明，他离开家的时候没说出心里真正的想法。他认为：“不大可能——像这么长的梦，居然没有一个错！”

现在汤姆成了一个多么了不起的英雄啊！他走路再也不一步三跳的了，而是大摇大摆，神气十足，活像是备受公众关注的海盗。一点儿都不假。他在路上走时，尽量装作对别人投向他的目光和关于他的谈话无所谓，其实他心里可乐着呢：大家都那么注意他。年龄没他大的孩子脚前脚后地跟着他，觉得在众目睽睽之下能与汤姆在一起，汤姆又不嫌弃他们，也是一件值得炫耀的事，就好像汤姆是游行队伍领头的鼓手，或者是领着马戏团进城的大象一样。和他一般大小的男孩子们故意装作一点儿都不知道他曾经离开过一段时间的样子，不过他们在心里还是嫉妒不已。只要能有汤姆那种晒得黑黝黝的皮肤，他那远近皆知的耀眼的大名，他们可以不惜一切代价。这两样东西任何一样，即使谁想用马戏团来换，汤姆都不会舍得放弃。

在学校里，孩子们把汤姆看得可高了，还有乔，对他们的羡慕之情毫不掩饰地从他们的眼睛里流露出来。两位英雄很快就变得十分“显赫”，甚至连他们自己都感到有些受不了了。他们开始给那些如饥似渴的小听众讲述起他们的历险故事——然而他们只是刚刚开始而已，可是有他们这样丰富的想象力不断提供新素材，这个故事很可能是永无结尾了。到最后他们拿出烟斗，悠闲自得地到处喷着烟雾，此时他们的荣耀达到了顶峰。

汤姆觉得，没有贝琪·撒切尔自己也照样能活下去。对于汤姆来说，光荣和荣誉就足够了，他愿意为荣誉而活着。如今他可是出了大名了，说不准她会一心想“言归于好”的。哼，让她去吧——让她瞧瞧，他也会像其他人那样，对这事表现得满不在乎。过了不一会儿，她来了。汤姆装作没看见。他走向一边，混在一群男女孩子当中，聊起天来。很快他就发现，她红着个脸，眼睛瞟来瞟去，兴高采烈地跑来跑去，假装忙个不停地追逐着同学，抓到了人就尖声大笑；但是他注意到，她每次捉到人总是在离他不远的地方，而且每逢此时，她都好像故意朝他这边瞥一眼。她的这种举动使得他内心那不怀好意的虚荣心得到极大的满足，因此，她不仅没有赢得他的欢心，反而促使他越发觉得自己了不起，越是起劲地克制着自己，装作不知道她就在场。过了一会儿，她再也不一个劲地嬉闹了，而是犹豫不决地来回走动，偶尔叹息几声，朝汤姆这边偷偷地瞥一眼，希望能看到点什么。接着她看到，这会儿，汤姆尤其爱和艾米·劳伦斯说话，说得比和其他任何人都多。她感到一阵剧烈的心痛，立刻觉得烦躁不安。她想走开，可是脚就是不听话，反而把她带向人群那边去。她跟一个几乎紧挨着汤姆的女孩说起话来——装出一副快活的样子：

"喂，玛丽·奥斯丁！你这个坏丫头，你为什么没来主日学校？"

"可我来了呀，难道你没看见我？"

"哎呀，没看见！你真来了吗？你是坐在哪儿的？"

"我是在彼得斯小姐那个班的，我总是去那边的。我可是看到你的。"

"是吗？咳，奇怪，我没看见你呀。我本来想跟你说说出去野炊的事。"

"哦，真是件让人开心的事。谁请客？"

"我妈妈想让我来搞一次。"

"哦，太棒了，我真希望她也会让我参加。"

"咳，她一定会的，这次野炊是为我办的，我想请谁她就会让谁去。现在我就想请你去。"

"哦，那真是太好了。野炊定在什么时候？"

"过不了多久。大概放在暑假前后吧。"

“哦，多有趣啊！你会把所有的男女同学都请去吗？”

“是的，我所有的朋友，还有愿意和我交朋友的人，我都会请的。”她偷偷地朝汤姆瞟了一眼，可是他依旧对艾米·劳伦斯讲着小岛上的那场令人恐惧的风暴，以及一道闪电如何在“离他三英尺远”的地方，将一棵大梧桐树撕成“碎片”的。

“哦，我可以去吗？”格雷斯·米勒问道。

“好的。”

“那我呢？”萨莉·罗杰斯问。

“行。”

“我也去，行吗？”苏珊·哈泼问道，“再带上乔。”

“可以。”

就这样，几乎所有在场的人都已经向她提出要求，并且得到了她的邀请。大家一个个高兴得都拍起了手，现在只剩下汤姆和艾米还没说。这时汤姆冷淡地转过身去，一边说着话，带着艾米走开了。贝琪的嘴唇颤抖了起来，眼睛里涌出泪花。她强作欢笑，继续和别人聊天，不让别人察觉她伤心的表现，可是野炊的事已失去了意义，其他的一切也都失去了意义。她尽快地离开人群，自个儿躲在一处，用女人的说法，“哭了个痛快”。然后，她感到自尊心深深地受到了伤害，闷闷不乐地坐着，一直坐到上课铃声响起。她站起身来，眼睛里带着复仇的目光；她将细细的辫子甩了甩，说她知道自己应该怎么办。

课间休息的时候，汤姆仍旧和艾米调情，并为自己的成功而感到得意扬扬。他到处寻找贝琪，想用自己的这一套把戏伤害她的心。最后他终于找到了她，可是他扬扬得意的情绪突然消失得无影无踪。她舒舒服服地坐在教室后面的小凳子上，和阿尔夫雷德·坦帕尔一起看着图画书呢。他们看得十分专注，两人的头靠得那么近，似乎除了两人以外，他们简直不知道世界上还有什么别的东西。汤姆的心里燃起嫉妒的烈火。他开始恨自己将贝琪用来表示和好的机会抛在一边。他骂自己是个傻瓜，还给自己加上许多他能想到的刺耳的罪名。他恼怒得直想大声吼叫。艾米走在他的身边，仍旧在兴高采烈地闲聊着，因为此时正是她心花怒放的时候，可是汤姆的舌头却转不灵了。他连艾米说些什么都听不见，而每逢艾米停下来，等他答话，他也只能结结巴巴尴尬地应付，表示同意她的想法，可是话又常常说错地方。他偏偏要不断地、一次次地逛到教室后面，去领受那令人憎恨的一幕给他带来的痛苦。对此他也是无法左右自己。令他气得发疯的是，他发现——也许是他的想象——贝琪·撒切尔压根儿没觉得世界上还有他这么个人。不过她确实是看到了他，甚至她还知道，她即将成为这场斗法中的赢家。看到他正在像她刚才那样受着痛苦的折磨，她感到很开心。

艾米兴致勃勃的聊天已变得令人无法忍受。汤姆向她暗示，他有一些事情要做，而且非做不可，而时间又过得飞快。可是他再怎么暗示也是徒劳——那姑娘就是叽叽喳喳说个没完。汤姆心想，“哦，这个讨厌的丫头，难道我就没法甩掉她吗？”后来，他终于到了非做那些事情不可的时候了——她仍旧天真地说，放学时她就过来。接着，他匆匆离去，对她没完没了的纠缠感到万分的不快。

“别的孩子随便哪个都可以！”汤姆心里想，牙齿咬得咯吱咯吱响，“别的孩子随便哪个都可以，就是不能容忍那个从圣路易来的自作聪明的家伙。

他以为自己穿得不错就算是上等人了！哦，好吧，先生，你来到这个小镇的第一天，我就揍过你一顿，现在我还要揍你一顿！你就等着吧，看我怎么逮着你！到那时，我就要——”

于是他对着空气做出一连串拳打脚踢抠眼睛的动作，将一个想象中的孩子痛打了一番。“哦，你尝到滋味了，是吧？你求饶了，是吧？那这一顿就算是给你的教训吧！”于是这一顿想象的痛打以汤姆感到心满意足而告结束。

中午汤姆溜回家去。他的良心使他再也无法面对艾米那种掺杂着感激之情的欢乐，同时满心醋意的他也不能忍受另一种苦痛的煎熬。贝琪又和阿尔夫雷德待在一起看图书了，可是过了一会儿，却没看见汤姆过来领受惩罚。她胜利的喜悦不由得蒙上了一层阴影，她也因此对这场游戏失去了兴趣。不久她就感到心情沉重，精神恍惚，随后又是一阵感伤。有几次，她侧起耳朵，捕捉汤姆的脚步声，可是希望又落了空，根本没有汤姆的影子。最后，她感到痛苦万分，懊悔不已，悔不该把事情做得如此过分。可怜的阿尔夫雷德察觉出贝琪对他不再感兴趣，感到莫名其妙，只是一个劲地嚷嚷：“哦，这一张画多有趣啊！看哪！”最后贝琪被弄得十分厌烦，说道：“哎，别来烦我！我不爱看这些东西！”接着就突然哭了起来，站起身来走开了。

阿尔夫雷德跟上前去，打算设法安慰安慰她，可是她说：“你走开，别跟着我，行不行啊？我讨厌你！”

于是小男孩就停下脚步，心中纳闷，不知道自己到底干了些什么，惹得贝琪如此生气，因为是她说整个中午要一直和他看书的，可现在她一面哭一面不停地向远处走去。

阿尔夫雷德心事重重地走进空荡荡的教室。他感到羞辱难当,愤愤不平。他轻而易举就猜出了其中的缘由:这个姑娘只是在利用他,向汤姆·索亚发泄她心中的怨恨。一想到这里,他就越发憎恨汤姆。他一心希望能有什么方法让那个男孩吃点苦头,而又不给自己带来太大的危险。汤姆的单词拼写课本跳入眼帘。机会来了。感谢上天给他这次机会。他将拼写本翻到当天下午的那一课,在书页上倒了一些墨水。

恰巧,贝琪就在这时从他身后的窗外朝里面望,看到了他做的事,接着赶快离开,没让对方看到自己。她动身往家走去,想找到汤姆,将这事告诉他;汤姆一定会为此感谢她,他们之间的矛盾也就化解了。可是路还没走到一半,她就改变了主意。她回想起刚才谈到野炊时汤姆对待她的样子,心里一阵灼痛:真是令人羞辱!她决定让他为那本弄脏的拼写本挨一次痛打,而且还要永远记恨他。

第十九章

“我没动脑子”造成的伤害

汤姆闷闷不乐地回到家里，姨妈对他说的第一句话就让他意识到，他的苦恼在这里并没有市场。

“汤姆，我真想把你活剥了！”

“姨妈，我到底干了什么啦？”

“哼，你干的好事够多的了。我就像个老傻瓜一样，跑到西莱尼·哈泼家，满以为我能够让她相信你那个胡扯的梦。可是你瞧怪不怪，她已经从乔那里知道，那天晚上你就在这里，我们说的话全让你听到了。汤姆，我实在不知道一个做出这种事的小孩子家，将来会变成什么样子。你竟然一声不吭，就让我去西莱尼·哈泼家出洋相，我想想就难过。”

原来事情发生了变化。他本来觉得自己早晨耍的小聪明是个不坏的玩笑，而且还巧妙得很，此时看来只不过是个拙劣的伎俩。他耷拉着脑袋，一时想不出该说什么是好。接着他说：

“姨妈，我真希望没干这种事，只是我没有动脑子。”

“哼，孩子，你是从来不动脑子的。除了你自己以外，你是什么都不会考虑的。你会想到乘着夜色，大老远从杰克逊岛赶回来，把我们的不幸当笑料,你也会想到撒谎编一个梦来蒙我,可你就是不会想到给我们一些同情,不让我们伤心。"

"姨妈,现在我知道了,我这样做确实很卑鄙,可是我并没想做卑鄙的事情。我并没有,我这是老实话。另外,那天晚上,我回来并不是想取笑你们的。"

"那你干吗要回来呢?"

"本来想告诉你们不用为我们担心,因为我们并没有在河里淹死。"

"汤姆啊汤姆,如果你能让我相信,你曾经想过这样的好事,我可真要谢天谢地了。不过,汤姆,你知道你根本没这样想过,而且这一点我也明白。"

"真的,姨妈,我真是这样想的。我如果没有这样想,让我立刻死掉。"

"哼,汤姆,你别撒谎啦,千万别撒谎。那样只会使事情变得更糟糕,比现在糟糕一百倍。"

"这不是谎话,姨妈,事情真是这样的。我本来是想不让你伤心的,我就是为了这个才回来的。"

"汤姆,你的话谁都不会信,要不然你可什么错都没了。你以为你这么一跑,再那么胡闹一气会让我感到开心吗?你的话也太不近情理了,要不然,你为什么不跟我讲一声呢,孩子?"

"哎,你瞧,你们谈起给我们办丧事的时候,我脑子里只想到如何赶回来,藏在教堂里。不知怎么搞的,我就是不想让这么好玩的主意落空。于是我就把树皮又塞回衣袋,干脆不做声了。"

"什么树皮?"

"就是那块我在上面给你们留信的树皮,说我们去玩海盗游戏了。现在我真希望,要是我亲你的时候你醒过来多好啊。真的,我说的是真话。”

姨妈脸上深深的皱纹慢慢舒展开来,眼睛里突然闪露出一丝慈爱与温柔。

“你真亲了我,汤姆?”

“哎呀,真的,我确实亲了你的。”

“汤姆,你肯定亲了我?”

“哎,是的,我真亲了你,姨妈,这是千真万确的事。”

“可你为什么要亲我呢,汤姆?”

“因为我十分地爱你呀,而且你躺在那里,那么伤心,真让我难过。”

这一番话听起来倒像是大实话。老太太说话时,掩饰不住微微颤抖的声音:

“再亲我一下,汤姆!现在赶快上学去吧,不要再来烦我了。”

他前脚刚走,她后脚就跑到衣橱前面,拿出汤姆玩海盗游戏时穿的破得不像样子的夹克衫。突然她停了下来,心想:

“不,我真不敢看。可怜的孩子,我猜他又撒谎了,不过这个谎撒得真让人高兴,真让人高兴。它给了我莫大的安慰。我祈求上帝——我就知道上帝准会宽恕他的,因为他说出这样的谎,也能说明他心肠还是不错的。可是我不愿戳穿这个谎。我还是不看了。”

她将夹克衫放好,站在一边沉思了片刻。她有两次伸出手去想再次拿起那件衣服,两次又都将手缩了回去。终于她又大胆地伸出手,这一次她给自己想好了理由,这样决心就更强了:“这个谎撒得好,这个谎撒得好。我决不会为它伤心落泪的。”于是她就翻看起夹克衫的衣袋来。不一会儿,她手里拿着汤姆的那块树皮儿,看着看着,眼泪扑簌簌落下来,嘴里念叨着:“就算他犯下再多的错,我都不会怪罪他的!”

第二十章

汤姆替贝琪受罚

波莉姨妈亲了汤姆一下,她的态度将汤姆消沉的情绪一扫而光。现在汤姆又恢复了轻松欢乐的常态。他动身往学校赶,碰巧在芳草巷头遇到了贝琪·撒切尔。他的情绪总是决定着他的态度。他毫不犹豫地跑到她身旁,说道:

“贝琪,我今天做得太不像话了,实在对不起。我这一辈子再也不会这样了,绝对不会了。让我们和好吧,好吗?”

姑娘停下脚步,带着不屑一顾的眼光看了看他。

“汤姆斯·索亚先生,请你别缠着我,多谢你了。我再也不会和你说话了。”

她把头一昂,拔腿就往前走。汤姆挨了当头一棒,愣在那里,甚至都没想到说“谁在乎呀,神气小姐?”等他想说的时候已经为时过晚,所以他什么都没说。不过他可是窝着一肚子的火。他无精打采地走进学校,心里想象着,如果她是个男孩子,他就会怎样怎样把她痛打或痛骂一顿。不一会儿,他又遇到了她,于是在她身边走过的时候,他就说了一句尖刻刺耳的话。她也回敬了一句。于是两人的关系就在怨恨之中彻底崩溃了。满腔怒火的贝琪觉得自己几乎无法等待上课时间的到来,因为她迫不及待地想看到汤姆为弄脏的拼写课本挨熊。如果她原先还为是否揭发阿尔夫雷德·坦帕尔举棋不定,现在汤姆对她破口大骂,也就彻底打消了揭发的念头。

可怜的姑娘,她还不知道自己就要大祸临头了呢。校长杜宾斯先生已人到中年,只是感到不得志。他最强烈的愿望就是做一名医生,可是他一生贫穷,这使他命中注定只能做一个乡村学校的校长。每天他都会从他书桌里取出一本神秘的书来,当不需要听学生背诵课文的时候,就会趁机埋头钻研一番。他平常总是将那本书放在书桌里,锁得好好的。学校里没有哪个淘气鬼不想看看那本书,哪怕瞄上一眼也好,可就是没有机会。那到底是一本什么样的书,每个男女生都有自己的猜想,而且各不相同;而事实到底怎样,又无法弄清。校长的书桌就靠在门口,此时贝琪从桌前走过,她发现锁上挂着钥匙!这可是千载难逢的机会。她朝四周望了望,发现身边没人。眨眼的工夫,她就将书拿了出来。书的扉页上写着“某某教授的解剖学”,可她不懂这几个字的意思,于是她就开始翻开书页看起来。她很快就翻到了一张制版精致的彩色卷头插图——一张人体图,全身一丝不挂。就在这时,一个人影落在书页上,汤姆·索亚从门口进来,瞟见了那张图画。贝琪急忙将书合上,糟糕的是,图画在中缝的地方被她撕破了一半。她连忙将书塞进书桌,将锁拧上,恼羞成怒地大哭起来。

“汤姆·索亚,你一声不响走过来,偷看别人看的东西,简直卑鄙到了极点。”

“我怎么知道你在看什么东西呀?”

“汤姆·索亚,你应该为自己感到羞耻。你会告发我的,你心里明白。

唉,我该怎么办呢?我该怎么办呢?!我会挨打的。我还没在学校挨过打呢。"

然后她将小脚一跺,说道:

"你想做小人你就做吧!我也知道一件要发生的事。你就等着瞧吧!可恨,可恨,你真可恨!"说完她就扭身冲出教室,随即又是一阵哭声。

汤姆愣愣地站在那儿,被一阵劈头盖脸的辱骂弄得慌了神。转眼他就想:

"女孩子家真是傻兮兮的,让人捉摸不透。居然说从来没在学校挨过揍!孬种。挨揍算得了什么!女孩子就是这样——她们皮太薄,胆子也太小。哼,我才不会向老杜宾斯告发这个傻丫头呢。因为要和她算账,有的是别的办法,犯不上这样卑鄙。不过这反正不都是一样吗?老杜宾斯会问是谁撕了他的书。那是不会有人说的。于是他就会用他惯用的方法——一个一个问。当问到干这事的姑娘的时候,不用别人说他也会知道。女孩子家脸上藏不住东西。她们都是些软骨头。她准会挨揍的。唉,贝琪·撒切尔这一次日子不好过呢,简直无路可逃。"汤姆在心里又盘算了一阵子,"还是算了吧;我要是碰上这种倒霉事,她不也是幸灾乐祸,袖手旁观吗?让她去干着急,等着受罚吧!"

汤姆出去和外面的同学们一道嬉戏玩耍去了。过了一会儿,校长到来,开始上课。汤姆对学习不怎么感兴趣。他每次朝女生那边偷偷看一眼,贝琪的神色都让他感到不舒服。汤姆想想前后发生的事情,对贝琪也就没同情心可言了,而他对此事也就只能如此而已了。他心里无法产生真正的喜悦之情。不久,汤姆发现拼写课本被弄脏了,此后有一阵子,汤姆的头脑里只想着他自己的麻烦事。贝琪从低迷的苦恼心情中摆脱出来,饶有兴趣地注视着事态的发展。她觉得,汤姆即使否认将墨水洒在了自己的书上,也不会逃过这一劫。果然不错,汤姆的矢口否认反而把事情弄得更糟。贝琪以为自己因此感到开心,并且千方百计使自己相信这一点,可仍然觉得似乎并非如此。后来当事情发展到万分危急的时候,她心里一阵冲动,甚至要站起来告发阿尔夫雷德;但是她极力控制住自己,依旧一动不动地坐在那里——她暗地里想道:“因为他肯定会将我撕书的事情讲出来。我就是一个字也不说,我就是不愿救他!”

汤姆挨了一顿揍,回到座位上,丝毫不感到伤心,因为他想,也许是在和同学们嬉闹的时候不注意打翻了墨水瓶,弄脏了拼写课本——他之所以否认此事,是因为形式上的需要,而且那也是规矩;他之所以否认到底,是因为要坚持原则。

一节课就这样慢慢地过去了,校长坐在他的宝座上打着瞌睡,教室里一片嗡嗡的读书声,令人昏昏欲睡。过了一会儿,杜宾斯先生挺直身子坐好,打了个哈欠,然后打开抽屉锁,伸出手去取书,可是似乎又举棋不定,不知是把书拿出来好还是让它搁在抽屉里好。多数孩子都没精打采地抬起眼皮朝他看了看。可是其中有两个人却在全神贯注地注视着他的一举一动。杜宾斯先生心不在焉地用手指在书上摸了一会儿,接着就将它取出,在座椅上坐定,开始读起来!汤姆朝贝琪瞟了一眼。他曾看见过一只被追猎的野兔,当一支猎枪瞄准它头部时,现出一副走投无路的神色,就和贝琪此时的神色一个样。霎时间,他将他们两人之间的争吵忘得一干二净。快点哪——必须采取行动!还得立刻就干。可是情急之中,他就是无计可施。妙!——他来了灵感！他想跑过去将书抢过来，然后冲出门去溜之大吉。但是他的决心出现了片刻的动摇，于是机会失去了——校长已经将书打开。要是汤姆能让机会再出现一次多好啊！来不及了。贝琪这下真是无路可逃了，他心想。很快，校长就站在了全体学生的面前。在他注视的目光下，一双双眼睛垂了下去。他的目光杀气腾腾，即使无辜的孩子也会被它吓得魂飞魄散。全场一片静寂，时间足足有十秒左右；与此同时，校长也在酝酿着心中的愤怒。现在他开口说话了。

"是谁把这书给撕了？"

没有一点声音，连一根针落在地上也能听见。还是没有一丝声响。校长一个一个地观察着孩子的脸，希望发现犯罪的迹象。

"本杰明·罗杰斯，是你撕的书吗？"

本杰明矢口否认。又是一阵没人说话。

"约瑟夫·哈泼，是你吗？"

约瑟夫也没承认。在这种审问的慢慢的折磨下，汤姆不安的情绪越来越强烈。校长将一排排男孩子仔细地观察了一遍，又想了一下，然后转向女孩子们问起话来：

"艾米·劳伦斯，是你吗？"

艾米摇摇头。

"格雷西·米勒，是你吗？"

还是同样的反应。

"苏珊·哈泼，是你干的吗？"

又是否认。下一个就轮到贝琪·撒切尔了。汤姆看到眼前无可奈何的情景,激动得从头到脚直打颤。

“贝琪·撒切尔(汤姆朝她脸上瞄了一眼——她的脸因恐惧而变得惨白)——是不是你撕坏了——不行,看着我的眼睛(她抬起双手准备求饶)——是不是你把书撕坏的?”

汤姆头脑里突然闪电般出现一个念头。他猛地一跃而起,大声嚷道:“是我干的!”

全体同学瞪大眼睛看着汤姆这个不可思议的愚蠢举动。汤姆在那儿站了一会儿,让自己一直感到惊恐不安的心神镇定下来。接着当他走上前去接受惩罚时,他能感觉到可怜的贝琪向他投来的惊讶、感谢和崇拜的目光,这些似乎足以补偿他遭受一百次鞭打的痛苦。由于内心有他这种行为的高尚光荣鼓舞着,他没有发出一声喊叫,领受了一顿极其残酷的鞭打。打得像这样狠,杜宾斯先生平生还是第一次。此外,他还满不在乎地接受了另一项惩罚——必须在散学后再在学校待两个小时。这一条真够残忍的,因为他知道谁会在外面等他,一直等到他禁闭的惩罚结束,而且和他一样,也不会把这段无聊的等待当成一种损失。

那天晚上,汤姆上床睡觉时心里盘算着如何报复阿尔夫雷德·坦帕尔,因为贝琪又害羞又懊悔,把一切都告诉了汤姆,甚至连她自己的背叛行为都没隐瞒。不过即使是强烈的报复心理不久都让位给了更加使人开心的念头。后来他终于睡着了,耳朵里还梦幻般地回响着贝琪最后对他说的话:

“汤姆,你怎么会这么伟大呀!”

第二十一章

学生的口才和校长的金漆脑袋

暑假即将来临。一直十分严厉的校长此刻变得更加严厉，更加苛刻，因为他想让学生们在考试那天好好露一手。他的教鞭和戒尺现在难得有闲着的时候——至少对年纪较小的学生是如此。只有年龄最大的男生和十八岁或二十岁的大姑娘才能逃脱鞭打。杜宾斯先生打起人来也变得十分凶狠，因为尽管戴着假发的脑袋又秃又亮，他才刚刚步入中年，身上的肌肉还没有表现出任何虚弱的迹象。随着那个重大日子渐渐临近，他那残暴的本性也都统统暴露无遗。即使对一些微不足道的缺点过失，他似乎也要上前惩罚，从中获取整人的乐趣。结果那些年纪较小的学生白天惊恐万分，苦不堪言，夜晚就筹划如何进行报复，从不错过任何一个给校长制造麻烦的机会。可是每次都是他占上风。孩子们每次报复得手以后，随之而来的惩罚都是那么凶狠残酷，因此他们无一例外地招致惨败，无可奈何地退出战场。最后他们共同出谋划策，终于密谋出一个绝妙的计划，预计会取得辉煌的胜利。他们把招牌油漆匠的儿子拉来入伙，把计划告诉他，请他助一臂之力。他也喜欢这项计划，自然他有他自己的理由，因为校长借住在他家，引起他反感的原因自然不会少。校长的妻子再过几天就要去乡村走访亲友，他们的计划不会遇到任何麻烦。校长每逢有盛会，都会事先喝酒喝得糊里糊涂，借此给自己壮胆。招牌油漆匠的儿子说，在大考前夕，等老师醉到一定程度，在座椅里休息时，由他来“安排”，然后在适当的时间把他搞醒，催他去学校。

有趣的盛会终于如期而至。晚上八点钟，教室里灯火通明，还装饰着许多用绿叶和鲜花编织成的花环和花彩。校长端坐在高高的讲台上他那把宝座般宽大的座椅上，身后挂着黑板。他看上去很有几分醉意。两边各放着三排凳子，正面还有六排，凳子上坐的都是小镇上的贵宾和学生家长。在他的左侧一排排市民的后边，铺着一个宽大的临时讲台，上面坐着参加今晚考试的小学者们。一排排小男孩梳洗得干干净净，穿着整洁的衣服，一个个觉得好别扭；一排排大男孩傻头傻脑呆坐在那里；白花花一片的大大小小的姑娘们身穿细麻布和细纹布衣服，显然，她们一直在注意着自己裸露的胳膊，还不时想到身上戴着的祖母遗留下来的老式小首饰，以及一段段粉色和蓝色的丝带和插在头发上的鲜花，因此不免有些局促不安。教室的其余的部分也都挤满了不参加考试的学生。

考试开始了。一个年龄很小的男孩站起身来，怯生生地背诵起来：“您也许不大想得到，像我这么小的孩子会站在讲台上当众讲话。”如此等等——不时还有一些动作，这些动作做得就像机器——一台可能出了小毛病的机器——那样准确无误，但是生硬得让人感到难受。不过尽管吓得要死，他还是安然熬过了难关；另外，在他极不自然地向大家鞠了一躬后退场时，还获得了满场的鼓掌。

一个羞涩的小姑娘口齿不清地背诵了《玛莉有一只小羊羔》，还招人疼爱地行了一个屈膝礼，也获得了应得的一份赞扬的掌声，于是开心地坐了下来。

汤姆·索亚自负地走上前去，显得很有信心，接着就开始背诵那篇气势磅礴的演讲稿《不自由，毋宁死》①，不时还辅以慷慨激昂的手势，可是在中途突然背不下去了。一阵可怕的怯场心理向他袭来，搞得他两腿直打哆嗦，几乎透不过气来。毫无疑问，全场听众对他的同情清晰可见——但是他也造成了全场的沉默，这对他来说反比同情更糟。校长皱了皱眉头，这就使他不成功的表演变成了真正的不幸。汤姆又挣扎了一下就灰溜溜地退了下去。有人也勉强地鼓了几下掌，但掌声很快就消失了。

接下来是《那男孩站在烈火熊熊的甲板上》，还有《亚述人下来了》和其他一些珍贵诗篇的背诵。接着还有朗读练习和拼写比赛。人数寥寥的拉丁语班也作了体面的背诵表演。现在轮到当天晚上最精彩的节目了——姑娘们的"创意作文"。她们轮流走到台边，清清嗓子，捧起系着鲜艳雅致的绸带的稿子，开始朗读起来，由于格外留神"传神"和停顿而显得有些不自然。文章的题材都是老一套，回溯到十字军时代，从那时以来，她们母系方面的所有祖先，例如母亲和祖母们，都曾涉及这些主题。其中之一就是"友谊"，此外还有"往日旧事"，"历代宗教"，"梦中之乡"，"文化益处种种"，"各种政体的比较与对比"，"愁思"，"孝道"，"心愿"，等等，等等。

这些作文中普遍表现出一种内心的伤感柔情，再有就是"华丽的辞藻"连篇累牍，用得太多，或者喜欢死搬硬套自己喜欢的字词语句，不把它们用滥誓不罢休。其中有一种明显将作文糟蹋玷污的怪癖，这些文章毫无例外

① 美国独立时期政治家和演说家帕特里克·亨利（1736—1799）的一篇鼓吹革命的著名演说。

地在结尾处拖上一段陈腐得令人无法忍受的说教,就像一根被截过的尾巴摇来摆去。无论写的是什么题目,作者都要绞尽脑汁,拐弯抹角,总想诌出点什么,供那些道德学家和迷恋宗教的脑袋从中领悟教诲。这些说教听起来天花乱坠,实际上毫无真情实感。尽管如此,仅凭这一点也别想把这种体裁的写作排除在学校的教学之外,即使在今天也仍是如此。也许只要这个世界还存在,这一缺陷就不会构成取消它的充分理由。全国上下没有哪一所学校的姑娘们不认为,文章都应该以一段大道理结束。你会发现,学校里那些最轻浮的、宗教意识最薄弱的姑娘,她们作文里的说教也是最冗长同时也是最虔诚的。真是受够了。朴实无华的老实话反倒成了不受欢迎的东西。

让我们再回到"考试"的现场吧。朗读的第一篇作文是《那么,这难道就是生活?》。或许读者们能够耐心听一两段节选:

在日常生活中,年轻人的心中憧憬着喜庆欢乐的场景,心情是何等的快乐!他们在自己的想象中不停地描绘着玫瑰色的欢乐画面。整日沉溺于花花世界、时髦生活的人们,想象着自己成为欢乐人群的中心,成为"众人目光的焦点"。她身材优美,亭亭玉立,身披雪白的长裙,在双双对对欣然起舞的人群中飘然旋飞;在那充满欢声笑语的舞会上,她的双眸那么明亮,脚步那样轻盈,远非他人可及。

时间就是在这些美妙迷人的憧憬中悄然度过。接着,她应邀步入极乐世界,那是个她曾做过无数次美梦的世界。在她如痴如醉的目光里,那里的一切都像仙境一般!景致如画,引人入胜,一处胜似一处。可是不久她就发现,在这令人神往的外表之下,藏着的却只是人的虚荣。曾经使她陶醉的甜言蜜语从此变得刺耳烦心,舞厅也失去了往日的魅力。她带着青春已逝的惆怅,带着破碎失望的心,毅然决然地转身离去,因为她相信,世俗的享乐无法满足人们灵魂的期盼!

如此这般的话,唠叨个没完。观众席中不时传出一阵阵啧啧称赞;还有人低声赞叹,“多么甜美呀!”“多好的口才!”“说得真在理!”最后,文章在令人极为难受的说教中结束,观众给她送上热情洋溢的掌声。

接着站起来的是一位柔弱而神情忧郁的姑娘,她脸上带着那种由于长期服药消化不良引起的“引人注目的”苍白。她给大家读了一篇“诗”。我们选两段就够了:

密苏里少女告别阿拉巴马

再见了,阿拉巴马!我是那么爱你!

　　可我将要和你作短暂的分别!

我心中充满了惆怅,为了你我的别离,

　　往事的回忆在心中燃烧得如此强烈!

我曾在你遍地花香的树林里漫游;

　　在你的达拉波莎溪水畔读书、散步;

我曾倾听达拉西湍急的溪流,

　　伫立库莎山坡,祈求奥罗拉女神照亮晨露。

可我心感羞愧,焉敢领受满怀的情谊,

　　然含泪回首,我无悔无愧。

我即将告别这片并不陌生的土地，

面对朝夕相处的亲友，由衷地叹息。

这里给了我亲情，这里就是我的家，

可我还是要离开你那深深的幽谷，高高的山；

假使一天我心不再热切思念你，亲爱的阿拉巴马！

亲爱的阿拉巴马啊！那时我肯定已不在人间。

尽管有些词语很少有人听懂，但这仍不失为一篇令人满意的诗作。

下面出场的是一位肤色黝黑，长着一双黑眼睛，披着一头黑发的姑娘。她默默地站了一会儿，面部露出一种悲怆的神情，用一种分寸掌握得当的严肃的语调朗诵起来：

幻　境

夜色深沉，风雨交加。整个的苍穹，没有一颗星儿在闪烁。但是低沉而雄壮的雷声不断震撼着耳鼓；同时可怕的闪电愤怒地刺破乌云密布的夜空，似乎在蔑视名扬天下的本杰明·富兰克林①对它的威力所加的控制！甚至连那一阵阵狂风也都不约而同地从它们神秘的巢穴咆哮怒吼而来，似乎想借此给电闪雷鸣的夜色更增加一层恐惧和威风。

就在这个一片漆黑、阴沉恐怖的夜晚，我的灵魂在为人类祈求同情和怜悯而叹息，但就在此时，

"我最亲密的挚友，是她给我智慧，给我指点，给我安慰——

① 本杰明·富兰克林(1706—1790)，美国独立前后的政治家和科学家，曾发明避雷针。

是她在我悲伤的时候赐我欢乐，我忠实的保护神”，来到我身边。

她身姿轻盈飘逸，就像天真活泼的仙女一般，散步在富于浪漫情调的年轻人想象中的伊甸园里洒满阳光的小径上。她是美丽而超凡脱俗的皇后，没有半点刻意的修饰。她举步轻柔，脚下悄然无声。她和其他温柔的美女一样，亲切的抚摸会神奇地让人感到兴奋和激动。要不然，她就会飘然而过，不会引起别人的注意，也不会惹起人们的追寻。她手指着屋外的狂风暴雨，要我思考其中的寓意，脸上露出莫名的愁容，恰似冬神长袍上凝结的泪花。

这篇噩梦般的作文占了大约十页之多，最后还来了一段令非长老会教徒们彻底绝望的说教，因此荣获了一等奖。它被认为是当晚最精彩的作品。镇长在给该文章的作者颁奖时，还作了热情洋溢的讲话。他说这是他听过的文章中最最感人的一篇，连丹尼尔·韦伯斯特[1]本人也很可能会为之骄傲的。

顺便说一下，动辄使用“秀丽”一词，爱将人生经历比做“人生之一页”的作品，一如既往地多。

此时，校长由于有了几分醉意，竟然变得近乎和蔼可亲了。他将座椅往旁边挪了挪，转过身去，开始在黑板上画起美国地图来，准备考地理。可是他的手不停地颤抖，地图画得很糟，全场的人憋不住，发出哧哧的笑声。他心里明白这是怎么回事，于是就千方百计去补救。他将一些线段擦去，再将

① 丹尼尔·韦伯斯特(1782—1852)，曾任美国国务卿、众议员、参议员。1836 年曾为美国辉格党三名总统候选人之一。

它们补上。这样一来,他画得就更不像个样子,笑声也就更响了。他集中全部注意力,一心一意地画着,似乎决心不为大家的笑声所吓倒。他感到所有人的眼睛都在盯着他。他以为成功正在向他招手,但人群中的笑声仍然不断,甚至显然变得更大。不过这也是理所当然的。他的上方有一个阁楼,就在他的头顶上开着一个天窗,从天窗上挂下一只猫来,它腰部系着一根绳子,头部和嘴上绑着破布,不让它叫出声来。它从上面慢慢地降下来,不时地向上扭曲身体,用爪子抓绳子,接着翻身悬挂下来,在毫无着落的空间乱抓。笑声越来越大——那只猫离聚精会神画地图的校长的头已不到六英寸了——往下,往下,又低了一点。它用拼命划动的爪子捞住了校长的假发,紧紧抓住不放。眨眼的工夫,它和自己夺来的锦标一道很快被拉上了阁楼的天窗！灯光在校长的光光的秃头上映照得多么耀眼啊——因为招牌油漆匠的儿子早已将它涂上了一层金漆!

集会就此结束。孩子们终于报了仇。接着暑假也来了。

注:本章中引用的所谓"作文"原封不动地取材于《一位西部女士的散文与诗集》——不过这些作品都是完全按照女学生的风格来写的,因此它们比任何仿制的作品都更加令人满意。

第二十二章

哈克·费恩引述《圣经》

汤姆深受少年节制会引人注目的“制服和徽章”的吸引，加入了这个新的会社。他答应，只要他在这个组织里，他就会改掉吸烟、嚼烟和亵渎神明的习惯。现在他有了一个新发现，那就是，当一个人答应不做一件事情时，他就必定无疑越发想去干那件事。汤姆不久就觉得十二分的想喝酒，想骂人，这种欲望强烈得令他感到简直是在受折磨。他只是因为希望能有机会穿上配有红绶带的制服出出风头，才没有在欲望变得日益强烈的情况下退出少年节制会。不久就是七月四日[①]了。不过他很快就把对这一天的希望放弃了——他戴上所有这些枷锁还不到四十八小时，就把它放弃了——转而将希望寄托在老法官富兰茨身上。他显然死期将至，届时肯定会举行隆重的丧礼，因为他可是个大官。在这三天里，汤姆一直深深地关切着富兰茨法官的身体状况，急切地打听这方面的消息。有时他内心的渴望极其强烈，强烈得几乎使他大胆地取出制服绶带，在镜子面前演习一番。可是法官的病情波动很大，简直太令人失望了。最后终于传来了他身体好转的消

① 美国独立日。

息——不久就康复了。为此汤姆大为恼怒,同时还感到受到了侮辱。他立刻申请退会——可就在那天晚上,法官病情复发,一命归天。汤姆发誓今后再也不相信这样的人了。

葬礼举行得很气派。少年节制会会员们游行起来神气十足,似乎故意要让这位刚退会的成员嫉妒得要命。不过汤姆又是个自由人了——这也不错。现在他又可以喝酒和骂人了——可是他惊奇地发现他并不想这样做。就因为他能够这样做,所以欲望就再也没有了,它失去了魔力。

他现在惊奇地发现,期盼已久的暑假渐渐成了负担,沉甸甸地压在他的心上。

他想试着写些日记,可是三天下来,情况没有任何改变。他也就放弃了这个念头。

最棒的黑人吟游歌手表演队来到小镇,轰动一时。汤姆和乔·哈泼也拼凑了一队演员,倒也快活了两天。

甚至连光荣的七月四日在一定程度上也是大煞风景。天下着大雨,结果游行活动也就没有举行。另外,世界上最伟大的人本顿先生(在汤姆心目中是这样),一位真正的美联邦参议员,结果也使人大失所望,他的个头连二十五英尺高都没有,甚至离这还差得远着呢。

镇子上来了一个马戏团。在那以后,男孩子们又在用破旧的地毯做成的帐篷里模仿马戏团的名堂玩了三天。入场费是男孩子三根别针,女孩子两根。然后大家又撂下马戏不再玩了。

此后还来了一个颅相师和一个催眠师,不久又都相继离去。小村镇一下子变得比以往任何时候都更加死气沉沉,枯燥无趣。

这里也搞一些男女同学的聚会，可是这种聚会次数太少，又是那么令人开心，结果只是使当中间隔的时间变得更加苦闷难挨。

贝琪·撒切尔和父母一道去康士坦丁堡度假去了，这样一来，生活真是一片漆黑，毫无乐趣可言。

那次可怕的谋杀案的秘密，一直是一块心病，简直像毒瘤一样长久地折磨着人。

接下来又闹了一段时间的麻疹。

在那漫长的两个星期里，汤姆就像囚犯一样躺在床上，整天昏昏沉沉，对外面的事情一概不知。他病得厉害，对任何事情都提不起兴趣。当他终于站起来，四肢无力地到镇上走动走动时，他觉得一切的一切都抹上了一层忧郁。这里曾举行过"复兴会"，人人都"入了教"，不仅大人如此，甚至连男女小孩子都不例外。汤姆在街上转了一圈，明知道毫无希望，可是仍然指望能看到一张逍遥自在的邪恶面孔，不过无论他走到哪儿都只能感到失望。他看到乔·哈泼在读《圣经》，于是心情沉重地转身避开了他那令人沮丧的样子。他去找本·罗杰斯，可是看到他正提着一篮子布道时用的小册子探访着一个个贫苦人家。他又找到基姆·霍利斯，基姆却提醒他注意，他刚刚康复的麻疹正是上帝赐予的珍贵祝福。每遇到一个伙伴，他的心情就会多一份闷闷不乐。绝望之下，他最后跑到他的知己哈克贝利·费恩身边寻求安慰；对方用《圣经》中的语句接待了他，真让他伤心欲绝。最后他拖着沉甸甸的脚步回到家中，懒洋洋地爬上床。这时他感觉到，整个小镇，只有他已无法挽救，永远永远上不了天堂了。

那天夜里下了一场可怕的暴雨，大雨如注，雷声震天，夹着阵阵耀眼的闪电。他用床单紧紧地裹住头，心惊胆战地等待着他的末日，因为这一场狂风暴雨都是冲着他来的，对此他深信不疑。他觉得老天爷肯定已经被他激怒到了极点，使他招来这种报应。或许在他看来，这种做法像是用排炮轰臭虫，实在过于浪费。但是为了将他这样的小坏虫闹个底朝天，动用今天这样惊天动地的雷雨闪电，也算不上不合情理。

过了一阵子，暴风雨势头已过，还没有完成它的使命就平息了下去。汤姆第一个冲动就是感谢上苍，决定重新做人。他的第二个念头是稍等片刻——看看下面是不是真的还会再有雷暴雨了。

第二天医生又来了，因为汤姆的病又犯了。这一次，他一躺就是三个星期，简直就像整整一个世纪那么长。等到他终于能下床走动时，想到自己是多么孤独无助，多么凄凉，因此，对自己逃过了这一劫，他已经感觉不到有什么值得庆幸的了。他没精打采地在街上逛着，看见基姆·霍利斯正在扮演少年法庭的法官，对一只猫进行审判，当着它的受害者——一只小鸟——的面，指控它犯了谋杀罪。他还发现乔·哈泼和哈克·费恩正在一条小巷子里吃着偷来的甜瓜。可怜的孩子！就像汤姆一样，他们的老毛病又犯了。

第二十三章

挽救穆夫·波特

令人昏昏欲睡的沉闷气氛终于活跃起来了——而且还相当活跃:法庭开始审理那个谋杀案件了。这立刻成了全村人闲谈中极具吸引力的话题。汤姆也不可能置身其外。每次有人提到那个谋杀案,都使他心惊胆战,因为他内心十分不安,同时又感到非常恐惧,因此他几乎觉得,别人的这些话是对他的试探,是故意说给他听的。他搞不明白,别人怎么会怀疑他了解谋杀事件的内情。尽管如此,听到别人的闲聊,他还是觉得不自在。这些闲言碎语一刻不停地令他打寒战。他将哈克拉到没人的地方,和他谈了谈。放松一会儿他那根加了封条的舌头,和另一个苦恼人分担一下压得他喘不过气来的忧虑,会让他觉得舒坦些。此外,他还想搞清楚哈克是否始终没有随便乱说。

"哈克,你跟别人说过——那件事情吗?"

"什么事情?"

"你知道是什么。"

"噢——当然没说过。"

"一个字都没提过?"

"天哪,连一个字都没提过。你问这个干什么?"

"嗯,我有点害怕。"

"为什么,汤姆?这种事要是被别人知道了,我们也活不了两天了。这你也是知道的呀。"

汤姆觉得心定了些。他停了一会儿,又问道:

"哈克,他们无论谁都不会让你说出实话的,是不是?"

"让我说实话?咳,要是我情愿让那个杂种魔鬼把我淹死,他们才能让我招供。要不就没门。"

"哎,那就对了。我想只要我们闭口不提,什么危险都不会有的。不过让我们再发一回誓,这样就更靠得住了。"

"我赞成。"

于是他们又极其严肃地发了一回誓。

"哈克,你听到大家在谈些什么?我听别人谈得很多。"

"谈些什么?他们不停地提到穆夫·波特,穆夫·波特,穆夫·波特。简直让我一刻不停地淌冷汗,淌个不停。所以我想找个地方躲一躲。"

"我那儿也是这样。我猜他是死定了。你有时是不是也为他感到难受?"

"那是常有的事,常常这样。说起来他也算不上个什么人物,不过他也没做过什么伤害别人的事。无非是钓钓鱼,弄点钱把自己灌醉——再就是到处闲逛的时间也不少。可是,天哪,我们都是这样——至少我们大多数人都是如此——甚至连牧师那些人也是。不过他人还是不错的——有一次鱼不够两个人吃的时候,他还给了我半条呢。有好几次,我倒霉的时候,他总是帮我一把。"

"是啊,哈克,他还帮过我修风筝呢,还帮我穿鱼钩。但愿我们能帮忙把他救出来。"

"哎呀,我们没办法救他呀,汤姆。此外,帮他也没用,他们会再抓到他的。"

"是呀,他们肯定会的。不过我真不愿意听他们像魔鬼一样骂他,其实他压根没干——那件事。"

"我也不愿意,汤姆。天哪,我听他们说,他看上去简直就像全国最凶残的杀人成性的大坏蛋,不知道为什么过去没把他绞死。"

"对,他们就是这么说的,说起来没完没了。我听他们讲,如果他被放出来,他们就给他动用私刑,把他整死。"

"他们也会这么去做的。"

两个男孩子谈了很长时间,可是并没有从中得到什么安慰。天色慢慢暗了下来。他俩在孤零零的小监狱附近晃来晃去,心里也许怀着一种模模糊糊的希望,但愿会发生什么事情,或许能将他们棘手的问题解决掉。可是什么事情都没发生,似乎没有哪个天使或神仙对这个不走运的囚犯感兴趣。

孩子们像他们经常做的一样,跑到监狱的窗栏那里,带给波特一些烟草和火柴。他被关在地下室里,那里没有哨兵。

他对他们送来的礼物十分感激,这本来就一直使他们的良心感到不安——这一次就像刀割一样让他们备感痛苦,胜过以往任何一次。波特的一番话使他们觉得自己胆小和不忠实到了极点。他说:

"孩子们,你们对我真是太好了,镇子上没有谁能跟你们相比。我不会忘记的,不会的。我常常对自己说,我说:‘过去我经常给所有的孩子修风筝什么的,还告诉他们什么地方钓鱼最好,尽量和大家交朋友,可是现在老穆夫有麻烦了,他们就把他给忘记了。可是汤姆没忘,哈克也没忘,他们没忘记他。’我说:‘我也不会忘记他们的。’你们瞧,孩子们,我干了一件可怕的事——当时我喝得太多,发了疯似的——我只能这么解释——为这事,现在我只能被别人吊死,这也是报应。是报应,也是再好没有的事了。我猜是这样,反正我也希望这样。哎,我们就不要谈这些了吧,我不想让你们难受。你们对我那么好。不过我想说的是,你们千万不能喝醉酒,这样你们就不会被关到这里来了。你们再往西站一点,对,就这样。一个人倒大霉的时候,能够看到和他亲近的人是最大的安慰。除了你们俩,没有人来看过我。从你们的脸上就看得出来,你们是顶好顶好的好心人。你们轮流站在对方的肩膀上,好让我摸摸你们的脸蛋。对,就这样。再握握手。你们的手能伸进窗栏里来,我的手太大了。小小的手,那么瘦小,可是它们给了穆夫·波特不小的帮助,如果能帮得上忙的话,它们肯定还会帮的。”

汤姆回到家里,心里很难过。那天夜里他在梦里见到的都是些恐怖的事情。在接下来的一两天里,他都在法院外面转悠,心里总有一股冲动,想要进去。这种冲动几乎到了无法抗拒的地步,不过他还是强忍着没有跨出这一步。哈克的情况也差不多。他们俩不约而同地故意躲着对方。他们从法院门前走开,但总是有那种令人牵肠挂肚的东西要马上将他们吸引过去。每逢有闲人从法院里出来,汤姆都要竖起耳朵听他们议论,但是听到的始终都是令人担忧的消息:罗网越来越紧地套在可怜的波特身上。第二天傍晚,镇上的人们差不多都认为,印江·乔的证据很有说服力,无法推翻,陪审团的裁决已不会再有任何疑问了。

那天夜里汤姆在外面待到很晚才回家,他是从窗户爬进屋上床睡觉的。他兴奋不已,过了好久才睡着。第二天早晨,全村的人都拥到了法院,因为这是一个重要的日子。把这里挤得水泄不通的人群中男女参半。过了好久审判员们才依次入场就座。紧接着,波特戴着镣铐,被押了上来。他坐在众多好奇的听众都看得到的地方,脸色苍白憔悴,露出窘迫绝望的神情。印江·乔同样坐在显眼的地方,和原先一样不露声色。又停了一会法官才到场,这时执行官宣布开庭。随即律师们照例交头接耳一番,再整理整理文件。这些小小的细节以及因此而被耽搁的几分钟使人感到一切即将准备就绪,这种氛围既有一种感染力,又能产生强烈的吸引力。

这时传上来一位证人,他证实自己曾在人们发现谋杀案的那天清晨,看到穆夫·波特在小溪里洗澡,随即就悄悄地溜走了。又经过一番审问,起诉方律师说:

“向证人提问。”

囚犯抬起眼来瞧了一会儿,在他自己的律师说话时,又把眼睛垂了下去。律师说:

“我没有问题。”

第二个证人证实,确实在死尸旁发现了那把刀。起诉方律师说:

“向证人提问。”

“我没有问题。”波特的律师答道。

第三个证人发誓说,他经常看到波特带着那把刀。

“向证人提问。”

波特的律师表示不准备问问题。听众的脸上开始情不自禁地露出不快。这个律师难道是想不做任何努力就让当事人把性命丢掉吗？有几个证人供述了波特被带到犯罪现场时心怀鬼胎的行为。被告律师未对他们进行盘问就让他们离开了证人席。

那天早晨墓地里发生的情况对于波特极为不利，这些当时所有在场的人都记得很清楚，此时事情的每一个细节都由可信的证人供述了出来，但是他们中没有一个受到波特的律师的盘问。所有出席听证的人都对此觉得困惑不解。他们交头接耳，似乎感到十分不满，但遭到法官的呵斥。接着起诉方律师说道：

“证人们都有誓言在先，他们的朴实坦诚的证词是毋庸置疑的。鉴于此，我们已经毫无疑义地认定，这个令人发指的罪行是那个不幸的在押囚犯干的。我们准备终止对本案的辩论。”

可怜的波特禁不住发出一声呻吟，双手蒙住脸，身体微微地前后摇摆了两下，整个法庭笼罩在一片痛苦的沉寂中。不少男人被感动了，许多妇女同情地流下了眼泪。辩护律师站起身来，说道：

“尊敬的法官，在本案审理之初，我们过早地认为，我方的目的就是证明我的当事人是在迷乱且无法为自己行为负责的酒后神经错乱的情况下，干出了这种可怕的事情的。现在我们已经改变了自己的观点。在此我们将不再提出上述辩诉。（转向书记员）请传汤姆斯·索亚！”

大厅里每个人的脸上都显出迷惑不解的惊讶神情，甚至连波特也不例外。当汤姆立起身来，站到证人席上的时候，所有人的眼睛都紧紧地盯着他看，不知道他葫芦里卖的什么药。这个孩子显然十分慌乱，因为他受了不小的惊吓。他首先宣了誓。

“汤姆斯·索亚,七月十七日那天,大约在午夜时分,你在哪里?”

汤姆朝印江·乔那冷酷无情的脸上瞟了一眼,舌头就是动弹不起来。听众们屏住呼吸,全神贯注地听着,可是话就是出不来。然而过了一会儿,小男孩终于缓过一些劲来,好不容易挤出一点声音,勉强能让法庭上一部分人听见:

“我在墓地!”

“请你声音说大一点。不用害怕。你在——”

“在墓地。”

印江·乔的脸上掠过一丝不屑一顾的笑意。

“你是在霍斯·威廉斯墓地附近吗?”

“是的,先生。”

“大胆地说吧——声音再大一点儿。你离墓地有多远?”

“就像现在我和你靠得这样近。”

“你当时藏没藏起来?”

“我藏起来的。”

“藏在哪儿的?”

“藏在坟边的几棵榆树后面。”

印江·乔露出一丝几乎无法察觉的惊讶。

“有谁和你在一起吗?”

“是的,先生。我是和——”

“别着急——等一等。你不用提你伙伴的名字。我们会在恰当的时候请他出场的。当时你随身带着什么东西吗?”

汤姆犹豫了一下,看上去有点儿慌张。

“大胆说吧,我的孩子,不要胆怯。说实话总是受人尊重的。你带什么去那儿的?”

“就带了一只——死猫。”

全场发出一阵笑声,法官随即加以制止。

“我们将出示那只猫的死尸。现在,我的孩子,把当时发生的事情统统说出来。你只管说,什么都不要拉下,也不用怕。”

汤姆开始说起来,起初有点儿吞吞吐吐,后来说得越来越起劲,话也变得流畅起来。不一会儿,法庭上鸦雀无声,只听见他一个人的声音。每一双眼睛都注视着他,听众张着嘴巴,忘记了呼吸,全神贯注地听着,完全被这个恐怖的神奇故事所吸引,连时间都给忘记了。当这孩子说到故事的最紧张处时,压抑在胸中的愤怒也到达了顶点:

“——就在医生抡起木板,穆夫·波特应声倒地的当口,印江·乔拿着刀冲过来——”

刷!那杂种像闪电一样蹦出窗外,冲开所有想拦住他的人,溜得无影无踪。

第二十四章

白天风头出足，夜晚提心吊胆

汤姆又一次成了光芒耀眼的英雄，成了老人宠爱、年轻人羡慕的人物。他的名字甚至上了报，永载史册，因为村里的报纸对他大加赞誉。甚至有人相信，他会成为总统，当然他得首先不被人绞死才行。

和往常一样，这个变化无常、缺乏理智的世界又将穆夫·波特拥入怀中，尽情地关爱安慰他，就像当初对他进行侮辱一样起劲。不过这种积极的表现也是人类的荣耀，因此，还是别对此挑剔为好。

对汤姆来说，白天可真是欢天喜地，神气十足，可到了晚上，他总是感到恐怖紧张。没有哪一个梦里不出现印江·乔的影子，他眼睛里也总是闪着一股阴森森的杀气。天黑以后，他有再强烈的欲望，也不愿跨出家门外出转悠。可怜的哈克心里也是同样的一团糟，整天心里忐忑不安。因为汤姆已经在那天大出风头的审判之前，将事情经过向律师和盘托出。尽管印江·乔夺路而逃，免去了他出庭作证的煎熬，哈克依旧害怕他与本案的牵连迟早会走漏出去。这个可怜的孩子已经让律师答应为他保守秘密，可是这又有什么用呢？一想到汤姆曾经用特别刻毒可怕的语言赌咒发誓，封住自己的嘴巴，但后来良心受到折磨，还是按捺不住地晚上跑到律师家中，讲出了那个可怕的事情，哈克对人的信任也就几乎丧失殆尽了。

穆夫·波特白天对汤姆说了许多感激的话，使汤姆庆幸自己讲出了实情，可是到了晚上，他心里只是一个劲地后悔不该泄露秘密。有时汤姆担心永远抓不到印江·乔，可有时候又唯恐他被抓住。他深信不疑，在等到那个人死去，并且看到他的尸体之前，他是绝对无法安稳地喘一口气的了。

法院悬了赏，各地都搜查了个遍，还是不见印江·乔的人影。从圣·路易斯来了一个神通广大、令人敬畏的了不起的侦探，他在四周寻找蛛丝马迹。折腾了一番以后，他摇了摇头，接着眼睛里闪现出睿智的目光，做出了那行当的人都能做出的惊人的成绩，也就是说，他“找到了线索”。可是你不能判“线索”犯谋杀罪，将它送上绞架呀。因此，在那个侦探办完事回家以后，汤姆仍旧感到和以前一样不安全。

日子在一天一天慢慢地过去，每过一天，恐惧心理也会稍稍减轻一点。

第二十五章

寻觅藏宝

每个发育健全的男孩子在一生中,都会在某个阶段,产生一股到什么地方寻觅埋藏的财宝的疯狂欲望。一天,这种欲望突然出现在汤姆的心里。他出门去找乔·哈泼,可没找到。然后他又去找本·罗杰斯,谁知他去钓鱼了。不久他巧遇嗜血杀手哈克·费恩。哈克正是恰当的人选。汤姆将他带到一个没人的地方,毫不隐瞒地向他透露了自己的想法。哈克表示愿意一起干。任何冒险的事情,只要让他玩得开心,又不要他掏钱,他总是乐意参加的,因为不能当钱用的时间他有的是,甚至多得成了令人讨厌的负担。“我们去哪儿挖呢?”哈克问道。

“哦,差不多处处都可以。”

“哎,难道处处都埋着钱不成?”

“不会,当然不会啰。它会被埋在一些十分特别的地方,哈克——有时埋在小岛上;有时用烂箱子装着,埋在一棵老枯树的枝梢下面的地下,就在半夜里枝干投下影子的地方;不过可能性最大的是埋在闹鬼的房子的地板底下。”

“是谁埋的呢?”

“哦，当然是强盗啰，不然你猜会是谁呢？难道是主日学校的校长不成？”

“我不知道。不过如果我有财宝就不会把它藏起来。我会把它花掉，过快活日子。”

“我也会花的。强盗可不会这样干。他们总是把财宝藏起来，然后就放在那儿不去管了。”

“埋好以后他们就不回来取啦？”

“不是，他们来是想要来的，只是通常会把做的记号给忘了，要么就是他们死掉了。反正财宝会埋在那儿很长时间，还会生锈。过一阵子，有人找到一张发黄的旧纸条，上面写着找标记的方法。这样的纸条得要一个星期的时间才能弄明白是啥意思，因为上面写的几乎尽是些符号和象形文字。”

“象——象什么？”

“象形文字，你知道吗，就是像图画那样的东西，看上去似乎没有什么意义。”

“他们那种纸你有吗，汤姆？”

“没有。”

“那么你怎么才能找到记号呢？”

“我不需要什么记号。他们总是把财宝埋在闹鬼的房子里，或者在一个小岛上，要么就在大树枝伸出来的枯树下面。嗯，我们已经在杰克逊岛上稍微找过一次了，我们什么时候可以再去试一试。在酒厂岔道那边就有闹鬼的老房子，那儿有好多枝干已经枯死的树，好多好多。”

“所有的树底下都有财宝吗？”

“亏你想得出来，当然不是!”

“那你怎么知道去哪棵树下挖呢?”

“每棵树下都要挖。”

“呀，汤姆，那要把整个夏天的时间都搭上去啦。”

“咳，那有什么？要是你找到一只铜罐，里面装着一百块钱的硬币，全都锈成了灰色，或许找到一只盛满宝石的烂箱子呢，你觉得怎样?”

哈克的眼睛亮了起来。

“那太棒了，我说真是太棒了。你只要把那一百块钱给我就够了。我不要什么宝石。”

“那好。不过我是决不会把宝石扔掉的。有些宝石一粒就值二十块钱呢。差不多没有一粒价钱在六七毛钱或一块钱以下的。”

“哎呀，是真的吗?”

“当然啰，谁都会这么说。你见过宝石吗，哈克?”

“我没有这个印象。”

“哦，国王的宝石可多啦。”

“嗯，我没见过什么国王，汤姆。"

“我猜你也没见过。不过你要是去欧洲，你就会看到一大群国王到处乱蹦乱跳。”

“他们也会乱蹦乱跳吗?”

“乱蹦乱跳？你可真会说！当然不会啰!”

“那么你为什么说他们到处乱蹦乱跳呢?”

“废话，我只不过说你会看到他们。当然不是乱蹦乱跳。他们干吗要蹦啊跳的呢？我只是说你就会看到他们，随便在哪儿，你知道，一般来说都是这样。就像驼背的老理查那样。”

“理查？他的姓呢？”

“他没有姓。国王都是有名无姓的。”

“真的没有姓？”

“真的没有。”

“那么，他们喜欢这样那就随他们去吧，汤姆。不过我不愿做国王，光有名没有姓，就像黑鬼一个样。不过，哎，我们先到哪儿去挖呢？”

“嗯，我不知道。也许我们可以先试试酒厂岔道对面小山上的那棵老枯树。”

“我看可以。”

于是他们找来一把坏十字镐和一把铁锹，然后就动身了。他们走了三英里路，到那儿的时候，已经是气喘吁吁、浑身燥热，于是他们就在附近一棵榆树的树荫里躺下，抽了一会儿烟。

“我喜欢干这种事。”汤姆说道。

“我也是。”

“我说，哈克，如果我们在这里找到财宝，你打算用你那份儿干什么？”

“咳，我就每天吃馅饼，再来一瓶苏打水。还有，每次有马戏团来，我都要去看。我敢打赌，日子肯定会过得很快活。”

“哎，你不打算省一点下来？”

“省一点下来？为什么要省一点下来？”

“哎，为了往后有钱过日子呀。”

“哦,那是没用的。我爸迟早要回到这个镇子上来的。如果我不趁早把钱用光,他就会把钱抢去。我跟你说,他会很快就把钱花个精光。汤姆,你那份钱准备怎么花?”

“我想买一面新鼓和一把货真价实的剑,再买一根红领带,还有一只斗牛狗。另外,我还打算结婚。”

“结婚?!”

“是啊。”

“汤姆,你——咳,你的脑子有毛病了吧?”

“别着急,你会明白的。”

“哎,你干这种事真是太傻了。你瞧我爸和我妈,就知道吵闹!唉,他们没完没了地吵闹。我记得再清楚不过了。”

“那不相干。我打算娶的那个女孩子不会和我吵闹的。”

“汤姆,我看她们都是一个样,都会跟人闹。你最好想想。我跟你说你最好想想。那个丫头叫什么名字?”

“她根本就不是什么丫头,她是个姑娘。”

“要我说反正都一样,有人说丫头,有人说姑娘,两种说法都一样,差不多。不管这些,汤姆,她叫什么名字?”

“我以后会告诉你的,现在不行。”

“好吧,那也行。只是你一结婚,那我就更孤独了。”

“不,你不会孤独的。你可以过来跟我一道住。现在我们别总是待在这里了,还是动手干起来吧。”

他们干了半个钟头,流了不少汗,可是毫无结果。他们又干了半个钟

头,还是一无所获。哈克说:

“他们总是把它埋这么深吗?”

“有时是这样,也不都是如此。总的说来不很深。我猜我们是没找准地方。”

于是他们又找了一个新地点,动手干起来。这一次,他们的手脚慢了些,尽管如此他们还是有了一些进展。他们埋头苦干了一阵。后来,哈克身体倚着铁锹,用衣袖擦掉额头上的汗珠,说道:

“我们在这里挖过以后,你打算再上哪儿去挖?”

“我觉得我们也许可以去寡妇屋子后面的卡迪夫山崖那边,在老树那儿挖一挖。”

“我看那个地方不错。不过汤姆,寡妇她会不会从我们手里把财宝抢走? 那可是从她的地里挖出来的呀。”

“她想抢走! 那就叫她试试看。这些埋在地下的财宝,谁找到就属谁。埋在谁的地里都是一个样。”

这种说法倒是挺有道理的。他们又继续干起来。不一会儿,哈克又说:

“该死,这一次我们准是又把地方搞错了。你觉得呢?”

“实在太奇怪了,哈克。我也搞不明白。有时巫婆会从中作梗。我猜这会儿问题就出在这里。”

“瞎说,巫婆在白天是施展不上妖术的。”

“噢,是的。我没想到。咳,我知道是怎么回事了。妈的,我们真是两个大傻瓜! 我们得知道树影半夜落在地上的位置,我们就在那里挖!”

“该死! 我们这些活儿都白干了。他妈的,这一下我们夜里还得再来。

路可远着呢。你能溜出来吗?”

“肯定能。我们也非得今晚干不可,因为如果有人看到这些窟窿,他们马上就会知道这里有什么,他们也会来打这个主意的。”

“那好,今晚我上你那儿学猫叫。”

“行。我们就把工具藏在矮树丛里吧。”

当晚这两个孩子差不多按约定的时间又到了那里。他俩坐在树影里等待着。这是个偏僻的地方,又是在被各种古老传说弄得凄凄惨惨的深夜时分。幽灵在沙沙作响的树丛中窃窃私语,阴暗的角落里躲着鬼魂,远处传来低沉的狗叫声,猫头鹰报丧般的声音和狗叫声一唱一和。两个孩子被这阴森森的气氛憋得透不过气来,连话都不敢多说了。过了一会儿,他们觉得已经是午夜十二点了,于是在树影落下的地方做上记号,开始挖起来。他们的心情越来越迫切,兴致越来越高涨,干得也越发带劲。坑越挖越深。每次铁镐凿在什么东西上,他们的心都会怦怦乱跳一阵,可是随即就感到一阵失望。碰到的不是石块就是木板。最后汤姆说:

“再挖也没用了,哈克,我们又搞错了。”

“不,我们不可能搞错。我们把树影搞得很准,一点儿都不差呀。”

“我知道,不过还有一个问题。”

“什么问题?”

“你看,时间是我们猜的。很可能实际上已经太迟,要么就太早了。”

哈克扔下手中的锹。

“说得对,”他说到,“问题就在这里。我们只好放弃这个坑了。我们是不可能把时间搞准的;况且,干这种事也太吓人了,晚上这么迟,到处有巫婆、鬼魂晃来晃去的。我总觉得身后有什么东西。我又不敢转身看,也许有其他的鬼魂在等机会呢。打我们来这里以来,我心里一直在发怵,汗毛直竖。”

“嗯,我也差不多,哈克。他们埋财宝的时候几乎总是放进去一个死人,让他看守。”

“我的天哪!”

“真的,他们就是这样。我一直听别人这么说。”

“汤姆,我不想在有死人的地方待得太久。跟死人在一起肯定会出问题的,没错。”

“我也不想把他们弄醒。要是这里的死人把骷髅头伸出来该怎么办!”

“汤姆,别说了。真是吓死人了。”

“嗯,真是吓人。哈克,我心里真不是滋味儿。”

“汤姆,我说别在这里干了,到别的地方去试试吧。”

“好吧,我想这样最好。”

“上哪儿呢?”

汤姆想了想,然后说:

“那座闹鬼的房子。没错!”

“妈的,汤姆,我不喜欢闹鬼的房子。哎呀,那些该死的地方比死人还吓人。死人也许会说话,可是他们不会像鬼魂那样,披着裹尸布在你身边游来荡去,趁你一不在意,猛然从你的身后看你,牙齿磨得咯咯响。我受不了这个,汤姆,换了谁都受不了。”

“不错,可是,哈克,鬼魂在白天是不会出来转的。我们白天在那里挖,他们是不会碍事的。”

“嗯,说得也是。但是你也知道得很清楚,闹鬼的房子那边,白天晚上都不会有人去的。”

“哎,不管怎么说,那很可能都是因为他们不喜欢去发生过凶杀的地方——话又说回来了,除了晚上,那座房子周围并没谁瞧见什么——到了晚上,也不过在窗边会隐隐约约露出一些暗暗的蓝色火光——看来并没有真正的鬼。”

“哎呀,你看到的那些闪闪烁烁的蓝光后面肯定都有鬼跟着。这么说是有道理的。因为你知道,点这些火的不会是别的,只能是鬼魂。”

“对,这话不错。可是不管怎么说,他们是不会在大白天出来的,那我们为什么要害怕呢?”

“嗯,好吧。既然你这么说,那我们就到闹鬼的房子那儿去挖吧。不过我看那也是件碰运气的事。”

这时候他们已经在下山的路上了。在他们下面洒满月光的山谷里,竖立着“闹鬼”的房子,孤零零的,周围的栅栏早就不知上哪儿去了,荒芜的台阶上盖满了野草,烟囱倒塌在一边,成了废墟,窗格子空荡荡的,房顶的一个角也塌陷了下去。两个孩子瞪着眼睛瞧了一会儿,有点担心会看到窗前有蓝光闪过,然后用与那个特定的时间和环境相适应的低低的声音说了几句话,就从右边远远绕开闹鬼的房子,穿过树林下山回家去了。

第二十六章

真强盗找到一箱金子

第二天中午前后,两个孩子来到枯树下。他们是来取工具的。汤姆迫不及待地要到闹鬼的房子那边去。哈克也有点这个意思,可是突然他说:

"喂,汤姆,你知道今天是什么日子吗?"

汤姆把这个星期的日子算了一下,连忙抬起惊恐的眼睛:

"天哪!我压根没想到这事,哈克!"

"嗯,我原先也没想到,可是刚才我猛然想到今天是星期五[1]。"

"他妈的,哈克,看来小心点儿不会有坏处。星期五来干这种事情,说不准要倒大霉呢。"

"说不准?还不如说肯定呢!换个日子我们也许会走运,星期五肯定不行。"

"这个连傻瓜都懂。我看你也不是第一个发现这个道理的人,哈克。"

"哎,我可没这么说,不是吗?还不单单是碰上星期五呢。昨晚我做了个倒霉透顶的梦。我梦见耗子了。"

---

① 星期五是耶稣受难日,所以基督教徒们认为它是个不吉利的日子。

“该死！这可是个准定要倒霉的凶兆啊。它们打架了吗?”

“没有。”

“嗯,那还算好,哈克。你知道吗? 如果它们不打架,梦只是提醒你可能出现倒霉的事。我们必须格外留神些,千万得躲开它。这件事我们今天别干了,就好好玩玩吧。你知道罗宾汉吗,哈克?”

“我不知道。谁是罗宾汉?”

“哎呀,他可是英国自古以来最出色的人物,最了不起的好汉。他是个江洋大盗。”

“真不简单,我要是个强盗该多好啊。他抢谁呢?”

“只抢郡长啦,主教啦,阔佬啦,国王啦这些人。他从来不跟穷人过不去。他喜欢他们呢。他总是把抢来的东西平分给穷人,公道得很。”

“哦,那他肯定是个大好人。”

“那是不用说的,哈克。咳,他可是个从古到今最了不起的人。我敢说,现在英国没有这样的人了。他一只手绑在身后也能打败英国的任何一个人。他操起那把紫杉长弓就能射穿一英里半开外的一枚银角子。”

“紫杉长弓是什么?”

“我也不清楚。那当然是一种什么弓吧。哪怕他射中银角子的边上,他也会坐在那里哭,嘴里还要骂自己不中用。我们来扮罗宾汉玩吧,可有意思啦。我来教你。”

“我看行。”

于是他们扮了整整一个下午的罗宾汉,不时急切地往下面那座闹鬼的房子望一望,随口扯着第二天在那里可能会有什么收获,出现什么情况之类的话。当太阳渐渐西沉时,他们开始穿过长长的树影,踏上回家的路,不久就消失在卡迪夫山的树林中。

星期六中午刚过,两个孩子又到了枯树脚下。他们在树荫下抽了几口烟,聊了一阵子,就在他们挖的最后一个坑里干了一会儿,心里也并没有抱有多少希望,只不过是因为汤姆说,以前有好多例子,人们挖到离财宝只有不足六英尺的地方停下来,然后其他什么人走来,只三锹两锹就把财宝给挖走了。不过这一次不是这种情况,于是孩子们把工具往肩上一扛就走开了,觉得自己并没有随便放过财运,而是完成了探宝该做的每一件事。

他们一到闹鬼的房子那里就感到怪怪的。烈日当空,这里却是一片死一般的静寂,让人觉得阴森恐怖。孤零零的房子,周围一片荒芜,形成一种令人压抑的气氛,他们一时甚至都不敢迈步进去。后来他们蹑手蹑脚地走到门边,打着哆嗦往里面瞧了瞧。里面杂草丛生,地板也没有,墙上没有刷石灰,陈旧的老式壁炉,窗格子上空荡荡的,楼梯破损不堪,屋内到处都挂着蜘蛛网,真是破破烂烂,无人问津。接着他们就轻手轻脚地走了进去,按捺不住怦怦乱跳的心,说话声压得低低的,侧起耳朵捕捉哪怕是最细微的声响,浑身的肌肉也绷得紧紧的,随时准备拔腿往外逃。

过了一会儿,他们对情况渐渐熟悉起来,心中的恐惧也消退了几分。于是他们就带着好奇,仔细地四下打量起来,心里甚至佩服自己有这种勇气,并且对此感到十分惊奇。接着他们想上楼去看看。这似乎意味着他们无退路可言了,可是他俩彼此说了些激将的话,结果只能是一个——把工具扔在墙角里上楼去。楼上看上去同样是一派破败凌乱的景象。他们在一个角落里见到一个壁橱,以为定有收获,却原来不过是个骗人的玩意儿——里面空无一物。好在他们的勇气上来了,一时信心大振。他们刚刚准备下楼动手干活,突然——

"嘘!"汤姆说道。

"怎么啦?"哈克低声问道,脸色吓得发白。

"嘘! ……那边! ……听到啦?"

"嗯! ……哦,我的天,咱们快跑吧!"

"在这儿别动! 一点儿都不能动。他们正朝着门这儿走呢。"

孩子们趴在楼板上,眼睛对准木板上的木节眼儿,就这么等着,怕得要命。

"他们停下来不走了……不——又过来了……他们出现了。哈克,一个字都别说了。我的天,我要是没来这里就好了!"

进来两个人。两个孩子心里都在暗想:"那一个是最近在镇上露过一两次面的又聋又哑的西班牙老头,另一个以前没见过。"

那"另一个"家伙衣衫褴褛,蓬头垢面,脸上哪儿都让人看不顺眼。那个西班牙人裹着一条彩色披肩,一脸浓密的白胡须,长长的白发从他那墨西哥式的宽檐帽下垂下来,他还戴着一副绿眼镜。他们进门的时候,那"另一个人"正低声说着话。他们在地上坐下,脸冲着门,背朝着墙,刚才说话的人还在说着。他稍微放松了一点,话也说得清楚了一些。

"不行,"他说道,"这件事我已经想过了,我不想这样干,太危险了。"

"什么危险!""聋哑"的西班牙人嘟囔着,这让孩子们大吃一惊,"胆小鬼!"

这个声音把两个孩子吓得浑身发抖,只知道喘气。那是印江·乔的声音！沉默了一会儿以后，乔又说道：

“我们在河上游那边干的事才危险呢！也没什么呀。”

“那次不一样。在上游那么远的地方，四周又没有人家。虽然我们干了那么久，没有成功，但不会有人知道。”

“得了，还有什么比大白天到这儿来更危险呢？谁见到我们都会起疑心的。”

“我也知道。上次干了傻事以后，已经没有什么安全的地方了。我想离开这破房子。我昨天就打算离开了，只是那两个讨厌的孩子在那边山上玩，什么都能看得清清楚楚，从这里出不去。”

“那两个讨厌的孩子”听到这些话，恍然大悟，又是一阵颤抖，想想真幸运，亏得他们记起了那天是星期五，因此等了一天。就算等一年，他们也情愿。

那两个人取出食物，吃了一顿。又一阵子没人说话，两人都在想些什么，然后印江·乔开口说道：

“听我说，兄弟，你就回到你的上游去吧。在那等我的信。我再去镇上碰碰运气，去看看。等我四下打探一番，觉得情况有利，我们再干那件‘危险的’活计。然后我们就去得克萨斯！一道走过去！”

这主意还不坏。接着两人躺下来打起了哈欠。印江又说：

“我真想睡一觉！这一会轮到你放风了。”

他在乱草中蜷起身子，不久就打起呼噜来。他的同伙推了他一两下，鼾声停了下来。不一会儿，放风的也打起盹来，头越垂越低，这时两人都打起呼噜来。

两个孩子谢天谢地,深深地吸了一口气。汤姆悄声说道:

“现在我们的机会来了,快!”

哈克说:

“不行,要是他们醒过来,我就死定了。”

汤姆催他走,哈克就是不肯。最后汤姆默不作声地缓缓站起身来,准备自个儿离去。可是他刚跨出第一步,就踩得摇摇晃晃的楼板发出嘎吱嘎吱的讨厌的响声。他吓得要死,连忙趴下去。此后他就没敢再试一次。两个孩子趴在那里,一分一秒地计算着时间,最后他们觉得时间已经走到了终点,永恒的老人也熬白了头。后来他们看到太阳终于开始西沉,心里暗自庆幸了一番。

这时鼾声停了下来。印江·乔坐起身来,瞪大眼睛向四周看了看,又朝同伙冷眼笑了笑——同伙的头耷拉到了膝盖上——又用脚把他踢醒,说道:

“喂!你这个放风的倒不赖啊,嗯?不过好在没发生什么事情。”

“哦,天哪!我睡着了吗?”

“啊,还好,还好。差不多可以动身了,伙计。我们剩下的那点钱财怎么处理呢?”

“我也不知道——我想就和往常一样把它放在这里吧。在我们去南边之前带着它也不行啊。六百五十个银币拿着也挺显眼的。”

“嗯,好吧。再到这里来一次也没关系。”

“没关系,我说还是像以前那样夜里来,那要好一些。”

“对。听我说,在我找到机会动手之前可能还有一阵子呢,说不准会发生什么事。这地方并不怎么牢靠。我们干脆把它好好埋起来,埋深点儿。”

“好主意。”他的同伙说道。他走到屋子另一边，跪下来抬起炉子后面的一块石头，拎出一个发出叮叮当当悦耳声音的布袋，听起来真诱人。他从袋中掏出二三十块钱给自己，又掏出同样多的钱给印江·乔，接着把钱袋递给印江。印江·乔正屈膝跪在角落里，用猎刀挖着坑。

一时间，孩子们把所有的恐惧和痛苦都抛在了脑后，贪婪地看着他们的每一个动作。交了好运啦！运气好得想都不敢想。六百块钱能让六七个孩子发财呢！他们这一回探宝可真是吉星高照啊——挖宝的地点现在可是一点疑问都没有啦。他俩不时地用胳膊推推对方，意思很清楚，双方都明白彼此想说些什么，无非是说：“哎，我们今天来这里，你不觉得开心吗？”

乔的猎刀碰到了什么东西。

“喂！”他叫道。

“那是什么？”他的伙伴问。

“快要烂的木板，不，我想是只箱子。帮我一把，我们马上就能看到是怎么回事了。不要紧，我已经凿了一个洞了。”

他把手伸进去，又抽了出来——

“伙计，是钱哪！”

两个人对着这把硬币端详了一番。是金的。两个孩子也和下面的人一样又兴奋又欢喜。乔的伙伴说：

“我们得赶快干。壁炉那边角落里的草丛里有一把旧镐头。我刚才看到的。”

他跑过去把孩子们的十字镐和铁锹拿了来。印江·乔仔细看了看，摇摇头，自言自语嘀咕了些什么，然后动起手来。不一会儿，箱子挖了出来。

箱子不很大，外面包着铁皮，原本很结实，可是年月久了，现在已被腐蚀得不像样子。两人眼睛盯着这一堆财宝，一言不发，心里却是乐滋滋的。

“伙计，这里有几千块钱呢。”印江·乔说道。

“一直有人说莫里尔那一伙人有一年夏天经常在这一带出没。”那个陌生人说道。

“我知道，”印江·乔说道，“看起来像这么回事。”

“这一下你用不着干那件事了。”

那个杂种皱了皱眉头，说道：

“你不知道我的事。至少那件事你不了解。我这么干根本不是为了抢劫——那是为了复仇！”他眼睛里燃烧着恶毒的火焰，“这事我得请你帮忙。干完之后就去得克萨斯。你回去和你的南茜和孩子们待在一起，等我的信。”

“好吧，既然你这么说了。这个我们怎么处理？再埋起来？”

“好的。（楼上的人喜上心头。）不行！好家伙，那可不行！（楼上的人懊丧不已。）我差点儿忘了。那把镐头上有新鲜的泥土！（孩子们转眼间又害怕得要死。）镐头和铁锹怎么会上这儿来的？谁带来的？他们人上哪儿去了？你听到有人的声音吗？——看到谁了吗？好家伙！再把它埋下去，让他们来看到地面被人动过了？不成——不成。我们还是把它拿到我的小窝里去吧。”

“哦，当然可以啦！我本来也会想到的。你是指的一号吗？”

“不——是二号——在十字的下面。一号不行——太一般了。”

“好的。天也黑了，可以动身了。”

印江·乔站起身来,从一个窗口走到另一个窗口,谨慎地向外窥视了一番,然后说道:

“会是谁把这些工具带到这儿来的呢?你觉得他们会在楼上吗?”两个孩子吓得都快断气了。印江·乔把手按在刀上,犹豫不决地停了一下,然后朝楼梯这边走过来。孩子们想到躲到衣橱里去,可是身上一点儿力气都没有了。脚步声顺着楼梯咯吱咯吱响着。无法忍受的紧迫情势唤起了孩子们危难之中的决心——他们正要跳起来朝衣橱那边跑,就在这时,传来一声朽木断裂的声音,印江·乔跌落在地,掉在垮下来的那堆烂楼梯木头当中。他嘴里骂骂咧咧地爬起来。他的伙伴说道:

“喂,干什么要这样呢?即使有人在上面,就让他们在上面待着吧。我才不在乎呢。要是他们想跳下来找麻烦,谁能拦得住?十五分钟以后天就黑了,他们想跟着我们就让他们跟着吧。我不反对。依我看,无论是谁把工具扔在这儿,一看到我们就会以为遇见了鬼或者是恶魔。我敢肯定这会儿他们还在没命地跑着呢。”

乔嘟囔了几声,也就同意了他朋友的意见——剩下的白天时间应当好好用来打点东西,准备动身。不一会儿工夫,他们在越来越浓的暮色中带着那只财宝箱溜出房子,向河边走去。

汤姆和哈克站起身来,虽然浑身无力,心里却感到无限的快慰。他们透过木板缝睁大了眼睛看着那两个人的背影。跟着他们吗?他们可没这个胆。能跳下楼来,没摔断脖子,翻过山回到镇上去,这就已经让他们心满意足了。他们一路上话不多,只是一个劲地埋怨自己——埋怨自己运气太差,不该把铁锹和十字镐拿到那儿去。要不然,印江·乔根本不会起疑心。他会把银子和金子一道藏在那里,等他“复仇”完了再来取。到那时候他就会伤心地发现,钱已经没有影子了。居然会把工具带到那儿去,真是倒霉透顶、透顶!

他们拿定主意,那个西班牙人如果当真来镇上找机会复仇,他们必须留神盯着他,无论到哪儿,都得跟着他去二号地点。突然一个念头闪现在汤姆的脑子里:

“复仇?哈克,要是他指的是我们该如何是好!”

“哦,别说了!”哈克差一点儿吓晕过去。

他们把这件事情好好斟酌了一阵子,一直走到镇上,才一致认为他很可能指的是别的什么人——顶多他也仅仅指的是汤姆,因为只有汤姆出庭作了证。

汤姆孤身一人陷入困境,这对他来说真不是滋味,真感到不舒服!要是有个伴,那就要强多了。

第二十七章

战战兢兢的追踪

那天夜里，白天的冒险经历百般折磨着睡梦中的汤姆。有四次他用手把那大堆的财宝拥入怀中，可是每次他从梦中醒来，都落得两手空空。他翻来覆去怎么也睡不着，情不自禁想起了倒霉透顶的无情的现实。清晨，他躺在那儿回想着那段惊心动魄的历险遭遇，一时间觉得它们莫名其妙地变得模糊起来，变得那么遥远，有点像是发生在另一个世界的事情，而且已经时隔多年。他突然发觉，那次险象环生的历险本来就是一个梦而已！他这样想有一个十分充足的理由，那就是，他所看到的钱太多太多，简直不可能是真的。他以前连五十块数目的一堆钱都没见过。他和所有与他年龄、身份相仿的孩子一样，都认为人们的“几百”和“几千”等种种说法无非都是想象出来的，世界上根本不会有这么大数目的钱。像一百块这么大数目的真钱会归一人所有，他从来就没有过这样的念头。如果分析一下他脑中藏宝的概念，就会发现，那只不过是一把铜子儿，再加上满满一把白花花的银元。

但是经过再三思索，昨天历险的经过慢慢变得清晰起来。现在他开始觉得那归根结底也许并不是梦。这种疑疑惑惑的感觉必须去除才行。他准备草草吃完早饭，去找哈克。

哈克正坐在一只平底船的舷边上，无精打采地用脚在水里搅来搅去，一副忧心忡忡的样子。汤姆决定让哈克提起这件事。如果他不提，那么就证明那段经历只是一个梦。

“喂，哈克，你好呀！”

“喂，你好呀！”

两人沉默了一会儿。

“汤姆，如果我们把该死的工具留在枯树那儿，我们就得到那笔钱了。唉，真是遭透了！”

“原来不是梦，不是梦呀！不知怎么的，我倒是希望那是个梦呢。我没这么想就不是人，哈克。”

“什么不是梦呀？”

“哦，昨天的事。我总觉得那有点儿像个梦。”

“还梦呢！要不是楼梯断掉，你就知道那是个什么样的梦了。昨晚我做了一晚的梦——那个眼睛上蒙着罩子的西班牙魔鬼一直在追我——该死的东西！”

“哎，别骂啦。我们去找他！把钱追回来！”

“汤姆，我们根本找不到他。一个人只有一次机会发那么大一笔财——现在那个机会给丢了。无论怎么样，我要是再见到他，我准会吓得直打哆嗦。”

“是呀，我也一样，但是我反正要找到他——盯上他——追到他的二号去。”

“二号——对，是二号。我也一直在想这事，可就是搞不清楚什么意思。

你看那是什么?”

“我也不明白。太难懂了。听我说,哈克,也许那是一幢房子的号码!”

“猜得妙!……不,汤姆,不是这个意思。如果是的话,那它就不在这个偏僻的小镇上。这里的房子没号码。”

“是这么回事。让我想想看。对了——那是一间屋子的号码——客栈里的屋子,明白啦!”

“哦,原来是这个鬼把戏!这里只有两家客栈。我们马上就能查出来。”

“你待在这里,哈克,等我回来。”

汤姆立即动身。他不愿在大庭广众之下和哈克在一块儿。汤姆去了半小时的光景。他发现在一家好一点儿的客栈里,二号房间早就住上了一个年轻的律师,现在还住着。那家比较寒碜的客栈的二号房倒有些蹊跷。客栈老板的小儿子说,房间整天锁着,只有在夜里他才见到有人进出,其中的道理他也搞不明白。他说,他也曾经感到好奇,不过没把它当一回事,只是觉得这间神秘的房间是在“闹鬼”。前一天夜里他还见到房间里有灯光呢。

“哈克,我就发现这么多。我猜那就是我们要找的二号。”

“我猜也是,汤姆。现在你想怎么干?”

“让我想想。”

汤姆考虑了很久。最后他说道:

“听我说,那间二号房的后门通向客栈和那间破烂的老砖厂之间的窄巷子。现在你去把你能找到的钥匙都拿来,我也悄悄地去把姨妈的都拿来。等到没月亮的漆黑夜晚,我们就拿钥匙去那儿试试。你注意,留神印江·乔会出现,因为他说过他要再来镇上观察情况,找机会复仇呢。你看到他就盯上去。他要是不去二号房,那就不是我们要找的地方。”

“天哪,我不想自个儿盯他的梢。”

“哎,那当然是在晚上啦。他不大可能看到你的。就算看到了你,恐怕他也不会动什么念头的。”

“嗯,要是夜里很黑,我想我会盯住他的。我不知道,我不知道。我就试试吧。”

“哈克,可以跟你打赌,就是天很黑,我也会盯住他的。哎,他也许已经发现没法报仇了,拿了那笔钱以后他就走掉了。”

“有道理,汤姆,有道理。我去盯他,肯定去,老天爷作证!”

“你这才像人说的话!你可别临阵退缩哟,哈克。我是不会的。”

第二十八章

印江·乔的巢穴

汤姆和哈克准备就在那天夜里开始他们的冒险行动。他们在那家客栈附近一直游荡到九点过后，一个远远地盯着那条小巷子，另一个监视着客栈的门。巷子里没有人进出，出入客栈大门的人中，也没有哪个长得像那个西班牙人。看上去这将是一个晴朗的月夜，于是汤姆就回了家，心想如果夜色黑得可以的话，哈克就会来学几声猫叫，听到猫叫，他就会溜出来试钥匙。可是夜空一直很明亮，哈克也在十二点前后结束了守望，钻入一只空糖桶睡觉去了。

星期二孩子们的运气也不好。星期三也一样。但是星期四的夜晚看来要好一些。汤姆早早地溜了出来，还将姨妈的旧铁皮提灯拿了出来，上面还用大毛巾裹了一层。他把灯藏在哈克的糖桶里，又开始了观察。午夜前一小时，客栈门也关了，灯也灭了。（那是附近仅有的灯。）没看到西班牙人，也没人在巷子里出入。一切都显出吉兆。一切的一切都笼罩在漆黑的夜色中，四周万籁无声，只是偶尔从远处传来断断续续的闷雷声。

汤姆取出提灯，在桶里把它点亮，又用毛巾把它紧紧裹起，然后两个冒险者潜入夜幕，朝着客栈的方向走去。哈克站着放风，汤姆摸索着走进巷子。此后哈克开始了漫长的等待，心里焦急得就像压着一座大山。他开始希望看到汤姆的提灯能闪出一道光——那可能会让他受惊不小，但至少能让他知道汤姆还活着。汤姆离去似乎有了几个钟头。没错，他肯定吓得晕了过去；也许已经死了；也许他由于过分恐惧和紧张，心脏已经炸裂了。哈克惴惴不安，无意中走得离巷口越来越近，担心着各种可怕的事情，时时刻刻都感到大祸将临，把他吓断气。事实上他已经没有多少气了，因为他现在似乎只能一点一点地吸气，而且心脏在狂跳不已，很快就会衰竭下去。突然前面灯光一闪，汤姆从他身边飞奔而过。

"快跑！"他说了一声，"赶快逃命！"

这句话无需重复，一次就足够了。还没等汤姆说第二遍，哈克就已经以每小时三四十英里的速度狂奔起来。两个孩子不停地跑着，一直跑到村子较低的那一头废弃的屠宰场小棚子那里。他们刚钻进棚子，倾盆大雨就接踵而至。汤姆刚喘过气来就对哈克说道：

"哈克，简直可怕极了！我轻手轻脚地试了两把钥匙，可是还是咔嗒咔嗒响得要命。吓得我气都喘不上来。钥匙在锁眼儿里就是转不起来。咳，我也不知道怎么的，一下子抓到了门手柄，那门自己就开下来了！原来根本没锁上！我赶忙往里一钻，扯下盖在灯上的毛巾，嗬，好家伙！"

"什么——你看到什么啦，汤姆？"

"哈克，我差一点儿踩到印江·乔的手上！"

"哦，不会吧！"

"真的！他就躺在地上，睡得死死的，眼睛上还是蒙着那个破眼罩，两条胳膊往两边伸着。"

“我的天,那你怎么办的? 他醒过来了吗?”

“没有,连动都没动一下。我猜他是喝醉了。于是我抓起毛巾,拔腿就跑!”

“换上我,我是肯定不会想到毛巾的!”

“可我一定得想到呀。它要是搞丢了,姨妈会把我整得够受的。”

“哎,我说,汤姆,你看到那只箱子了吗?”

“哈克,我根本没定神往四下看。没看到箱子。我也没看到十字架。除了躺在地上的印江·乔身旁有一只酒瓶和一只铁皮杯子以外,我什么都没看到。哦,我还看到在屋子里有两只酒桶和许多酒瓶。现在你明白啦? 明白那座闹鬼的房子是怎么回事了吧?”

“怎么回事啊?”

“咳,那里闹的是酒鬼。嘿,也许所有的禁酒的客栈里都有闹鬼的房间吧,哈克你说是不是?”

“是的,我看也许是这么回事。谁会想那码子事? 不过我说,汤姆,既然印江·乔醉了,现在去拿那个箱子倒正是时候。”

“真是这样吗? 你来试试!”

哈克打了一个冷战。

“哦,不行——我看不行。”

“我看也是,哈克。对印江·乔来说,一瓶酒是不够的。要是他喝了三瓶,他就醉透了,那我就敢去试一下了。”

两人静静地盘算了一会儿,然后汤姆说道:

“听我说,哈克,那种事我们就别再想了,等到印江·乔不在的时候再说吧。太吓人了。只要我们每天晚上多留点神,我们保准迟早能看到他出门。那时我们就猛地一下子把箱子弄走。”

“好吧,我同意。整个夜晚都由我来看守,要是你来干其他的事,我就每天晚上都看着。”

“行,我准干。要你干的事就是从胡珀街跑过来学几声猫叫。万一我睡着了,你就朝窗子上扔个小石子,就能把我弄醒。”

“行,好主意!”

“哈克,现在雨停了,我也要回去了。过不了几个钟头天就要亮了。这段时间你再回去看着,好吗?”

“汤姆,我说过我来干,我当然会干。我每晚盯着那个客栈,盯上一年也没事!整个白天我睡觉,晚上就守通宵。”

“那就好。现在你在哪儿睡觉呢?”

“在本·罗杰斯的干草棚里。他让我去的,他那个黑人爸爸杰克大叔也要我去。杰克大叔要我为他提水,每次我都去。随便哪一次我跟他要点吃的,只要他能省下一点,没有不给的。汤姆,那可是个挺好的黑人哪。他喜欢我,因为我从来不摆出高他一头的架子。有时我就干脆和他坐在一起吃饭。不过这事你可别告诉别人。一个人饿极了,平常不愿干的事也得干哪!”

“好吧,要是白天我不需要你,就让你睡觉。我不会来打扰你的。夜里只要你发现有情况,千万要跑过来学几声猫叫。”

第二十九章

哈克救了寡妇的命

星期五早晨汤姆听到的第一件事是个好消息——昨晚撒切尔法官一家回到了镇上。一时间,无论是印江·乔,还是财宝的事,都退居到次要地位,贝琪占据了汤姆心目中的主要位置。他见到了她,他们和一大群同学在一起玩了"捉拿逃犯"的游戏,玩得又累又开心。玩到最后,大家还获得了一个锦上添花的好消息:贝琪缠着母亲,要她同意第二天举行贝琪早就答应却被耽搁已久的野炊聚会,母亲同意了。贝琪兴奋得无法形容,汤姆也丝毫不亚于她。日落之前,请柬都发了出去,村子里的年轻人热情高涨,都开始为此作准备,忙得不亦乐乎,一心想着第二天会玩得如何开心。汤姆兴奋得好久都没有睡意,他还巴不得能听到哈克学猫叫的声音,但愿第二天把他的财宝亮给贝琪和其他参加野炊聚会的人看,让他们吓一跳。可是他感到很失望,当晚没有任何哈克的信号。

清晨终于来到了。到十点或十一点钟的时候,撒切尔家里汇集了一大群人,一阵阵欢闹声吵得人脑袋都发晕。一切就绪,野炊的队伍出发了。大人们照例不参加,以免扫了孩子们的兴。他们觉得在几个十八岁的大姑娘和二十三岁左右的年轻绅士们的照应下,孩子们的安全不成问题。那只旧渡船已租下来给孩子们用,于是欢天喜地的孩子们背着一筐筐食物排成队往大街上走去。西德身体不适,没能赶上这次玩的机会;玛丽待在家里照看他。撒切尔夫人最后对贝琪说:

“你们不会早回来的,孩子,也许你最好还是在住在渡口附近的姑娘们家里过夜。”

“妈妈,那我就待在苏珊·哈泼家吧。”

“很好,记住要守规矩,别给人家惹麻烦。”

随后,当大家蹦蹦跳跳往前走的时候,汤姆对贝琪说:

“我说——让我给你说我们准备怎么玩。我们不用去乔·哈泼家。我们可以直接爬到山上,歇在道格拉斯寡妇家里。她会做冰淇淋呢!差不多每天都做,好多好多哦。见到我们,她肯定会高兴得不得了。”

“哦,那太好玩了!”

然后贝琪想了一会儿,说:

“可是妈妈会怎么说呢?”

“她怎么会知道呢?”

姑娘又把这个想法琢磨了一下,勉强地说:

“我想这样做不对——不过——”

“不过什么呀!你妈妈不会知道的。那又有什么关系呢?她不过是希望你人好好的。我敢向你保证,要是她这么想,她就会同意你去。我知道她肯定会让你去的!”

道格拉斯寡妇慷慨好客的秉性极富引诱力,加上汤姆的劝说,贝琪也就答应了。两人决定不跟任何人提起当晚的计划。汤姆忽然想起,哈克可能就在那天夜晚要来给他送信号。这个念头大大冲淡了他的热切期盼。尽管如此,他还是无法舍弃在道格拉斯寡妇家尽情玩耍的打算。为什么要放弃呢?他在心里盘算着,前一天晚上也没有听到信号呀,为什么偏偏在今天有可能收到信号呢?今天晚上必将到手的快活压倒了并不牢靠的财宝。他毕竟还是个孩子,于是他决定屈服于这个更具吸引力的东西,这一天不让自己再去想那财宝的事。

渡船在离镇子三英里远的长满树木的山谷入口处停靠抛锚。这群孩子蜂拥上岸。不久,深深的密林和高耸的峭壁间开始回荡起孩子们快活的呼喊声和笑闹声。不一会儿,漫山遍野乱蹦乱跳的孩子们用各式各样的方法嬉戏玩耍,最后弄得浑身是汗,筋疲力尽,三三两两地回到营地,那里有人已经负责为他们备好了美味佳肴。接着大家把食物一扫而光。饱餐一顿之后,孩子们在枝叶茂盛的橡树的树荫里休息闲聊,养精蓄锐。过了一阵子,有人嚷道:

"谁愿意去钻山洞?"

每个人都想去。于是成捆的蜡烛拿了出来,大家立刻开始爬山。洞口在半山腰,外形像个A字。笨重的橡木大门没有上闩。里面是一片不大的石窟,寒气逼人,简直像个冰窖,洞壁是天然石灰岩,上面沁满了冰冷的水汽。站在里面黝黑的地方,往外看着阳光照耀下的青翠的山谷,颇有一番浪漫和神秘的情调。可是大自然的这种感染力很快就消失了。孩子们又嬉闹起来。刚点燃一支蜡烛,大家一下子都拥上前去,跟着就是一阵勇敢的争斗。可是那支蜡烛不久就被打翻在地,熄灭了。人群又爆发出一阵开心的笑声,开始了新一轮的追逐。不过凡事都有个完的时候。后来队伍沿主要的通道顺着陡坡往下走去。这排摇曳不定的烛火模模糊糊地照射在高高的山崖上,几乎一直照到六十英尺高处两壁相接的地方。这条主要通道只不过八到十英尺宽。每隔几步,就有其他高高的而且更狭窄的崖缝从主要通道两边岔开去——因为麦克杜格尔洞窟只是一个由许多弯曲的小道交织而成的巨大的迷宫,这些小道相聚又离散,伸向远处的什么地方。据说一个人可以整日整夜地在它错综复杂的裂口和崖缝中不停地转,也找不到洞的尽头。他尽可以不停地往下走,往下走,一直往地底下钻,依旧是那样——迷宫下面还是迷宫,没有哪个能走到头。没有谁敢说"熟悉"这个洞。那是不可能的事。大多数年轻人都只熟悉其中的一部分,习惯上人们都不敢超出所熟悉的那部分多远。汤姆·索亚对这个洞的了解并不比别人多。

队伍沿着主要通道行进了四分之三英里,孩子们三三两两地溜到两侧的岔道上去,沿着阴森森的小道往前飞跑,在一条条路的交叉处互相偷袭。在长达半小时的时间里,大家可以互相不照面地四下转悠,也不至于走出"熟悉"的区域。

不久,一群群的孩子就零零落落地回到洞口,个个气喘吁吁,喜笑颜开,从头到脚不是蜡烛油就是烂泥巴。大家都因为痛痛快快地玩耍了一天感到特别高兴。这时他们吃惊地发现时间过得飞快,眼看夜晚就要来临。船上的钟声已经响了半个钟头。不过一天的游玩就此结束, 的确是够浪漫的,也使人感到由衷的满足。当渡船满载欢呼雀跃的乘客离岸起航时,除了船长以外,谁也不会对那浪费掉的时光感到丝毫惋惜。

就在渡船的灯光一闪一闪地通过码头的时候,哈克已经开始守候了。他没听见船上有什么声音,因为那些年轻人似乎累得快要死了,安安静静地歇下来了。他不知道那是一艘什么船,为什么不在码头停靠——后来他就把这事搁在了一边,把注意力转移到了正事上。晚间的云渐渐浓起来,天色也越来越黑。十点钟了,来往车辆的声音也消失了。星星点点的灯光眨着眼睛。零零散散的行人都不见了。整个村子昏昏睡去,让这个小小的守夜人孤零零地陪伴着静谧的黑夜和幽灵。到了十一点,客栈的灯熄灭了。此刻,到处漆黑一片。漫长的黑夜令人乏味,哈克还是静静地等待着,可是一点动静都没有。他的信心开始动摇起来。这么等下去有用吗?当真有用吗?干吗不就此罢手,回去睡觉呢?

一阵响声传进他的耳朵里。他立刻凝神听起来。巷子里的那扇门悄悄地打开了。他赶紧跑到砖厂的拐角处。紧接着有两个人从他身边匆匆走过,其中一人似乎腋下夹着什么东西。肯定是那只箱子!原来他们要把财宝搬走哇。现在能去叫汤姆吗?简直荒唐!——那两个人会带着箱子远走高飞,永远别再想找到他们。不行,他要紧盯着他们,跟着他们走。有黑夜掩护,他可以不让他们发现。哈克这么一盘算,就走了出来,光着脚丫,像只猫似的悄悄地跟在后面,始终让他们在前面与自己保持着适当的距离,不至于从眼前消失。

他们沿着河边的街道走过三个路口,然后向左拐进一条横向的街道。他们笔直往前走,一直走到通往卡迪夫山上的小路,开始沿着小路上山。他们走过半山腰威尔士老头的住处,一刻儿没停,又继续往山上爬去。太好了,哈克想,原来他们准备把它埋在老采石场里呀。但是他们在那儿停都没停,继续往山顶上爬。然后他们又钻进高高的漆树丛间的小道,随即就隐没在黑暗之中。现在哈克赶紧跟上去,缩短与前面的人的距离,因为他们在这里根本无法看见他。他快步向前走了一阵,然后由于担心跟得太紧,又把脚步放慢下来,再向前赶了一段,最后完全停了下来,听了听,没有声音,除了他似乎听到的自己的心跳以外,一点儿声音都没有。从山坡的远处传来猫头鹰的怪叫声——那叫声是不祥之兆!可就是没有脚步声。天哪,我把他们都搞丢了不成?他刚想拔腿去追,突然就在离他不到四英尺远的地方一个人轻轻地咳了一声!哈克的心猛地跳到了嗓子眼里,堵在那儿,可是他又将它吞了下去,接着就站在那里抖个不停,活像有十几场疟疾在他身上同时发作。他感到一阵虚脱,觉得自己准会瘫倒在地上。不过,他知道此时自己在哪儿,他知道此时自己离通向道格拉斯寡妇院子前面的台阶只有五步。那好吧,他心里想,就让他们把东西埋在这儿吧,这儿并不难找。

这时候有人说话了——声音非常低——是印江·乔的声音:

“她这个该死的,也许有人和她做伴呢——都这么晚了,灯还亮着呢。”

“我什么也看不到。”

这是那个陌生人在说话——就是那个在闹鬼的房子里见到的陌生人。一阵可怕的寒气袭上哈克的心头——这原来就是他们所说的“复仇”哇!他立刻想到了逃跑。接着他又想到道格拉斯寡妇关照他已经有好几次了。现在这两个人也许想谋害她。他真希望自己有胆量冒险去给她报个信。不过他知道自己没这个胆子——他们说不定会来把他抓走。他想到了所有这一切,以及另外的一些事情。就在他想着的这会儿,印江·乔接着那个陌生人说道:

“因为树挡着你呢。从这边看——现在你看到了吧,是不是?”

“嗯,哦,我看还真有人陪她呢。还是别干了吧。”

“想要我别干？我可是准备离开这里，永远不会再来了！我要是今天不干，也许以后就永远没有机会了。我跟你说过，今天再跟你说一遍，她那点钱我根本不放在眼里——都给你拿去好了。可是她丈夫对我太凶了——欺负我好多次呢。主要就是因为他是个治安法官，就判定我是个无业游民。还不止这些。这连一百万分之一都不到呢！他让我挨鞭子！——在监牢门前用马鞭子抽我，就像对待黑鬼那样！——全镇的人都在旁边看着！挨鞭子抽！——你能明白吗？他占了我的便宜就这么死了。这些债我都要他老婆来偿还。”

“哦，别杀死她！千万别！”

“杀她？谁说杀她啦？要是那男人在这里，我准会把他杀了。不过我不会杀她的。你想在一个女人身上报仇，是不用把她杀了的——犯不着那么傻！你得冲她的相貌下手，在她的鼻子上弄个大豁口——像对猪那样在她耳朵上来两下！”

“天哪，那可是——”

“别跟我说你想些什么！这样你就不会给自己找麻烦。我会把她绑在床上。她血流得太多死掉难道也该怪我？她死了我也不会掉眼泪的。老朋友，这件事你得帮帮忙——看在我的分上——把你叫来，就是为了这事儿——我一个人说不定干不了。你要是不敢下手，看我不把你宰了。你明白了吧？要是我不得已要了你的命，那她也活不了——这样就没人会知道这件事到底是谁干的了。”

“好吧，要是这事非干不可，那就动手吧。越快越好——我现在浑身直打哆嗦。”

“现在就干？有其他人在你也不在乎？听着——你先得明白，我可要怀疑上你了。不行——我们得等到灯熄了再动手——不用着急呀。”

哈克觉得接下来他们会有一段时间没人说话——这要比说一大堆杀人的话更可怕。因此他屏住呼吸，小心翼翼地向后退了一步：他先是一条腿支撑着身体，左摇右晃地差点儿摔倒，平衡住之后，才小心地、稳稳地把向后的脚落定；然后费了同样的力气，冒了同样的风险，往后又退了一步，再退一步，又一步，然后——突然咔嚓一声，一根小树枝被他一脚踩断了！他顿时憋住气，四下听了听。没有一点声音——周围一片寂静。他感到十分庆幸。这时他才原地转过身来，周围都是漆树——所以他转身时十分谨慎，就像船儿掉头一样——然后他谨慎地加快了步伐往前走去。他一直走到采石场那里才真正感到安全，于是迈开灵活的细腿飞跑起来。他顺着山坡不停地往下跑，一直跑到威尔士人的住处，接着就乒乒乓乓地敲起门来。老人和他那两个壮小子立刻从窗户里探出头来。

“吵什么？谁把门敲得这么响呀？你到底想干什么？”

“让我进去——快点儿！我什么都告诉你们。”

“喂，你是谁呀？”

“我是哈克贝利·费恩哪。快点儿，让我进去！”

“哈克贝利·费恩，真是他，照我看，凭他这个名字是叫不开多少人家门的。不过孩子们，让他进来吧，我们来瞧瞧到底出了什么事情。”

“请你们千万别说是我告诉你们的。”这是哈克进门的第一句话，“千万别说出去——我会被人家杀死的，肯定的——不过寡妇有时对我挺好的，所以我要告诉你们——只要你们保证永远不告诉别人是我报的信，我就告诉你们。”

“噢,他的确是有什么事情要讲呢,要不然他不会这样的!”老人大声说道,“大胆说吧,孩子,这里不会有人出去说的。”

三分钟以后,老人和他的孩子们全副武装上山去了,转眼间他们就手拿武器,踮着脚尖,钻进了漆树丛里的小路。哈克没有陪他们继续往前走。他躲在一块大圆石头后面,静静地听着。四周那么安静,时间过得似乎特别慢,哈克心里十分焦急。前面突然爆发出一阵枪声和一声痛苦的叫喊。

哈克顾不得看个究竟,他连忙转身,撒开两腿拼命地往山下跑去。

第三十章

汤姆和贝琪留在山洞里

星期天早晨天刚蒙蒙亮，哈克摸上山去，在威尔士人家的门上轻轻敲了几下。里面的人还在睡觉，不过由于夜里发生了惊心动魄的事件，此时他们人虽在睡觉，大脑神经却是绷得紧紧的。窗户里有人问：

“谁啊？”

哈克担惊受怕地低声答道：

“请让我进屋吧！我是哈克·费恩呀！”

“孩子，凭这个名字，无论是夜晚还是白天，你都可以叫开这扇门！——欢迎！”

这些话在这个流浪儿听起来是那么陌生，也是他从小至今最爱听的话。老人最后说的那句话，他不记得以前有谁对他讲过。门很快就打开了，他立刻走了进去。主人让哈克坐下，老人和他的两个身材高大的儿子很快穿好衣服。

“喂，好孩子，我想你肯定饿坏了吧。太阳一出来，早饭就做好了，我们就可以吃上一顿热乎乎的饭了——你尽管放心好了！我和我儿子还指望你会回到这里住一宿呢。”

“我当时都要吓死了，当场就跑掉了。”哈克说道，“你们的枪一响，我就拔脚跑起来，一直跑了三英里地才敢停下来。你知道，我现在来这里是想打听打听消息。我在天亮之前来，是因为不想撞见那些恶魔，他们就是死了我也不想瞧一眼。”

“不错，孩子，瞧你那气色，看来你夜里受了不少罪。这里有一张床，你吃了早饭就在这里睡一觉吧。不过孩子，他们并没有被打死——我们很过意不去。你瞧，根据你讲的情况，我们马上就明白了在哪儿能够逮住他们。于是我们就踮着脚尖向前走，一直走到离他们不到十五英尺的地方——漆树丛里的小路黑得就像在地窖里一样——突然我憋不住，老想打喷嚏。运气真是糟透了！我拼命想忍住，可是没用——这个喷嚏是非打不可了，果真就打了出来！我是举着手枪走在前面的，喷嚏声惊动了那两个坏家伙，他俩刷地一下冲出小路。我大叫一声：‘开枪哪，儿子！’接着我就朝着有响声的地方连放了好几枪。我儿子也开了不少枪。可是他们眨眼的工夫就溜了，那两个王八蛋！我们跟着就冲了过去，穿过树林往下追。我猜根本没打到他们。他们拔腿跑的时候有人打了一枪，不过子弹嗖的一下飞了过去，没伤着我们。后来我们听不到他们的声音了，也就没追下去。我们马上下山把警官叫醒，他们召集了一队人，在河堤上安了哨。天一亮，警长就会带他的人把树林搜个遍。我儿子马上也会跟他们去的。我们要是知道那两个坏家伙的模样就好了——那会帮上大忙的。孩子，我想在漆黑的地方你没法看清他们的长相，是吧？”

“哎呀，我看到的，我是在镇上看到他们的，然后就一直跟着他们。”

“太好了！你说说他们的模样，你说说，我的好孩子！”

"一个是在这里露过两次面的又聋又哑的老西班牙人,另一个长得很丑,穿一身破衣裳——"

"这就够了,孩子,我们认识这两个人!有一天我们在寡妇家后面的小树林里遇到过他们,他们马上就溜走了。孩子们,快去吧,快去告诉警长——明天早上再吃早饭吧!"

威尔士人的两个儿子即刻动身。他们起身离开房间时,哈克跳起来叫道:

"哎,请你们对谁都别说是我告发的!求你们了!"

"好吧,你不让说就不说,哈克,可是你做了这件大好事,总该让大家知道是你的功劳呀。"

"哦,不要,我不要!请你们千万别告诉别人!"

两个年轻人走了以后,威尔士人对他说:

"他们不会跟别人讲的——我也不会这样做。不过你为什么不肯让人知道呢?"

哈克一时拿不出理由,只好说他对他们当中一个人的底细知道得实在太多,无论如何也不想让那人知道他了解对他们不利的事情——他们肯定会为此要他的命。

老人再次答应为他保守秘密,接着又问:

"你怎么会想起盯他们梢的呢,孩子?"

哈克没有做声,心里盘算着应该怎样谨慎地回答老人的问题,然后他说:

"嗯,你看,我是一个十足的坏孩子——至少大家都是这样想的,我也不觉得这么说有什么不对——有时我一想到这事,想到改一改自己,连觉都睡不安。昨晚就是这样的。我睡不着,于是半夜里我就出来沿着街走走,心里翻来覆去想着这事。我走到那间禁酒客栈旁边的旧砖厂,倚在墙上又寻思开了。嘿,就在这时,那两个家伙一路走过来,紧贴着从我身边溜了过去,胳膊下面还夹着什么。我以为他们偷了什么东西。他们一个抽着烟,另一个要个火。所以他们正好就在我面前停了下来,雪茄烟的亮光照亮了他们的脸,这样我就凭他的白胡子和眼睛上的眼罩,看出那个大个子是那个又聋又哑的西班牙人,另一个家伙穿着破衣烂衫,一脸吓人的样子, 像鬼一样。"

"靠烟头那么点儿光你就看出来他穿得破破烂烂啦?"

他这一问使哈克一时无言以对。过了片刻他才说道:

"嗯,我也说不清——我觉得看出来了。"

"接着他们就往前走,你也——"

"跟着往前走——是这样。我想弄明白到底是怎么回事,因为他们走起来偷偷摸摸的有点儿不对劲。我跟着他们走到寡妇家的台阶下面以后,就站在黑处,听到穿破衣服的人恳求西班牙老头放过寡妇,可是他却发誓要毁寡妇的容,这些我都告诉了你和你的两个——"

"什么! 那个'又聋又哑'的人说了这么多话呀!"

哈克又犯下了一个大错! 那个西班牙人到底是谁,他原来还千方百计不想让老人知道任何蛛丝马迹,可是他的舌头似乎决心要跟他过不去。好几回他竭力想摆脱窘境,可是老人的眼睛紧紧地盯着他,弄得他一而再,再而三地出纰漏。后来老人说:

"我的好孩子,用不着害怕我。无论怎样我也不会伤着你的一根毛发。

绝对不会——我要保护你——我会保护你的。这个西班牙人既不聋也不哑,你无意中已经说了出来。现在你再想隐瞒也不行了。这个西班牙人的情况你是了解一些的,可你不想说出来。你得相信我——告诉我究竟是怎么回事,相信我——我不会泄露你的秘密的。”

哈克朝老人诚实的眼睛注视了一会儿,然后把身体靠过去,在他耳边低声说道:

“那不是西班牙人——那是印江·乔!”

威尔士人几乎从椅子上跳起来。过了一会儿,他说:

“现在一切都很清楚了。当你说到刺耳朵割鼻子时,我还以为你在添油加醋呢,因为白人是不用这种方法进行报复的。原来是个印第安人哪!那就是另外一码事了。”

吃早饭的时候两人还在谈着,老人说他和两个儿子上床睡觉前还找来一盏灯,察看了一下台阶以及附近的地方,看看是否有血迹,可是并没有发现什么,只找到一大捆——

“一捆什么?”

这几个字就算是闪电,也不可能以更令人吃惊的突然性从哈克苍白的嘴唇里蹦出来。他眼睛瞪得大大的,屏住气,等待老人的回答。威尔士人吃了一惊,也瞪起眼睛看着哈克。三秒钟——五秒钟——十秒钟——然后他回答道:

“一捆窃贼用的家伙呀。怎么啦,你是怎么回事?”

哈克身体往后一靠,微微地喘着气,心里却深深地感到一阵难以形容的莫大安慰。威尔士人看着他,神情十分严肃,但又感到很好奇——随后他又说道：

“是呀，窃贼用的家伙。这似乎让你大大地松了一口气嘛。不过是什么事使你变得这么快呢？你原来以为我们找到了什么东西？”

哈克被问得无法招架——老人询问的目光依旧盯着他——此时他情愿付出任何代价，来换取一个像样的理由——可一个都想不起来——探寻的目光越逼越紧——脑子里冒出一个毫无意义的回答——他来不及考虑是否恰当——便硬着头皮说了出来——说得很低：

“也许是主日学校的课本吧。”

可怜的哈克苦恼得要命，一点儿都笑不起来。可老人却哈哈大笑起来，笑得那么开心，全身从头到脚都跟着抖动起来，笑到最后还说，这种笑法等于人们口袋里的钞票，能让人们在医生那儿少花些钱。然后他又说：

“可怜的小家伙，你的脸色都发白了，一副累垮了的样子——你有些不舒服吧——难怪你有点儿心慌意乱，坐立不安的。不过很快就会好的。我想你好好歇歇，睡一觉就没事了。”

哈克一想到自己笨得像只鹅，竟然会显得那么激动，招人怀疑，心里就窝火，因为当时在寡妇家的台阶旁一听到那两个坏蛋的谈话，他就觉得那只从客栈里带出来的包裹不会是财宝。不过那只是他的推测——并非确切知道——因此一提到那只包裹，他就根本没法保持镇静。不过，总的来说，他还是为发生了这一段小插曲感到高兴，因为他已经确信，那只包裹不是他要找的。因此他心里一阵轻松，感到特别舒服。事实上，现在所有的一切都很顺利。财宝还在二号地点，那两个家伙当天就会被关进牢房，他和汤姆晚上就可以毫不费力地拿到那些金子，不会有任何人来干扰他们。

他们刚吃完早饭就听见有人敲门。哈克连忙跳起来，想找个地方藏一藏，因为他不想和刚刚发生的事情有任何牵连，哪怕一丁点儿也不愿意。威尔士人打开门把几位女士和先生让进屋内，其中就有道格拉斯寡妇。他还看到一群群的人正往山上爬——去看看那台阶。看来消息已经传开了。

威尔士人不得不将夜晚的事情告诉客人们。寡妇也向老人表示感谢，感谢他们保护了她。

“夫人，千万别这么说。另外有一个人，他也许比我和我的孩子们更值得你感谢。可是他不允许我说出他的名字。没有他，我们还不会去你那儿呢。”

这些话当然引起了极大的好奇心，几乎使那件主要的事情都显得无足轻重了——由于老人不愿透露秘密，于是客人们在内心深处越发感到好奇，并且到处说给镇子上的人听。后来寡妇了解到其他的那些情况，说道：

“我坐在床上读了会儿书才睡觉，睡着以后外面那么闹都没把我吵醒。你为什么没来叫醒我？”

“我们觉得犯不上惊动你。那些家伙不会再来了——他们把工具搞丢了，什么都干不了。既然这样，又有什么必要把你叫醒，让你受惊呢？我家那三个黑人整夜都在你家守着。他们刚回来。”

后来又来了许多客人，于是老人只好又花了几个钟头将故事一遍又一遍地说给大家听。

走读学校放假期间，主日学校也不上课，可是人们全都早早地来到教堂。这件令人不安的事件已经被传得沸沸扬扬了。有消息说，还没有发现那两个坏家伙。布道结束之后，撒切尔法官的夫人在过道里随着人群往外走。她放慢脚步等哈泼太太走到身边，对她说道：

“我家贝琪要睡一整天的觉吗？我以为她会吓死的。”

“你家贝琪？”

“是呀。”夫人脸上露出惊讶的神色，“昨晚她不是在你那儿过夜的吗？”

“哦，没有呀。”

撒切尔夫人脸色变得惨白，瘫坐在旁边的椅子上。恰巧这时波莉姨妈正在兴致勃勃地和一个朋友谈着话，打她身边走过，就对她们说：

“早上好，撒切尔夫人。早上好，哈泼太太。我家那个小男孩不见了。我猜我家汤姆是待在你们谁家了，不知是哪一家。今天他不愿意来教堂了，我要好好整整他呢。”

撒切尔夫人无力地摇了摇头，脸色变得更加苍白。

“他没在我们家住。”哈泼太太说着，也开始感到不安起来。波莉姨妈脸上露出明显的焦虑的神情。

“乔·哈泼，今天早上你看到我家汤姆了吗？”

“没有，太太。”

“你最后一次是在什么时候看到他的？”

乔动脑筋想了想，可是他也说不准。往外走的人们都停下了脚步。大家低声议论开了，每个人脸上都露出不祥的焦虑之色。孩子们被忧心忡忡的家长们问了个遍，年轻的老师们也一样。他们都说渡船回头时，谁也没注意汤姆和贝琪是否在船上。当时天已经黑了，谁也没想起来问是否有人被落下。最后有个年轻人突然脱口说道，恐怕他们还在洞里呢！撒切尔夫人突然晕了过去。波莉姨妈也哭了起来，还拼命地绞着双手。

这个惊人的消息通过一张张嘴传了出去，一群人传到另一群人，一条街传到另一条街。五分钟之内，教堂的钟声就发疯似的响了起来，把全镇的人都惊动了。卡迪夫山事件即刻显得不重要了，那两个贼人也被人们忘却了，大家备好马鞍，登上小船，渡船也应召出动。令人惊恐的消息还没传出半个钟头，就已经有两百个男人从陆路和水路朝着山洞蜂拥而去。

整个漫长的下午，整个村子似乎变得空旷了许多，一片死寂。许多女人都来看望波莉姨妈和撒切尔夫人，千方百计地安慰她们。她们也陪着一起掉眼泪，因为淌眼泪还是比光说安慰的话要好一些。在整个沉闷的夜晚，全镇的人都在等待着消息，可是最后一直等到天色发亮，传来的话也只不过是"再送些蜡烛——再来点吃的"。撒切尔夫人都快要急疯了，波莉姨妈也差不多。撒切尔法官从山洞那边送来有希望的和令人鼓舞的消息，却并没有给人们带来任何真正的安慰。

威尔士人天快亮的时候回到家中，浑身都溅满了蜡油，蹭满了泥土，人也几乎累垮了。他看到哈克还在那张为他准备的床上睡着，发着高烧，昏昏沉沉地说胡话。医生们都在山洞那边，只好由寡妇过来照料小病人。她说她会好好照看孩子的，因为无论他品行好坏，还是不好不坏，他终归都是上帝的孩子，因为任何属于上帝的生灵都不应遭到忽视。威尔士人对她说，哈克身上有一些优点。寡妇说道：

"的确如此。那是上帝留下的标记。他不会忘记留下标记的，他从来就不会疏忽。只要是他创造出来的生灵，他总会在什么地方留下标记的。"

接近中午的时候，疲惫不堪的人群三三两两回到村里，不过体力好的人还在继续搜寻着。人们只知道，洞中连以前没人去过的深处都搜寻过了，接下来还准备彻底地搜寻每一个角落和每一道崖缝。走到通道交错的迷宫的任何一处,都可以看到远处这儿那儿闪烁着火光,人的呼喊声和枪声在空空的洞中发出响亮的回音,沿着阴森森的通道传到人们的耳中。在一个远离游人惯常活动区域的地方,人们发现石壁上有烛火熏出的"贝琪和汤姆"的名字,就在旁边还有一小段沾满烛油和泥土的缎带。撒切尔夫人认出了缎带,又哭了起来。她说这是她孩子留给她的最后的遗物,它比任何其他纪念物都更加珍贵,因为这是可怕的死神降临前最后从她身上掉下来的东西。有人说在洞里偶尔能看见远处有一星火光在闪动,于是人们高兴地欢叫起来,十几个人一溜儿沿着回荡着欢呼声的通道跑过去。接着都是让人揪心的失望;孩子们并不在那里,那只不过是搜寻者的火光。

三个可怕的日日夜夜每一刻都是那么沉闷难熬。整个村子陷入了绝望。谁都没有心思干事情。有人碰巧发现那家禁酒客栈的店主在店里私藏烈酒,可是尽管这事非同小可,却几乎没有引起公众的兴趣。哈克在清醒的时候,小心翼翼地提到酒店的事情,最后还问起在他生病的这段时间里,是否在禁酒客栈里发现了什么东西——暗暗地担心会听到最糟糕的消息。

"发现过。"寡妇说道。

哈克一下子从床上坐了起来,眼睛瞪得溜圆:

"什么!发现什么啦?"

"酒!——那个店给关了。躺下来,孩子——你真吓了我一跳呢!"

"就告诉我一件事——就一件——求你了!是汤姆发现的吗?"

寡妇一下子哭了起来。"安静点,孩子!我早就跟你说过,你是不可以说话的。你病得可不轻哪!"

这么说，除了酒，他们并没发现什么其他的。如果发现了金子，就会热闹得翻了天呢。看来那些财宝是永远找不到了——永远找不到了！可是她为什么哭呢？她会突然哭起来，真是莫名其妙。

这些念头隐隐约约地在哈克脑子里转了一阵子，使他感到十分疲倦，后来他也就睡着了。寡妇暗自想道：

“唔——他睡着了，可怜的倒霉鬼。居然会以为是汤姆·索亚发现的！可惜还没有谁能找到汤姆·索亚呢！唉，现在还抱有希望、还有气力继续找他们的人已经没有几个了。”

第三十一章

找到后再次失踪

现在再来看看汤姆和贝琪参加野炊的经过吧。他们跟着其他伙伴穿过昏暗的通道,游览着洞中熟悉的奇异景致,一个个神奇的地方都被人们冠以过于夸张的名称,什么"会客室"啦,"大教堂"啦,"阿拉丁神宫"啦,等等。接着大家玩起了捉迷藏的游戏,汤姆和贝琪也兴致勃勃地和伙伴们一道玩起来。一开始大家玩得都很起劲,后来一个个逐渐感到厌倦了。随后他们把蜡烛举得高高的,沿着弯弯曲曲的通道信步往前走,一路看着用蜡烛烟乱七八糟熏在石壁上的人名、日期、通讯地址以及名人格言。他们依旧随意地一边说话一边往前走着,不知不觉来到了一片没用烟熏上字的石壁前。他们在一块突兀的岩石下方熏上自己的名字,然后继续往前走。不久他们就来到一个地方,那里有一股水流从一个突出的岩层上汩汩流下,水中夹杂着石灰岩的沉渣,经过漫长的岁月,竟逐渐形成了微光闪烁、永不消溶的石幕,就像一帘大瀑布,上面布满层层涟漪,四周还镶嵌着缕缕白色的花边。为了让贝琪看得开心,汤姆将他瘦小的身体挤到石幕的后面,这样就可以用烛光照亮石幕。在那儿他发现,石幕后面有一段天然陡坡夹在狭窄的峭壁之间伸展上去。他即刻萌生出做一个探险家的欲望。他的想法获得了贝琪的积极响应。于是他们用烛烟熏了一个标记,以便将来返回时不至于迷路, 随后便开始了探险。他们东转西转,进入了石洞的深处。在那里他们又熏了一个标记,随即又钻进岔道,一心想探寻出一些新奇的东西,然后告诉上面的人们。他们在一处发现了一个宽敞的石窟,顶上悬挂着许多钟乳石,长短粗细如人腿一般。他俩在石窟里整整转了一圈,对这里的奇异景致赞叹了一番。然后他们又顺着连接石窟的众多通道中的一条来到了一池迷人的泉水边。清泉四周镶嵌着冰凌花似的闪闪发光的水晶体,位于一个石窟的中央;石窟的四壁由许多奇形怪状的柱了支撑着,这些柱子都是由巨大的钟乳石和石笋上下相连而成的,这完全是千百年来从不间断的水滴造成的。在石窟顶部的下方,聚集着成堆的蝙蝠,每一堆都有成千上万只。烛光惊动了这些小生灵,于是它们成群地冲下来,吱吱尖叫着向烛光猛扑。汤姆懂得它们的习性以及这种举动的危险性。他扯住贝琪的手,把她拉进了最近的一条通道。他拉得正是时候,因为就在贝琪从石窟里往外跑的时候,一只蝙蝠用翅膀扑灭了她的蜡烛。蝙蝠追了孩子们好长一段路,逼得这两个逃亡者一看到有路就往里面钻,最后他们终于摆脱了那些危险的家伙。过了不久,汤姆发现了一个地下湖,它在昏暗中往远处延伸,直到它的轮廓消失在黑暗中。他想探索一下湖的尽头,可是最后还是决定先坐下来歇一会儿。只是到现在,石洞中深深的沉寂才第一次让孩子们感到洞中的阴森与恐怖。贝琪说道:

“咳,我简直没注意到,好像好长时间没听到别人的说话声了。”

“贝琪,你想想,我们在他们下面呢——我也分不清东南西北,也不知道离他们有多远。我们在这里没法听到他们的声音。”

贝琪变得不安起来。

“汤姆,我不知道我们在下面待了有多久了,我们还是回去吧。”

“对,我看也是。也许这样好一些。”

“你能找到路吗,汤姆?这里弯弯绕绕的,都把我弄糊涂了。”

“我想能找到——不过那些蝙蝠真讨厌。要是它们把我们的两支蜡烛都弄灭就糟了。我们还是走别的路试试看,这样就用不着从那儿走了。”

“那好吧。不过但愿别迷路才好。不然那就太可怕啦!”姑娘想到可能出现的可怕的事情,不禁打了个寒战。

他们动身沿着一条通道一声不响地往前走了好长一段路,每到一个过道口,都要瞧上一眼,看看像不像刚才走过的地方,可是它们看起来全是那么陌生。每次汤姆仔细检查道口,贝琪都要观察他的脸,想从上面看到令人鼓舞的神情,而汤姆也总是轻松地说:

“哦,没事。这个道口不对,不过我们马上就能找到!”

可是随着一次次的失败,他的希望也越来越小,后来他干脆胡乱朝横七竖八的通道里钻,拼命地想找到他们应该走的路。他嘴里仍旧在说着“没事儿”,可是心头却沉甸甸地压着恐惧,连说的话都失去了爽朗的声调,听起来就像“没戏了!”贝琪紧紧贴在他的身边,心里既害怕又痛苦,竭力不让眼泪流出来。最后她终于说道:

“哎呀,汤姆,我们还是不要管那些蝙蝠了,顺那条路回去吧。我们好像越走越不对劲了。”

汤姆停下脚步。

“你听!”他说道。

洞中一片沉寂,事实上静得连他们默不作声时的呼吸声都能听得清清楚楚。汤姆大嚷一声。喊声引起的回音顺着空荡荡的通道往前方传去,最后在远处变成微弱的声音,听起来像是嘲讽他的笑声,最后渐渐消失了。

“啊呀,别再嚷嚷了,汤姆,都吓死人了。”

“的确挺吓人的,但是还是喊喊好,贝琪。你知道,他们也许会听到我们的。”于是他又叫喊起来。

“也许”这两个字比那可怕的笑声更令人胆寒,因为这等于承认希望越来越渺茫了。两个孩子一动不动地站在那里听着,可是毫无结果。汤姆随即转过身来往回走,并且还加快了脚步。不一会儿,贝琪就从他明显的犹豫不决的行动中觉察到又一个令人恐惧的事实:他连往回走的路也找不到了!

“哎呀,汤姆,你没留下标记吗?”

“贝琪,我真是个大傻瓜!真是傻透了!我压根儿就没想到会往回走!糟了,我找不到路了。我脑子完全糊涂了。”

“汤姆,汤姆,我们迷路了!我们怎么也没法走出这个倒霉的地方了!噢,我们为什么要离开其他人呢!”

她一下子瘫坐在地上,大哭起来。汤姆想到她也许会死去,或者会失去理智,这令他大惊失色。他在她身边坐下,伸出胳膊把她搂在怀里。她把头钻进他的怀里,紧紧搂住他,滔滔不绝地对汤姆诉说她心中的恐惧和于事无补的懊悔,远处的回声却把她的倾诉变成了嘲弄的笑声。汤姆恳求她重新鼓起勇气,可她却说她做不到。于是他开始责骂自己不应该让她受这般痛苦,这样一来反倒产生了比较好的效果。她说她愿意竭尽全力重新鼓起勇气,只要他别再说那样的话,无论他领她到什么地方,她也会起来跟他走。她还说她和他同样应该受到责备。

于是他们又向前走去——漫无目的地——简直就是在乱走一气——他们所能做的也只能是这样走，不停地走下去。过了一会儿，渐渐地，他们心中似乎重又燃起了希望之火——这并没有任何原因，而只是因为时光的流逝和频繁的失败尚未耗尽希望的源泉，此时希望本身照理是会复苏的。

过了不久，汤姆将贝琪的蜡烛拿过去吹灭了。这一节省的行为意思很清楚，根本无须用言语来解释。贝琪明白汤姆的用意，她的希望又一次破灭了。她知道汤姆手上拿着一整支蜡烛，口袋里还揣着三四支——他还是不得不省着点儿。

走了一会儿，疲劳开始强迫他们坐下来休息。两个孩子起先还想硬撑一下，因为时间已经变得如此宝贵，坐下来休息是件不堪设想的事情。只要朝着某个方向走，或朝任何方向走，就多少会有进展，说不定就会有好结果，否则就是坐以待毙，就是缩短死神赶上他们的时间。

后来，贝琪疲惫不堪的四肢实在不愿意再撑着她往前走了。她坐了下来。汤姆也陪着她坐下休息。他们谈起了家，谈起了朋友，还有舒舒服服的床，特别是灯光！贝琪又哭了起来，汤姆想尽办法安慰她，可是他所有打气的话都因说的次数太多而变得软弱无力，听起来倒像是在挖苦她。倦意沉沉地压在贝琪身上，不久她就迷迷糊糊地睡着了。汤姆心里也轻松了许多。他坐在那里瞧着她那紧张不安的面庞，发现它在甜美的梦中变得舒展开来，看上去那么自然，接着，脸上还浮现出一丝笑意。这张平和安详的面庞也使他的内心获得了一些安宁和慰藉，于是他也不由得想起了往事，沉浸在梦境般的回忆之中。就在他静静沉思的时候，贝琪轻轻一笑，醒了过来——只不过笑声刚到她的唇边就遭到致命一击，即刻变成了一声呻吟。

“哎呀,我怎么睡着啦！我还不如就那么睡下去永远别醒过来呢！不,不,我不是那么想的,汤姆,你别做出这种样子！我再也不说这种话了。”

“贝琪,你睡了一觉我很高兴。现在你会觉得精神好些了。我们也可以继续寻找出去的路了。”

“我们可以试试,汤姆。我在梦里看到了一个非常美丽的地方,我想我们快要到那儿去了。”

“多半不会,多半不会的。提起精神来,贝琪,让我们继续找吧。”

他们站起身来,手挽着手,复又漫无目的地往前走去,心里并不抱什么希望。他们想算算在洞里到底已经待了多久,只觉得好像已经过了几天,几个星期。可这显然是不可能的,因为蜡烛还没烧完呢。打那以后过了好长一段时间——他们也无法说清究竟有多久——汤姆说他们走路必须轻一点儿,这样才能听到水滴的声音——他们必须找到一处泉水。不久他们就找到了一处,汤姆说现在又该休息一下了。两人都累得怪可怜的,可是贝琪却说,她还能再往前走一段。听到汤姆不赞成,她感到很惊讶。她搞不明白。他们两人坐了下来,汤姆用一些泥土将蜡烛粘牢在面前的石壁上。有一阵子没人说话。后来还是贝琪首先打破了沉寂:

“汤姆,我饿得很!”

汤姆从衣袋里拿出一点东西。

“你还记得这个吗?”他问道。

贝琪差一点儿笑起来。

“那是我们的结婚蛋糕呀,汤姆。”

“是啊,它要是有木桶那么大该多好,因为这可是我们的一切呀。”

"那是我野炊的时候省下来好让我们往后想着玩的,汤姆,就像大人那样——可是现在它成了我们的——"

她这一句话没说完。汤姆把蛋糕掰开,贝琪吃得可香了,可汤姆却一点一点地咬着他那一份。蛋糕吃完以后,要喝凉水倒有的是。过了一会儿,贝琪建议再往前走。汤姆沉默了片刻,然后说道:

"贝琪,我跟你说点儿事,你能挺得住吗?"

贝琪的脸色刷地一下变得苍白,不过她觉得能行。

"嗯,听我说,贝琪,我们必须待在这里,在这里有水喝。咱们只剩下那一小截蜡烛了!"

贝琪失声痛哭起来。汤姆拼命地安慰她,可是一点儿用都没有。最后贝琪说:

"汤姆!"

"你想说什么,贝琪?"

"他们发现丢了咱们肯定会来找的!"

"对,他们会来的!肯定会来的!"

"也许他们这会儿正在找咱们呢,汤姆。"

"那倒也是,我猜他们也许正在找咱们呢。但愿是这样。"

"他们什么时候会发现我们不见了呢,汤姆?"

"他们上船的时候,我想。"

"汤姆,那时天说不定都黑了——他们会注意到我们没回去吗?"

"我说不准。可是不管怎么样,他们一到家,你妈妈就会发现的。"

贝琪的脸上露出惊骇的神情,这使汤姆一下子如梦初醒,他发现犯了一个错误。贝琪那天晚上是不准备回家的！孩子们一声不吭地想着心事。过了一会儿，贝琪又说了一阵伤心的话。汤姆发觉，他心里想的事情也让贝琪想到了——得等到星期天早晨差不多要过去一半，撒切尔夫人才会发现贝琪并不在哈泼家。

两个孩子紧紧地盯住最后的一小截蜡烛，眼睁睁地看着它慢慢地然而又是那么无情地燃尽。最后只见那半英寸长的烛芯独自立着，微弱无力的火苗一起一落，顺着一缕细烟往上蹿动，又在顶部稍作停留——随即一切都笼罩在恐怖的黑暗之中了！

究竟过了多长时间，贝琪才发现自己正躲在汤姆的怀里哭泣流泪，他们俩谁都说不清。他们只知道，经过了一段似乎极其漫长的时间，两人刚从似睡非睡的死寂般昏昏沉沉的状态中醒来，再度陷入苦难之中。汤姆说此时也许是星期天——说不定是星期一。他千方百计想让贝琪开口说话，可是她承受不了如此沉重的痛苦，所有的希望都消失了。汤姆说，他们迷路也许已经很久了，毫无疑问，人们正在寻找他们呢。他想要是大声喊叫，也许就会有人过来。他试了试，可是周围一片漆黑，远处传来的回声听起来那么可怕，于是他也就打消了这个念头。

时间在慢慢地流逝，而他们却毫无作为。饥饿又来折磨这两个小囚犯。汤姆那半块蛋糕还剩一部分，于是把它分吃了。可是他们似乎觉得更加饥饿难忍。少得可怜的一点儿食物反而激起了他们的食欲。

过了一会儿，汤姆说：

“嘘，你听见了吗？”

两个孩子都屏住呼吸凝神谛听。他们听到像是从远处传来的极其微弱的一声呼唤。汤姆马上应了一声，随即拉起贝琪的手，开始沿着通道摸索着朝传来声响的方向走过去。过了片刻，他又听了听，声响还在，而且显然稍微近了些。

“是他们！”汤姆说道，“他们来了！快一点儿，贝琪——现在我们没事儿了！”

两个身陷绝境的孩子乐得什么似的。不过他们只能慢慢地走，因为脚下到处都是坑坑洼洼的，必须小心提防。他们很快就遇到一个坑，只好停下来。这个坑也许有三英尺深，也许有一百英尺深——要想跨过去无论如何是不可能的。汤姆趴下来，手尽量往下伸，却根本摸不到底。他们只好待在这里，等找寻的人来接他们。他们再听，那远处的声音显然变得越来越远，一时半会儿之后，那声音就怎么也听不到了。真是倒霉！真令人沮丧！汤姆高声呼喊，一直喊到嗓子沙哑了也没用。他和贝琪谈起话来，语气里充满了希望，可是他们焦急地等待了好长时间却再也没有听到什么声音。

两个孩子摸索着回到泉水边。时间在令人困乏的气氛中缓慢地爬行着。他们又睡了一会儿，醒来时饥肠辘辘，苦不堪言。汤姆断定，这时一定是星期二了。

此时他突然想到一个主意。附近有几条岔道，与其在这里无所事事地慢慢消磨时间，还不如去探探这些岔道。他从衣袋里掏出一捆风筝线，把它拴在一块凸出来的石头上，然后就和贝琪行动起来。汤姆一边摸索向前，一边放线。走了二十步，通道到了头，并转向了另一边。汤姆双膝着地，用手往下摸去，并尽可能将手臂往前伸，往拐角里面摸。他竭尽全力想往右边摸得再远一点，突然间，在不到二十码的地方，从一块岩石后面出现了一只拿着蜡烛的手！汤姆扯开嗓门高兴地大叫起来。跟着出现了那人的身体——印江·乔！汤姆吓得瘫在那儿动弹不得。令他感到十分宽慰的是，眨眼的工夫他看到那个“西班牙人”抬腿就跑，消失得无影无踪。汤姆感到纳闷，乔竟然没有听出他的声音，为在法庭上作证的事跑过来结果了他。不过肯定是洞里的回声改变了他的声音。毫无疑问，一定是这么回事，他在心里思量着。汤姆受了这一吓，顿时全身上下都没了力气。他暗自寻思，只要他还有足够的力气回到泉边，他就待在那儿了，无论什么也别想诱惑他再去冒撞见印江·乔的危险了。他非常谨慎，没向贝琪提到他所见到的情况。他对她说他只是想“碰碰运气”才喊叫的。

可是时间一长，饥饿与疲劳就战胜了恐惧。在泉边又无聊地等了一会儿，又好好地睡了一觉，情况便起了变化。孩子们醒过来，被饥饿折磨得死去活来。汤姆相信，此时肯定是星期三或星期四了，甚至已经是星期五、星期六了。人们的搜寻工作也结束了。他提出想再探一个通道看看。现在他甘愿冒撞见印江·乔或是其他可怕的事情的危险。但贝琪已经非常虚弱。可怕的是，她对一切都失去了兴趣，再也无法打起精神。她说她情愿待在原地，也准备死在这里——这不会要多久了。她要汤姆带着风筝线再去试试，如果他实在想这样做。可是她只求他每过一会儿就回来和她说说话。她还要他答应，在那可怕的事情发生的时候，他就待在她的身边，握着她的手，直到一切都过去。汤姆亲了亲她，觉得喉咙里一阵哽咽，可是仍然表现得很有信心，相信能找到来搜寻的人们，或者找到从这里逃出去的洞口，然后他攥紧风筝线，沿着一条通道双手摸索着向前爬去。此时他已经饿得心里发慌，此外还为死亡将至而担惊受怕。

第三十二章

“出来看哪！找到他们啦！”

已经是星期二的下午了,并且渐渐到了黄昏时分。圣彼得堡村仍旧沉浸在悲哀的气氛之中。两个失踪的孩子仍旧没找到。人们为他们举行了公开的祈祷。单独为他们祈祷的人也不少,大家都在诚心诚意地为他们祈求上苍的保佑。可是山洞那边依然没有传来什么好消息。大多数寻找的人也都停止了寻找,恢复了正常的日常工作。他们都说,显然那两个孩子是再也找不到了。撒切尔夫人病得很重,大半时间神志不清。人们说,听见她在不停地呼唤着女儿的名字,每次抬起头来,就足足听上一分钟,然后呻吟着无力地把头垂下去,此情此景谁见了都会心碎的。波莉姨妈精神委靡,一蹶不振。原来已经灰白的头发如今几乎全白了。夜晚来临,全村的人都怀着悲伤忧郁的心情各自回家休息。

就在午夜时分,小镇教堂的大钟突然当啷当啷狂敲起来。顷刻间,街上就挤满了衣冠不整的疯狂的人群。他们大声叫道:“出来看哪！出来看哪！找到他们啦！找到他们啦!”喧闹声中还夹杂着敲铁盆和吹号角的声音。人们成群结队地拥向河边,迎接那两个乘坐一辆敞篷车回来的孩子。拉车的人们大声嚷嚷着,拥来的人们把大车围得水泄不通,跟着大车一道往回赶。

声势浩大的队伍走上了大街,欢呼声一浪高过一浪!

小镇上灯火辉煌,谁也不回去睡觉。这可真是小镇有史以来最辉煌的一个夜晚。开头半个钟头里,村里的人们川流不息地来到撒切尔法官家,搂住两个获救的孩子,给他们送上热情的亲吻,紧紧握住撒切尔夫人的手,满心的话不知从何说起——然后又一批批地走出门来,眼泪像雨水洒了一地。

波莉姨妈完全沉浸在幸福中;撒切尔夫人也差不离,等到赶往山洞报信的人向她丈夫报告了这个天大的喜讯,她就会高兴到极点的。汤姆躺在沙发上,身边围着一大群急不可待的听众。他向人们讲述着美妙而又惊心动魄的探险经历,此外当然免不了添加一些动人的情节,渲染一番。最后讲到他是如何离开贝琪,冒险探路,如何沿着两条通道一直摸索到风筝线的尽头,又是如何沿第三条通道往前走,直到放完风筝线;这时他刚想往回走,忽然瞥见远处有一个亮点,看上去像天空的亮光,他放下手中的线,摸索着向小亮点爬过去,然后又把头和肩膀从小洞里伸出去,在他眼前一下子出现了奔腾向前的宽阔的密西西比河!如果碰巧那是在夜晚,他就不会看到那一星光亮,也就不会再往前探路了。他接着又讲到他是如何回去接贝琪,把这个喜讯告诉她,可她却要他别再用这种把戏惹她心烦,因为她太累了,觉得自己快要死了,而且也真想死掉算了。他向人们描述他是如何费了九牛二虎之力才说服了她;她在朝自己亲眼见到的小小光点爬过去时,如何高兴得要命;他又是如何从洞口挤出来,又去帮她的;他们是如何坐在那里高兴得欢呼流泪;有几个人如何划着小船打那儿经过,汤姆是怎样向他们呼救,向他们诉说两人的遭遇,说他俩都快饿坏了;那些人起初又是如何不相信他们如此曲折离奇的故事——“因为,”他们说,“你们待的地方是在山洞所在的山谷下游，有五英里远呢！”——后来还是让他们上了船，划到一个人家，让他们吃了晚饭，又让他们休息到天黑以后两三个小时，然后才把他们送回家。

天亮之前，靠了撒切尔法官和其他一些搜寻者在身后留下的绳子，报信人终于在洞中将他们找到，并把这个喜讯告诉他们。

汤姆和贝琪很快发现，洞中三天三夜的劳累和饥饿造成的伤害是不可能马上就消除的。整个星期三和星期四，他们俩都没下过床，似乎越发感到疲倦不堪，筋疲力尽。汤姆星期四从床上起来，四下走动走动，星期五就去了镇上，到星期六时就差不多完全恢复了。可是贝琪直到星期天才走出卧室，看上去似乎害了一场大病，面色十分憔悴。

汤姆听说哈克病了，就在星期五去看他，可是人家不让他进卧室。到了星期六、星期天还是不让进。又过了一天，他倒是每天可以进屋了，但又受到警告，要他保持安静，不允许他提起那段冒险的事，也不允许谈任何令哈克激动的话题。道格拉斯寡妇始终坐在旁边，看他是否听话。汤姆在自己家中听说了卡迪夫山发生的事情，他还听说终于有人在渡口附近的河中发现了那个“穿着破衣烂衫的人”的尸体。他也许是在设法逃跑的时候淹死的。

汤姆从山洞中获救后，又过了两个星期，他再一次去看望哈克。哈克现在长得很结实，也不怕听一些让人兴奋的话题了，而汤姆正有些事情要跟他说，他想，这会让他感兴趣的。他路过撒切尔法官的家，于是就顺便看了看贝琪。法官和他的几个朋友很快就打开了汤姆的话匣子。有人用讽刺的口气问他是否想再进一趟山洞。汤姆回答说，他觉得再去一趟也无妨。这时法官说道：

“是呀，汤姆，还有一些人跟你想得完全一样呢。对此我一点儿都不怀疑。不过我们对此已有防备。不会再有人在洞里迷路了。”

“为什么？”

“因为两个星期前，我已经让人用锅炉铁板在洞口大门上包了一层，还加了三层锁——钥匙由我保管。”

汤姆脸色白得像一张白纸。

“孩子，你怎么啦！快去，快去一个人！弄些水来！”

有人打来水，往汤姆脸上一泼。

“嗯，你现在好啦。刚才你是怎么啦，汤姆？”

“哦，法官，印江·乔还在洞里哪！”

第三十三章

印江·乔的下场

不到几分钟,消息就传了开来。十几条小船装满了人朝麦克杜格尔山洞划去。满载乘客的渡船也很快跟了上来。汤姆·索亚待在撒切尔法官乘的那条小船上。

打开洞口大门的时候,洞里暗淡的光线映出一番凄惨的景象。印江·乔直挺挺地躺在地上,人已经死了,脸却贴着洞门的缝,仿佛他那双无限渴望的眼睛直到生命的最后一刻,仍然直勾勾地凝视着洞外光明、自由和欢乐的世界。汤姆颇有感触,因为他根据自己的亲身经历,知道这个可怜虫遭了多大的罪。他不免动了恻隐之心,但同时又生出一种强烈的得到解脱、从此安全的感觉。也就在此刻,他才深深地意识到,自打他提高嗓门指控这个凶残的流浪汉犯有杀人罪以来,压在自己心头的恐惧是多么沉重。

印江·乔的猎刀就在他身边,已经断成两截。他使尽力气,用刀将垫在洞门下的大横木削开一个口子,却仍然无济于事,因为洞门外还有一道岩石形成的天然门槛,猎刀碰到如此坚牢的东西,不仅丝毫奈何它不得,反而给弄坏了。不过即令没有岩石阻挡,还是会白白糟蹋力气,因为就算是把大横木完全挖掉,印江·乔的身子也无法从门底下钻出来,这点他本人也清楚。

他之所以在那里用力挖，只是为了找点事干——为了消磨掉难以打发的时间——为了转移他那饱受煎熬的大脑的注意力。往常这里总能找到五六截游客插进岩壁缝隙的蜡烛头，如今连一截也没有了。身陷绝境的乔把它们找出来，全部吃掉了。他还设法捉住几只蝙蝠，也都吃进肚里，只留下它们的爪子。这个倒霉蛋很可怜，是活活饿死的。附近一处有一根石笋，从地面往上慢慢生长了许多年代，是由顶上一块钟乳石不断滴下来的水形成的。这个走投无路的家伙敲断石笋，在一块石头上挖了一个浅浅的凹洞，置于石笋的残根上，用来接住像钟摆一样单调而有规律、每隔三分钟才坠下一滴的宝贵的水——二十四小时只能积满一茶匙。这块钟乳石从金字塔建成之初就开始滴水，直到特洛伊城陷落，罗马城奠基，耶稣被钉在十字架上，征服者威廉创建不列颠帝国，哥伦布航海，直到列克星敦屠杀还是“新闻”的时候，它始终滴个不停，如今依然在滴。而且在未来口头传说日渐式微的人类社会的末期，当这些事情从人们记忆中消失，仿佛已被漆黑的夜幕吞没的时候，它还会滴水不止。万物是否都有自己的目的和使命呢？这里的水不辞辛苦地滴了五千年，是否就是为了满足这个游手好闲的可怜虫的一时之需呢？一万年之后是否会有另一个重要的目的有待它实现呢？这似乎无关紧要。那个不幸的混血儿在石上挖洞贮存宝贵的水滴，到现在已经有许多年了。但时至今日，游客来到麦克杜格尔岩洞欣赏奇异景观时，总要久久凝视着那块令人唏嘘感叹的钟乳石，以及石上缓缓滴下的水珠。“印江·乔之杯”居然名列岩洞奇景之榜首，连“阿拉丁的神宫”也无法与之媲美。

印江·乔就埋在洞口附近。方圆七英里的人们或乘车或坐船，从农场村镇纷纷赶来，还带着孩子和各种食物。他们坦率地说，看着印江·乔下葬,差不多跟看着他上绞架一样痛快。

这件丧事阻止了另一桩事情的继续发展——一场向州长请求赦免乔的运动。已经有许多人在请愿书上签了名,召开了许多次声泪俱下的大会,还指定了一批傻里傻气的女人组成请愿团,身穿丧服围着州长号啕痛哭,乞求他不妨做一头大发慈悲的蠢驴,将自己的职责践踏在脚下。据说印江·乔一共杀死了五个村民,可是那又有什么关系?就算他是恶魔撒旦,也还会有许多草包甘愿在请愿书上签名,他们那经常滴漏、永远无法治愈的泪腺准会在请愿书上滴下一颗泪珠。

那天上午埋掉死人以后,汤姆把哈克领到一个僻静的地方,进行了一次重要的谈话。这时候哈克已经从威尔士人和道格拉斯寡妇那里了解到汤姆的全部冒险经历,汤姆却说他估计有一件事情他们还没有告诉哈克。哈克沉着脸说:

"不说我也知道。你到二号里面去过,可是除了威士忌酒,什么也没找到。虽然没有人对我说是你干的,可是我一听说威士忌酒的案子,就知道是你告发的。而且我晓得你还没有找着那笔钱,因为你对别人只字不提,可好歹总会找到我,说给我听。汤姆,我早有预感,这笔横财永远不会落到咱们手里了。"

"哎呀,哈克,我可从来没有告发过那个客栈老板。你知道星期六我去野餐时,客栈还没出事呢。你总该记得那天夜里摊到你去盯梢吧?"

"哦,可不!哎,那好像是一年前的事了。就在那天夜里,我悄悄跟踪印江·乔,一直到寡妇家。"

"是你跟踪他的?"

“正是——你可别说出去。我猜印江·乔虽然死了,可他还有朋友活着呢。我不想让他们记恨我,朝我下毒手。要不是我,这会儿他早去了得克萨斯,也就不会出事了。”

接着哈克把自己的冒险经历原原本本地告诉了汤姆,汤姆以前从威尔士人那里只听说过其中的一部分。

“唉,”哈克随即又回到原来的话题,“谁取走了二号的威士忌,谁就取走了那笔钱财,我寻思多半是这么回事——反正没咱们的份了,汤姆。”

“哈克,那笔钱根本就不在二号!”

“什么?!”哈克神情严肃地审视着伙伴的脸,“汤姆,莫非你又掌握了那笔钱的线索?”

“哈克,钱就在山洞里。”

哈克的眼睛炯炯发亮。

“你再说一遍,汤姆。”

“那笔钱就在山洞里!”

“汤姆——说句实话——你是开玩笑还是当真呢?”

“我是认真的,哈克——我一辈子不撒谎,这回也是如此。你可愿意跟我一起去那儿,帮我把钱弄出来?”

“我敢发誓一定去! 只要咱们沿路做些记号,免得迷路,我准去!”

“哈克,咱们这回进洞,绝对不会碰到一丁点麻烦。”

“那敢情好! 你怎么会想到钱在——”

“哈克,等咱们到了洞里再说。要是找不着那些钱,我一定把我的那面小鼓和其他宝贝都给你。我发誓,一定给。”

“好吧——就这么定了。你说什么时候去?”

“你说什么时候就什么时候。你的身体吃得消吗?”

“进了洞是不是还得走很远? 最近三四天我觉得好些了,不过超过一英里我就走不动了,汤姆,至少我觉得走不了那么远。”

“哈克,除了我一人,其他无论是谁去那儿,都得走上大概五英里的路。我知道一条没人知道的捷径,哈克,我马上用船把你带到那儿。我可以让船顺流漂过去,回来时我一个人划就行了,根本用不着你动手。”

“咱们赶紧动身吧,汤姆。”

“好的,咱们要带些面包和肉,还有咱俩的烟斗,一两个小袋子,两三根风筝线,再带些他们说的‘摩擦火柴’。跟你说吧,上次在洞里,好多回我都巴不得身边有些‘摩擦火柴’哩。”

刚过晌午,两个孩子向一个出了门的居民家里借了条小船,随即动身上路。他们来到“空心洞”下游几英里的河面上。汤姆说:

“你看,从空心洞往下的那一片悬崖峭壁,看起来没什么不同的——没有房子,没有木筏,灌木林全都一个样。不过你可瞧见那边山坡塌崩出的一块颜色发白的地方? 喏,那是我的一个记号。现在咱俩该上岸了。”

于是他俩弃舟登岸。

“喂,哈克,从咱们站的这个地方,你拿一根钓鱼竿就能碰到我钻出来的那个山洞。看你能不能找到它。”

哈克把周围到处都搜遍了,什么也没有发现。汤姆神气十足地大步走进一片茂密的漆树丛,然后说:

“就是这儿! 你过来瞧瞧,哈克,这是这一带最隐蔽的地方了。你可别说出去。我一直想当强盗,早就想着自己得有一个这样的地方,只可惜一直找不着。现在总算找到了。咱们一定得保密,不过还得让乔·哈泼和本·罗杰斯入伙——咱们得结成一个帮,否则就成不了气候。就叫‘汤姆·索亚帮’——这名字挺中听的,对吧,哈克?”

“嗯,是挺中听,不过汤姆,咱们对谁下手呢?”

“哦,差不多谁都可以抢。拦路劫人,多半是用这个法子。”

“还得杀死他们?”

“不,不一定全得杀掉。把人藏进山洞里,等他们凑够了赎金再放出来。”

“什么赎金?”

“钱呀。你逼他们交出所有的钱,托朋友送来。要是关了一年钱凑不齐,就把他们宰了。一般都是这么干的。只是别杀女人,你把她们关起来,可别杀了。女人全都又漂亮又有钱,一个个胆小得要命。你尽管抢走她们的表和其他财物,不过要时时向她们脱帽行礼,客客气气说话。论客气,谁也比不上强盗——你随便看哪本书,都是这么讲的。咳,女人们会慢慢爱上你,在山洞里待上一两个星期,就会停止哭泣。之后你再也撵不走她们了。你要是硬逼她们出去,她们一转身又回来了。所有的书上都是这么讲的。”

“哟,那可真过瘾,汤姆。我看当强盗比当海盗还强些。”

“是的,有些地方是要强一点,因为离家近,看马戏什么的也便当。”

此时一切准备停当,两个孩子进了洞,汤姆走在头里。两人挺费劲地钻到洞的另一头,把几根连接起来的风筝线拴在一个地方,然后继续前行。走了几步来到一眼泉边,汤姆只觉得浑身打了个寒战。他把用一小团黏土粘在岩壁上的蜡烛芯指给哈克看，还叙述了当时他和贝琪眼睁睁地瞅着烛光直至熄灭的情景。

两个孩子开始压低嗓门，悄悄咬着耳朵，因为这里阴暗窒闷的气息使他们精神上感到压抑。他们往前走去，很快进入汤姆曾经探过的另一条通道，沿着通道来到那面“倚天直立的悬崖”。他们举起蜡烛察看，发现眼前并没有什么悬崖，而只是一座有些陡峭、高约二三十英尺的土丘。汤姆小声说：

“现在我让你看一样东西，哈克。”

他举起蜡烛接着说：

“你尽量朝远处那个角落那边看去。瞧见了吗？那儿——那边一块大石头上——用蜡烛烟熏出来的。”

“汤姆，那是一个十字！”

“现在你说，你那二号在哪儿？‘在十字下面’，没错吧？我瞅见印江·乔就是在那边伸出拿着蜡烛的手。”

哈克朝那个神秘的标记凝神注视了片刻，声音颤抖着说：

“汤姆，咱俩赶紧离开这儿吧！”

“怎么！连财宝也丢下不要了？”

“对——不要了。印江·乔的鬼魂肯定在那儿呢。”

“不会的，哈克，鬼魂不在那儿。鬼魂只会绕着他死去的地方转悠——在岩洞那边，离这里老远——足有五英里呢。”

“不，汤姆，鬼魂不会像你讲的那样。他只会围着藏钱的地方游荡。我了解鬼魂的习惯，你也是知道的呀。”

汤姆也有些害怕了，担心哈克说得不错。他越发感到忐忑不安，不过脑中随即冒出一个新的念头：

“嘿，哈克，咱们可真够傻的！这儿有一个十字，印江·乔的鬼魂是不敢来的。”

这话讲得很有道理，果然立时见效。

“汤姆，我倒没想到这个。这话可不假，有了这个十字，算是咱俩的福分。我估摸咱们得从那边爬下去，去找那只箱子。”

汤姆打头，一边爬下土丘，一边在上面草草挖了些脚蹬儿。哈克跟在后头。那块大石头立在一个小石洞里，有四条通道由此往外延伸。两个孩子仔细察看了其中的三条，没有看出任何名堂。最后他们在离大石头最近的那条通道上发现了一个不大的凹洞，里面有一张用毯子铺成的地铺，还有一只旧挂篮，一些熏肉皮，两三只啃得精光的鸡骨架，只是不见装钱的箱子。

“他说过在十字下面。呃，这里可是最靠近十字底下的地方啊，总不至于埋在大石头底下吧，那块石头是牢牢地生在地上的。”

他们又四下搜寻了一遍，结果灰心地坐在地上。哈克一时没了主意。过了一阵，汤姆说道：

“你瞧，哈克，石头这边的地上有脚印和蜡烛油，其他几边却没有。你说，这是咋回事？我敢说钱就在石头底下。让我来把土刨开试试。”

“这个主意倒不赖，汤姆！”哈克说着，陡然来了兴致。

汤姆旋即掏出那把“地道的巴洛牌”刀，还没挖到四英寸深就碰上了木头。

“嘿，哈克！——听见声音了吗？”

哈克这时也连挖带刨起来。他们很快挖出几块木板，搬到一边。原来这几块木板正好遮住一个通往大石头底下的天然裂口。汤姆钻进裂口，手里拿着蜡烛尽量往岩石底下照去，嘴里却说他看不到裂口的尽头。他提议再到里面看看。他躬着腰走进裂口下面，只见一条狭窄的小道逐渐往下伸去。他沿着这条蜿蜒曲折的小道走下去，先向右后向左，哈克紧紧地跟在他身后。后来，汤姆慢慢拐过一条短短的弧形小径，大声嚷了起来：

“天哪，哈克，快来瞧！”

一点不错，正是那一箱财宝，放在一个隐秘的小石窟里，旁边还有一只空荡荡的火药桶，两支装在皮套里的枪，两三双印第安人的旧鹿皮靴，一根皮带，此外还有一些破破烂烂的东西，都让岩石上面滴下来的水弄得透湿。

“终于找到了！”哈克双手插进失去光泽的钱币里抓摸了一把，嘴里说着，“天哪，咱们发财了，汤姆！”

“哈克，我一直认为咱们准能找到藏宝。现在的的确确给咱们找到了，运气好得让人不敢相信！我说——咱们别待在这儿犯傻了。赶紧把它搬出去。让我试试，看能不能搬动这只箱子。”

箱子大约有五十磅重，汤姆使出浑身力气才勉强搬起来，但轻易是搬不走的。

“我早就料到会是这样。”他说，“那天在闹鬼的房子里，他们搬着箱子，也是挺费劲的样子，被我瞧在眼里。我刚才想到随身带上几只小口袋，看来这主意倒不错哩。”

两个孩子立即将钱币装进口袋，然后拿着口袋朝有十字标记的岩石走去。

“咱们把枪和别的东西也带上吧。”哈克说。

“不,哈克——就留在那儿吧。改天我们要当强盗的时候,这些东西正好能派上用场。咱们把它们一直留在那里,将来还要在那里摆酒宴。在那里摆酒宴可是惬意极了。”

“什么叫酒宴?”

“我也不知道。不过强盗总爱摆酒宴,咱们自然也得如此。快走吧,哈克,咱们在这里已经耽搁很久了。我估计现在天已经黑了。我肚子也饿了。咱们快上小船,吃点东西,抽会儿烟。”

他们连忙出了洞,钻进漆树丛中,小心地探头张望,见河边没有人,便赶紧上船吃起东西抽起烟来。等到夕阳落下地平线的时候,他们把船推下水,划起桨来。在漫长的薄暮里,汤姆一边沿河岸朝上游轻快地划着桨,一边愉快地跟哈克闲聊,刚过掌灯时分便靠了岸。

“唔,哈克,”汤姆说,“咱们先把钱藏在寡妇家柴棚的阁楼上。明儿一早我再来,咱们先数钱,然后对半分,完了再到树林里找个稳妥的地方埋起来。你悄悄地待在这儿看东西,我去把本尼·泰勒的小车推来。就一会儿工夫。”

他走开没多久便推着小车回来了,他把两小口袋东西装上车,再用几块破布遮住,就拉车走了。两个孩子经过威尔士人家门口时,停下来歇了片刻。他们正要推车再走时,威尔士人走出来说:

“喂,是谁呀?”

“哈克和汤姆。”

“巧极啦!跟我来吧,孩子们,大伙儿正等着你们哪!喂——快点,赶紧往前走——我来给你们拉车。哟,这车看上去轻,拉起来倒挺沉的。车上装的是砖，还是废铁呢?”

“废铁。”汤姆答道。

“我猜也是，这个镇上的孩子真不怕麻烦，他们宁肯耽误好多工夫拾废铁卖给铸造厂，不过才挣六七毛钱；要是干正经活，挣双倍的工钱也用不了那么多时间。这就是人的天性——快走，快走哇。”

两个孩子都想知道他为什么那么急着走。

“这个你们先别问，到了道格拉斯寡妇家就明白了。”

哈克早已习惯于无端获罪，他有些担心地说：

“琼斯先生，我们没干什么坏事啊。”

威尔士人大笑起来。

“哎呀，我也不晓得，哈克，好孩子，我也不晓得是什么事。你跟寡妇不是好朋友吗?”

“可不。呃，反正她一向对我挺够交情的。”

脑筋迟钝的哈克还没找到这个问题的答案，就懵懵懂懂地跟汤姆一道被推进道格拉斯太太的客厅。琼斯先生把车子放在门口，跟着走进来。

客厅里灯火通明，村子里稍微有些脸面的人全都在场。其中有撒切尔夫妇、哈泼夫妇、波莉姨妈、西德、玛丽、牧师、报馆编辑，以及其他许多人，全都穿着顶考究的衣服。寡妇非常热情地接待哈克和汤姆，这两个邋遢孩子不论由谁接待，再热情恐怕也只能到这个份儿上了。他们浑身沾满泥土和蜡烛油。波莉姨妈羞得满面通红，冲着汤姆紧锁双眉，连连摇头。其实，论遭罪的程度，在场的人谁也不及那两个孩子的一半。琼斯先生说：

“汤姆还没回家，我没再等他。后来偏巧在我家门口碰见他跟哈克，于是就赶紧把他俩带来了。”

“你做得很对。”寡妇说,“跟我来吧,孩子们。”

她把他俩领进楼上的一间卧室,吩咐道:

“你们先洗一洗,换身衣裳吧。这里有两套衣裳——衬衫、袜子样样齐全。这一套是哈克的——别,别谢我,哈克——一套是琼斯先生买的,另一套是我买的。不过你俩穿起来都挺合身。快穿上吧。我们在楼下等你们——你们打扮好了就下来吧。”

第三十四章

成堆的金币

哈克说："汤姆，只要找到一根绳子，咱们就能溜走。窗户离地面并不算高。"

"胡说，你干吗想溜？"

"咳，我不习惯那么一大帮人待在一道。我受不了。我不愿意下楼，汤姆。"

"啊，真讨厌！没什么大不了。我才不在乎呢。我会帮你应付过去的。"

西德上楼来了。

"汤姆，"他说，"姨妈等了你整整一下午。玛丽把你星期天穿的那身漂亮衣服也准备好了，大伙儿始终在为你操心。哎呀——瞧瞧你的衣服，上面沾的可是蜡烛油和泥巴？"

"我说，西德先生，谁要你多管闲事。不过，今儿他们这么摆谱，究竟是为了什么？"

"这是寡妇的家宴，她常常在家中举行宴会。这回是为了答谢威尔士人和他的两个儿子，他们在那天夜里帮她逃过了那场灾难。呃——只要你有兴趣,我可以向你透露一点消息。”

“噢,什么消息?”

“唔,琼斯老先生打算今晚当众说出一件出人意料的事情。白天他把这事当做秘密告诉姨妈时,偏巧让我偷听到了。不过我看现在这也算不得什么秘密了。此事眼下无人不晓——寡妇也不例外,只是她装作一无所知的样子。琼斯先生执意要请哈克到这儿来——你知道,要是缺了哈克,他那个天大的秘密讲起来就没什么味道了,你说是不是?”

“什么秘密,西德?”

“就是哈克暗暗跟踪强盗到寡妇家的事。照我看,琼斯先生会对这件大家意想不到的事情大肆渲染一番,可是我敢跟你打赌,到头来准会令他大失所望。”

西德脸上露出非常得意的神气,抿着嘴嘻嘻一笑。“西德,是不是你说出去的?”

“咳,别管是谁说的,反正有人说出去了——这就行了呗。”

“西德,这个镇上只有一个人卑鄙无耻到极点,干得出这种事,那人就是你。那天你要是遇上哈克那种情况,准会悄悄溜下山,绝对不会向任何人告发强盗。你只会干缺德事,人家做了好事,你还容不得他受到夸奖。喏,让你尝尝这个——照寡妇的说法,不用道谢。”——汤姆扇了西德几个耳光,又一连几脚把他踢出门,“你有种,现在就去向姨妈告状吧——瞧我明天怎么收拾你!”

几分钟以后,寡妇请来的客人全部入席就座。依照当时的习俗,十几个孩子被安排在同一房间里的另一张小餐桌旁坐好。琼斯先生在适当的时候简短致词,感谢寡妇盛情邀请,给他本人和他的两个儿子带来莫大的荣誉,然而他又说了另外有一个人很谦虚——以及诸如此类的话。接着琼斯先生用他最擅长的戏剧性手法,突然道出自己的秘密,叙述了哈克在这桩事件中的表现。但是这番话在听众中引起的惊讶情绪,多半是装出来的,而且不像他们真情流露时那样充满热情和激动。然而,寡妇还是装出一副惊愕不已的样子,对哈克说了许多赞扬和感激的话,使哈克陡然成为众人注目和称赞的对象,弄得他浑身不自在,反倒忘了由于穿上新装而感到的那种几乎难以忍受的别扭劲。

寡妇说她有意收养哈克,供他上学念书,还说等自己攒下钱,就让他做个小买卖。汤姆觉得机会来了,便说:

“哈克用不着您的钱,他有的是钱。”

在座的客人出于礼貌,竭力忍着,总算没有对这句有趣的笑话发出一阵理该发出以示“恭维”的哄堂大笑。可是随之而来的沉默却有些令人难堪,幸好被汤姆打破了:

“哈克已经有钱了。说起来兴许你们不相信,但是他的确弄到不少钱。哎,你们别笑嘛,我想我可以让你们瞧瞧。请稍等一会儿。”

汤姆奔出门外,客人们全都满腹狐疑却又不乏兴趣地面面相觑,旋即将探询的目光投向哈克,把他窘得张口结舌。

“西德,汤姆犯什么毛病了?”波莉姨妈说,“他——唉,这孩子的心思总让人捉摸不透。我从来没——”

波莉姨妈的话还没说完,汤姆就背着两只沉甸甸的口袋,踉踉跄跄地走进来。他把一大堆黄色的钱币倒在桌上,得意地说:

“瞧吧——我刚才怎么跟你们说的？这些钱一半归哈克，一半归我！”

大家看到这一情景全都惊得屏住了呼吸。人人瞪大两眼望着，一时默默无言。接着他们又异口同声地要求汤姆说明事情的原委。汤姆说他能够讲清楚，于是便讲了起来。他的故事虽长，听起来却使人兴味盎然。几乎没有人插嘴打断他那颇富魅力、流畅自如的叙述。他讲完之后，琼斯先生说：

“我原以为，我特意准备在今天这个场合说出的秘密，多少会令诸位感到惊讶，但是现在觉得那根本不值一提。说句实话，跟这件事比，我那个秘密实在是微不足道。”

钱被数了一遍，总共有一万二千多块。在场的人当中以前谁也没有一下子见过这么多钱，虽说其中有几位的家产远远超过这个数目。

第三十五章

体面的哈克加入强盗帮

汤姆和哈克发了意外之财,在圣彼得堡这个贫穷的小村引起了极大的轰动,读者读到这里,也许会感到满足了。这么一大笔巨款,而且都是现金,似乎令人难以置信。人们纷纷议论着,羡慕和赞叹溢于言表,以致后来有许多居民由于长期处于有损健康的兴奋状态,精神过度紧张,几乎到了丧失理智的地步。在圣彼得堡以及邻近各个村镇,凡是闹鬼的房子,木板被一块块拆下来,地基也被一点点掘开,全是为了搜寻埋藏的财宝——干这些事的并不是孩子,而是大人——其中有些还是一本正经、从不想入非非的人。汤姆和哈克无论出现在哪里,都会受到人们的奉承、羡慕和注视。两个孩子记不得他们从前说过什么有分量的话。可是如今他们说的话全被奉为至理名言,一遍遍地重复着;他们的一举一动,不知怎的也都被视为不同凡响的壮举。显然他们已经失去了做平常事、说平常话的能力。更有甚者,还有人搜集了他们过去的经历,从中发现许多迹象,表明他们很早就有显著的过人之处。村子的小报还刊登了两个孩子的小传。

道格拉斯寡妇把哈克的钱按六分利息放了债。撒切尔法官受波莉姨妈之托,对汤姆的钱也作了同样的处理。现在两个孩子都有了相当可观的收入——平均每天摊到一元,星期日减半,年年如此,正好等于牧师的收入——不,人家只是允诺给牧师这么多钱,其实他往往拿不到这个数。在当初人们节俭度日的年代,一元二角五分足够支付一个孩子一周的膳宿和学习费用——而且包括穿衣服和洗理的开销。

撒切尔法官对汤姆非常赏识。他说一个普通的孩子不可能把他的女儿从山洞里解救出来。贝琪私下里把汤姆在学校里替她挨鞭打的经过告诉她父亲,撒切尔法官显然是被深深打动了。当说到汤姆为了让本该她挨的鞭子抽到自己肩上而撒了一个大谎的时候,贝琪恳求父亲原谅他。法官却格外动情地说,那句谎言表现出他崇高无私和宽容大度的品质——这句谎言有资格昂首阔步进入史册,与乔治·华盛顿那句久受称道的有关斧子的实话①争光呢!瞧着他走在地板上跺着脚说出这番话的神态,贝琪觉得自己的父亲过去从来没有现在这样高大,这样威严。她立刻跑出去告诉了汤姆。

撒切尔法官希望有朝一日看见汤姆成为大律师或是赫赫有名的军事家。他说他打算促成此事,先让汤姆进军事学院学习,然后再到全国最好的法律学校深造,以便他将来或从事一种或同时从事两种职业。

哈克·费恩有了钱,现在又受到道格拉斯寡妇的监护,这种处境使他得以进入上流社会——不,他是硬给拽进去,硬给扔进去的——为此他吃够了苦头,几乎到了不堪忍受的地步。寡妇的用人替他梳头刷衣,把他身上弄得清清爽爽,晚上还给他铺上冷漠无情的床单,上面居然没有一个小小的污斑,好让他当做知心朋友贴在胸口。他得用刀叉进餐,得用餐巾和杯盘。他

① 相传美国开国总统华盛顿小时候拿一把斧头砍掉一棵樱桃树,后来他父亲查问起来,他不怕受罚,老老实实地承认了自己的过错。

得读书,得上教堂做礼拜,说话得咬文嚼字,以致语言在他嘴里变得干巴巴的。无论他置身何处,都要受到文明的栅栏和镣铐的禁锢与束缚。

一连三个星期他都忍受了痛苦,后来有一天他忽然失踪了。寡妇忧心如焚,到处找他,折腾了两天两夜。村里的人也非常着急,把所有的地方全找了个遍,还去河里打捞他的尸体。第三天一大早,汤姆似有所悟,跑到废弃的屠宰场后面,在那几只旧的空桶里一阵搜索,果然在一只桶中找到了这个逃亡者。哈克在桶里睡了觉,早饭刚刚吃下肚,尽是些偷来的残羹剩饭。此时他正叼着烟斗,舒舒服服地躺在那儿。他头发蓬乱,一副脏相,又穿上了快活逍遥的岁月里那身让他出尽风头的破烂衣衫。汤姆把他撵出来,说明他惹了多大的麻烦,劝他赶紧回家。哈克脸上悠闲自在的神情顿时消失,换上了一副愁眉苦脸的样子。他说:

“别说了,汤姆。我已经试过了,可是不管用,真的不管用,汤姆。那种日子不是我过的,我习惯不了。寡妇对我是不错,挺够交情,可她们那些规矩真让我吃不消。她要我每天早上按时起床,她要我洗脸,用人把我的头发梳得光溜溜的,她不准我睡在木棚里。我得穿上那些该死的衣裳,把我憋得气都喘不过来,汤姆。不知怎么搞的,那些衣裳好像一点也不透气,穿在身上还得穷讲究,既不能坐,又不能躺,更不能随便躺在地上打滚。我已经好久没有溜进人家的地窖了——唔,好像有几年了。我还得去教堂做礼拜,真是活受罪——我讨厌那些屁都不值的布道词。我在那里不能捉苍蝇,嘴里也不能嚼东西。一到星期天就得穿一整天的鞋。寡妇吃饭摇铃,睡觉摇铃,起床也得摇铃——干什么都死板得要命,真让人受不了。”

“咳,别人也都是那样过日子的,哈克。”

“汤姆,那有什么相干。我跟别人不一样,我受不了。把人管得死死的,这太可怕了。还有,让我饭来张口——吃起来一点胃口都没有。想钓鱼得先报告寡妇,想游泳也得先报告寡妇——妈的干什么都得让她同意。哼,说起话来还得文绉绉的,别提有多别扭了——我只好每天爬上阁楼,随便乱骂一气,嘴里才舒服一些,要不然就没法活了。寡妇不许我抽烟,不许我当着别人的面高声嚷嚷,打哈欠,伸懒腰,挠痒痒——(接着,他的声音突然带有一种特别愤懑和委屈的腔调。)——还有啊,真是活见鬼,她整天祷告个没完!我从来没见过这种女人!我得溜出来,汤姆——我非溜出来不可。再说,学校马上要开学了,我不溜掉就得去上学——哼,那份罪我也受不了。你瞧,汤姆,发财并不像人家吹得那么好。那其实是没完没了地担心,没完没了地遭罪,让你老是觉得还不如死了的好。现在我穿这身旧衣裳挺合适,睡在这只旧的木桶里也挺对劲。我再也离不开它们了。汤姆,要不是因为那些钱,我怎么会碰上这许多麻烦。现在你把我那一份连你自己的一份全拿去吧,时不时给我一角两角的就行了——用不着给多少回,因为不管什么轻易得来的东西,我都瞧不上眼——你现在去向寡妇求求情,让她放了我吧。”

“噢,哈克,你知道我不能这么干,这么干不公平。再说,你再试着过几天那样的生活,慢慢就会喜欢的。”

“喜欢!说得对——就像把我搁到滚烫的火炉上,过一段时间就知道是怎么个喜欢法。不成,汤姆,我不想当阔佬,我不想住在他们那些闷得要命的房子里。我喜欢树林,喜欢河流和空桶,我跟它们难分难舍。真他妈的倒霉!咱们刚刚找到枪,找到一个洞,什么都已经准备好,只差一步就当上强盗了,偏偏就生出这档子蠢事,硬是把一切全搞砸了。"

汤姆这下找到了机会。他说:

"听着,哈克,有了钱并不妨碍我去当强盗。"

"是吗?!哟,那敢情好,你说的可是实实在在的心里话,汤姆?"

"是真心话,就像我人坐在这儿一样绝对假不了。不过哈克,你得知道,你如果不做个体面人,我们是不会允许你加入强盗帮的。"

这一下可扫了哈克的兴。

"不让我入帮,汤姆?你不是让我当过海盗吗?"

"没错,可这是两码事。强盗比海盗要气派些——一般说来如此。大多数国家的强盗都是贵族当中的顶尖人物——公爵什么的。"

"喂,汤姆,你不是一向对我挺讲交情的吗?你不会把我关在大门外头,是吧,汤姆?你不会那么做的,对不对,汤姆?"

"哈克,我不愿意那么做,也不想那么做——可别人会怎么说呢?喏,他们会说:'哼,还汤姆·索亚帮呢!里面竟有这号蹩脚货!'他们就是指的你呀,哈克。那种话你不爱听,我也不爱听。"

哈克停了一会没吭声,心里翻来覆去地掂量着,最后才说:

"好吧,只要你答应我入帮,我就回到寡妇身边再熬一个月试试,看能不能受得了。"

"行!哈克,就这样说定了。走吧,老兄,我去求寡妇对你稍微放松些,哈克。"

"真的吗,汤姆——真的吗?好极了,只要她把那几条顶厉害的规矩稍微放松一点,我就背着她抽烟,躲起来骂几句,拼命熬到头,就是搭上性命也不怕。你们准备什么时候成立这个帮,当上强盗呢?”

“嗯,说干就干。没准咱们今儿晚上就把弟兄们召集起来,举行一个入帮仪式。”

“举行什么?”

“入帮仪式。”

“那有什么讲究?”

“就是让大家起誓,一定要互相帮助,严守帮里的秘密,即使被剁成肉泥也不准吐露一个字。谁要是伤害了帮里的哪个弟兄,就把他和他的全家统统杀掉。”

“那可真好玩——汤姆,听我说,那真是好玩极啦。”

“是啊,那肯定好玩。还有,起誓的仪式从头至尾都得在半夜进行,还要尽量选一个最偏僻、最可怕的地方——最好是一座闹鬼的房子,可是那种房子都给拆掉了。”

“嗯,不过半夜干这种事是挺不错的,汤姆。”

“对,是不错。而且你还得在棺材上起誓,再用血签上自己的姓名。”

“哈,这还弄得蛮像回事哩。嘿,这要比当海盗强一百万倍。我愿意一辈子跟寡妇待在一起,汤姆。等到将来我成为一个响当当、顶呱呱的强盗,等到大家都在议论我的时候,我猜她准会因为当年把我从泥潭里搭救出来而感到自豪的。”

尾　声

这个故事就这样结束了。既然是严格意义上的儿童故事，就只能在此打住，再费些笔墨就会成为大人的故事。写一本成年人的小说，作者很清楚该在何处停笔——就是说，写到结婚为止。不过若是写青少年，他必须见好就收。

书中出现的大多数人物至今仍然健在，而且日子过得很是富足和快乐。也许将来有一天，不妨将其中几位年轻人的故事继续写下去，看看他们后来到底成为什么样的人。因此，眼下最好对他们那一段经历避而不提。

经典译林

Yilin Classics

书名	单价
癌症楼	78.00 元
爱的教育	39.00 元
安娜·卡列尼娜	65.00 元
傲慢与偏见	36.00 元
八十天环游地球	32.00 元
白洋淀纪事	39.00 元
包法利夫人	38.00 元
背影	28.00 元
边城	36.00 元
彼得·潘	35.00 元
草叶集：惠特曼诗选	39.00 元
茶花女	35.00 元
沉思录	29.00 元
吹牛大王历险记（插图版）	35.00 元
当代英雄	45.00 元
地心游记	32.00 元
飞向太空港	39.00 元
复活	42.00 元
富兰克林自传	36.00 元
高老头	39.00 元
艾青诗集	35.00 元
爱丽丝漫游奇境	29.00 元
安徒生童话选集	42.00 元
奥德赛	92.00 元
巴黎圣母院	42.00 元
百万英镑	35.00 元
悲惨世界（上、下）	98.00 元
被侮辱与被损害的人	39.00 元
变色龙：契诃夫中短篇小说集	39.00 元
变形记 城堡	38.00 元
茶馆	32.00 元
查拉图斯特拉如是说	38.00 元
城南旧事	29.00 元
大卫·科波菲尔（上、下）	79.00 元
稻草人	29.00 元
飞鸟集·新月集：泰戈尔诗选	39.00 元
福尔摩斯探案集	58.00 元
傅雷家书	49.00 元
钢铁是怎样炼成的	39.00 元
格列佛游记	35.00 元

书名	单价	书名	单价
格林童话全集	49.00 元	给青年的十二封信	38.00 元
古希腊悲剧喜剧集（上、下）	118.00 元	海底两万里	38.00 元
海蒂	35.00 元	红楼梦	69.00 元
红与黑	49.00 元	呼兰河传	35.00 元
呼啸山庄	39.00 元	基督山伯爵（上、下）	108.00 元
纪伯伦散文诗经典	42.00 元	寂静的春天	35.00 元
假如给我三天光明	32.00 元	简·爱	39.00 元
金银岛	35.00 元	经典常谈	29.00 元
荆棘鸟	45.00 元	静静的顿河	128.00 元
镜花缘	49.00 元	局外人·鼠疫	38.00 元
菊与刀	35.00 元	克雷洛夫寓言	32.00 元
快乐王子：王尔德童话全集	32.00 元	宽容	32.00 元
昆虫记	39.00 元	老人与海	32.00 元
理想国	45.00 元	聊斋志异	55.00 元
了不起的盖茨比	38.00 元	列那狐的故事	39.00 元
猎人笔记	38.00 元	林肯传	39.00 元
柳林风声	36.00 元	鲁滨逊漂流记	39.00 元
鲁迅杂文选集	36.00 元	绿野仙踪	32.00 元
绿山墙的安妮	36.00 元	论人类不平等的起源和基础	35.00 元
罗马神话	16.80 元	罗生门	39.00 元
骆驼祥子	32.00 元	美丽新世界	35.00 元
秘密花园	36.00 元	名人传	39.00 元
木偶奇遇记	35.00 元	拿破仑传	49.00 元
呐喊	29.00 元	牛虻	38.00 元

书名	单价	书名	单价
欧·亨利短篇小说选	36.00 元	欧也妮·葛朗台	32.00 元
彷徨	32.00 元	培根随笔全集	38.00 元
飘（上、下）	88.00 元	普希金诗选	42.00 元
骑鹅旅行记	36.00 元	乞力马扎罗的雪	39.80 元
热爱生命·海狼	38.00 元	人间草木：汪曾祺散文精选	49.00 元
伊索寓言：555 则	36.00 元	人性的弱点	39.00 元
人类群星闪耀时	36.00 元	儒林外史	42.00 元
日瓦戈医生	68.00 元	三国演义	59.00 元
三个火枪手	59.00 元	莎士比亚喜剧悲剧集	49.00 元
沙乡年鉴	42.00 元	神秘岛	48.00 元
少年维特的烦恼	28.00 元	十日谈	68.00 元
神曲（共三册）	128.00 元	双城记	45.00 元
世说新语（上、下）	89.00 元	受戒：汪曾祺小说精选	46.00 元
四世同堂（上、下）	78.00 元	水浒传	69.00 元
苔丝	39.00 元	宋词三百首	39.00 元
谈美书简	36.00 元	谈美	35.00 元
汤姆叔叔的小屋	45.00 元	汤姆·索亚历险记	32.00 元
堂吉诃德	78.00 元	唐诗三百首	39.00 元
童年	38.00 元	天方夜谭	42.00 元
瓦尔登湖	36.00 元	童年·在人间·我的大学	49.00 元
乌合之众	35.00 元	我是猫	39.00 元
雾都孤儿	44.00 元	物种起源	42.00 元
西游记	62.00 元	西顿野生动物故事集	38.00 元
悉达多	32.00 元	希腊古典神话	49.00 元

书名	单价	书名	单价
乡土中国	36.00 元	小妇人	45.00 元
小王子	29.00 元	星星离我们有多远	35.00 元
喧哗与骚动	58.00 元	雪国　古都	39.00 元
羊脂球	38.00 元	一个陌生女人的来信	39.00 元
一间自己的房间	36.00 元	一九八四	36.00 元
伊利亚特	82.00 元	尤利西斯	58.00 元
约翰·克利斯朵夫（上、下）	98.00 元	月亮和六便士	45.00 元
战争论	45.00 元	战争与和平（上、下）	108.00 元
朝花夕拾	22.00 元	中国民间故事	39.00 元
子夜	49.00 元	最后一课	36.00 元
罪与罚	66.00 元